"성역에 잠들어 있는 고대의 기억을…… 오늘 밤, 우리가 해방시킨다……."

'「정체불명의 실력자가 난입해서 완전히 깽판 치기」 작전 개시!'

The Eminence
in Shadow

알파
_Alpha

입실론
_Epsilon

"뭔가, 봤나……?"

The Eminence in Shadow

델타

_Delta

The E
in Sha
Volun

The Emine

"델타는 사냥이 특기예요."

"후회하라, 뼈저리게 대항한 것을 "고단에

해라;"

"........."

올리비에
_Olivier

The E
in Sha
Volun

The Eminence

"당신의 눈앞에 사지가 된 그 속지가 미녀가 있었습니다."

아우로라
_Aurora

The E
in Sha
Volun

The Eminence

미래를 바꿀 수 있어……?"

로즈
오리아나
_Rose Oriana

"그 힘이 있으면

샤도우
_Shadow

"만약 너에게 싸우고자 하는 의지가 있다면…… 내가 주마"

The Eminence in Shadow

서장 1장 2장 3장 4장 5장 6장 7장 8장 종장 보충

I can't remember the moment anymore.
Yet, I had desired to become "The Eminence in Shadow"
ever since I could remember.
An anime, manga, or movie? No, whatever's fine.
If I could become a man behind the scene,
I didn't care what type I would be.
Not a hero, not an arch enemy,
but the existence intervenes in a story and shows off his power,
I had admired the one like that, what is more,
and hoped to be.
Like a hero everyone wished to be in childhood,
"The Eminence in Shadow" was the one for me.
That's all about it.

The Eminence
in Shadow

02

I can't remember the moment anymore.

Yet, I had desired to become 'The Eminence in Shadow'

ever since I could remember.

An anime, manga, or movie? No, whatever's fine.

If I could become a man behind the scene.

I didn't care what type I would be.

Not a hero, nor an arch-enemy

but the existence intervenes in a story and shows off his power.

I had admired the one like that, what's more

The Eminence
in Shadow

but the existence intervenes in a story and shows off his power.

I had admired the one like that, what is more

and hoped to be.

Like a hero everyone wished to be in childhood.

'The Eminence in Shadow' was the one for me.

That's all about it.

서장

이번 일의 계기는 알파가 보낸 편지 한 통이었다.

내용은 딱 한마디.

『한가하면 성지로 와.』

그게 전부였다.

학교가 반쯤 불타서 여름방학이 예정보다 일찍 시작되는 바람에 꽤 한가하긴 했다. 그리고 알파의 제안에 응하면 십중팔구 재미있는 이벤트를 경험하게 되니까. 그래서 나는 편지를 읽은 다음 날 곧바로 성지로 떠났다.

성지 린드블룸.

실은 옛날에 한 번 가본 적이 있었다. 이 세계에서 가장 대중적인 종교인 『성교(聖教)』의 성지 중 하나. 영웅에게 힘을 부여한 여신 베아트릭스를 유일신으로서 신봉하는 종교였다.

우리 학교에서 성지까지는 마차로 나흘이 걸린다.

성지는 국내에 있고 의외로 가까워서 좋았다.

나는 거기까지 전력 질주를 할까, 아니면 한낱 몹답게 마차를 타고 갈까 고민했지만, 요령 피우지 말고 마차 타고 가기로 했다. 평소에도 확고한 철학을 가지고 행동하는 것이 중요하지~ 하고, 철학 있는 인간인 척해본 것이다.

그랬던 과거의 나 자신을 때려주고 싶다.

그냥 뛰어갈걸. 밤에 전력 질주를 했으면 금방 도착했을 텐데.

그러지 않았기 때문에 나는 지금 학생회장 로즈 오리아나와 같은 마차에 타고 있었다.

호화롭고 넓고 쾌적한 최고급 마차 안에는 나와 로즈, 딱 두 사람만 있었다. 내가 저렴한 마차를 타고 역참 마을에 도착했을 때 우연히 거기 있던 로즈가 나를 초대한 것이다.

나는 거절했다.

거절했지만, 결국 왕족 파워에 끝까지 저항하지는 못해서 같은 마차를 타고 성지로 가게 되었다.

로즈의 설명에 의하면 그 성지에서는 『여신의 시련』인지 뭔지 하는 이벤트가 열린다고 한다. 로즈는 그 이벤트의 내빈으로 초대된 것이다.

그렇다면 알파도 『여신의 시련』을 보러 오라고 한 거겠구나. 나는 그런 생각을 하면서 로즈의 이야기를 들었다.

그러나 중간부터 이야기를 이해하지 못하게 되었다.

"시드 군, 당신처럼 용감한 마음을 가진 청년이 그런 사건으로 목숨을 잃는다는 것은 말도 안 되는 일이에요."

부드러운 미소를 지으며 그렇게 말하는 로즈. 어, 글쎄. 난 몹이니까 용감한 것도 아니고, 또 언제부터 당신은 나를 시드 군이라고 부르게 된 거야? 뭐, 그렇게 이것저것 할 말은 많았지만 그거야 일단 이해하고 넘어간다 치고.

"당신이 살아 있다는 것을 알게 된 그날, 저는 운명을 느꼈습니다. 이렇게 이야기할 수 있는 날이 온 것은 세계가 우리 둘을 축복하기 때문일 테지요."

여기서부터 이해가 안 갔다. 애초에 나는 운명 같은 것은 믿지도 않았고, 세계가 축복한다는 것이 무슨 뜻인지 알 수도 없었다. 난 오히려 세계를 엿 먹이는 타입인데.

"우리 둘은 가시밭길을 걷게 될 테죠. 아무도 축복하거나 인정해주지 않는 길을."

방금 세계가 축복한다면서?

"그러나 여신에게서 힘을 부여받은 전설의 영웅은 평민이었는데도 부와 명성을 얻어 마침내 대국의 왕녀와 결혼했다고 합니다. 가시밭길은 괴롭고 힘들지만, 그 길의 끝에는 틀림없이 행복한 미래가 기다리고 있을 거예요. 저는 그렇게 확신합니다."

이건 성교의 가르침 같은 건가? 영웅이라는 극소수의 예외를 예로 들어서 일반인을 현혹하려고 하는 것이 꼭 종교 같았다.

"이번 『여신의 시련』을 극복한다면 그 가시밭길에서 한 걸음 전진할 수 있을 것입니다. 저도 아버지께 용감한 청년을 소개할 수 있을 테지요."

그렇군. 그 『여신의 시련』을 극복하는 청년은 과보자인가.

"가시밭길을 둘이서 한 걸음씩 극복해나갑시다. 그 한 걸음이 두 사람의 사랑을 더욱 깊고도 강하게 만들어줄 것입니다."

이인삼각이란 뜻이지? 상부상조의 정신, 역시 성교의 가르침다워.

"지금은 아직 아무에게도 이야기할 수 없지만, 행복한 미래를 위해 노력합시다."

"그거 좋지."

로즈가 손을 내밀었다. 그래서 나는 그 손을 잡았다. 종교의 사고방식이나 가르침 같은 것은 잘 모르지만, 행복한 미래를 위해 나아가자는 것에는 동의했다. 행복은 중요하니까. 남의 행복 말고 내 행복이.

로즈의 열정적인 눈빛과 다소 촉촉해진 손바닥을 느끼면서 나는 속으로 생각했다. 이 사람과는 거리를 좀 둬야겠구나 하고. 종교를 부정할 마음은 없지만, 그래도 온도차가 너무 심하면 상대하기 어려우니까. 열정적인 사람들끼리 힘을 합치는 게 모두가 행복해지는 바람직한 길이라고 생각한다.

"오늘은 날씨가 참 좋네."

나는 마차 창문 너머로 맑은 하늘과 푸르른 초원을 바라보면서 말했다. 난감한 화제를 딴 데로 돌리고 싶을 때에는 날씨 이야기를 하면 된다.

"그러게요. 햇살도 강하고. 바깥은 더울 것 같아요."

로즈도 밖을 보면서 말했다.

마차 안은 그늘인데도 살짝 땀이 날 정도였다. 로즈의 하얀 목덜미도 촉촉이 젖어 빛나고 있었다. 우아하게 말아놓은 벌꿀 같은 머리카락이 바람에 흔들렸다. 색깔이 좀 옅은 눈은 눈부시다는 듯이 가늘어져 있었다.

우리는 한동안 그렇게 날씨와 학교 이야기 등을 계속하다가 이따금 침묵하면서 다음 화제를 찾았다.

침묵이란 것도 여러 종류가 있다. 크게 나누면 편안한 침묵과 불편한 침묵일 것이다.

둘이서 화제를 찾을 때의 침묵은 일반적으로는 불편한 침묵일 테지만, 나는 그것도 싫어하진 않았다. 둘 다 열심히 화제를 찾는 중이구나~ 하고 깨달으면 왠지 모르게 마음이 훈훈해져서.

사실 이렇게 단둘이 오랫동안 마차 안에 있으면 화제가 간간이 떨어지는 것도 당연했다. 그 현실에 어떻게든 저항해보려고 하는 무의미한 노력이 더없이 훈훈하게 느껴졌다.

그런 식으로 몇 번의 침묵이 찾아오고 나서. 로즈가 그 화제를 꺼냈다.

오후의 태양은 어느새 많이 기울어져 서서히 붉은빛을 띠고 있었다.

"얼마 전의 그 사건. 분명히 무슨 비밀이 있을 거예요."

"응?"

로즈의 눈동자에는 머나먼 석양이 비치고 있었다.

"스스로 『섀도우 가든』이라고 이름을 밝혔던 그 검은 집단과, 섀도우라고 자칭한 남자는 서로 다른 조직일 겁니다."

"왜 그렇게 생각해?"

"검술이 전혀 다르니까요. 검은 집단의 검술은 모두 일반적인 유파의 검술이었습니다. 그러나 섀도우와 그를 따르는 여자들의 검술은 전혀 달랐어요. 그동안 본 적도 없는 완전히 새로운 유파였어요."

"그랬구나."

"그 사실은 미드갈 왕국 기사단에도 전달했습니다. 검은 집단과 새도우가 대립하고 있다는 이야기도 했어요. 그런데 기사단이 발표한 사건 내용에서는 그 검은 집단과 새도우가 동일한 조직으로 간주되고 있더군요. 납득할 만한 이유도 제시되지 않았고요. 그러니까 그 사건에는 무슨 비밀이 숨겨져 있을 겁니다."

"지나친 억측 아냐?"

"그런 거면 차라리 다행이지요. 하지만 만약에 제가 억측한 것이 아니라면. 미드갈 왕국이 정말로 적을 잘못 알고 있다면…… 커다란 재앙이 닥칠지도 모릅니다. 오리아나 왕국에서도 조사해볼 텐데, 당신도 모쪼록 조심해주세요."

나는 일단 고개를 끄덕였다.

로즈도 부드러운 미소를 지으며 똑같이 고개를 끄덕거렸다.

"이제 곧 역참 마을에 도착할 거예요. 제 방 옆에 당신 방도 잡으라고 할게요."

"아냐, 됐어. 내가 알아서 저렴한 숙소를 찾을게."

"안 됩니다. 위험해요. 당연히 숙박비는 제가 낼 테니 걱정하지 마세요."

"아, 아니, 아뇨. 너무 황송해서 사양하겠습니다."

"왜 그러세요. 우리 사이에. 사양할 필요 없어요."

결국 나는 1박에 30만 제니나 하는 최고급 객실에 묵게 되었다. 둘이서 고급 레스토랑에서 저녁식사를 하고, 그 후 아이쇼핑을 하면서 로즈의 도움으로 머리끝에서 발끝까지 멋쟁이처럼 쫙 빼입게 되었고, 끝으로 카지노에 가서 가볍게 논 다음에 숙소로 돌아왔다. 물론 어디에서나 왕족 대접을 받았다. 침대는 푹신푹신했고 목욕탕까지 딸려 있어서 진짜 최고였다.

여기까지 나의 지출은 0제니. 어쩌면 부자에게 기생하는 몹은 최고로 행복한 존재일지도 모른다. 종교적인 열정이 다소 강하다는 점만 눈감아준다면, 일고의 가치는 있지 않을까.

성지 린드블룸에 도착한 것은 이틀 후 낮이었다.

산을 베어낸 듯한 지형에 장려한 성교회가 세워져 있고, 그 밑에는 대체로 하얀색인 시가지가 펼쳐져 있었다. 도시 한가운데를 관통하는 중심 도로는 성교회의 긴 계단과 연결되어 있는데, 수많은 관광객들이 그 길을 오가고 있었다.

우리는 평소처럼 고급 레스토랑에서 점심식사를 한 다음에 노점을 적당히 구경하면서 중심가를 걸었다.

일본 관광지에서도 흔히 볼 수 있었던 기념품——용이 검을 휘감고 있는 조그만 장식품 같은 것을 발견했다. 이런 것은 어느 세계에서나 똑같구나~ 하고 생각했다. 단, 여기서는 희한하게도 용이 아니라 불길하게 생긴 왼팔이 검을 휘감고 있었다. 그게 무척 흥미로워서 나는 그것을 집어 들었다.

"그게 마음에 드세요?"

"어, 좀 궁금하긴 해. 왜 전부 다 왼팔이지?"

로즈가 내 손을 들여다봤다. 어깨가 서로 닿을 정도로 딱 달라 붙어서. 더운데요. 고지대라서 그나마 낫긴 하지만 그래도 여름 이거든요.

"영웅 올리비에의 검과 마인 디아볼로스의 왼팔이에요. 과거에 이곳에서 영웅 올리비에가 디아볼로스의 왼팔을 잘라내 봉인했다는 전설이 있거든요. 바로 저기서."

로즈가 가리킨 곳은 긴 계단과 그 위에 자리 잡고 있는 성교회의 뒤편이었다.

"저 깎아지른 듯한 절벽에는 성역이라고 불리는 유적이 있는데, 그곳에 디아볼로스의 왼팔을 봉인했다고 합니다. 물론 전설이긴 하지만요."

로즈가 미소 지으며 말을 이었다.

"남자 분들이 특히 좋아하는 기념품이에요."

"응, 그래. 저기요. 이거 하나 주세요."

효로에게 줄 기념품으로 하나 샀다. 3000제니. 적은 돈은 아니지만, 양심상 이 돈은 내가 냈다.

쟈가는 아예 원하는 기념품 목록을 나에게 줬다. 귀찮아서 아직 확인은 안 했다.

기념품을 주머니에 넣고. 우리는 느긋하게 걸음을 옮겼다. 지나가는 관광객들과 노점의 활기가 어쩐지 향수를 불러일으켰다.

그때 로즈가 내 손을 잡아끌었다.

"저기 봐요. 나쓰메 선생님의 사인회예요. 저 저분의 팬인데!"

끌려간 곳에는 사람들이 우글우글 모여 있었다. 서점 앞인 것 같은데 가게 간판조차 보이지 않았다.

"저, 가서 줄 서도 될까요? 시간이 좀 걸릴 것 같은데요……."

로즈가 나를 귀엽게 쳐다보면서 말했다.

"응, 다녀와. 기다릴게."

"네! 시드 군도 같이 가실래요?"

"아냐, 난 됐어."

로즈는 진열대에 쌓여 있는 책을 사서 사인 받으려고 줄을 섰다.

할 일 없는 나는 무심코 책을 들고 책장을 넘겨봤다.

『나는 드래곤이로소이다. 이름은 아직 없다.』

이거 순 표절이잖아.

아, 아니지. 아마 기적적으로 같은 감성을 가진 문호가 이세계(異世界)에 태어난 것이리라. 나는 마음을 가라앉히고 다른 책을 집어 들었다.

『로미오와 줄리엣』

표절이잖아. 그 외에도.

『신데렐라』

『빨간 모자』

더 나아가 할리우드 영화나 만화나 애니메이션을 문서화한 서적들도 잔뜩 있었다. 그제야 겨우 나는 깨달았다.

나 말고도 환생한 인간이 있나 보구나.

나는 책을 한 권 사서 나쓰메 선생님인지 뭔지 하는 사람의 사인을 받으려고 줄을 섰다.

  우선 어떤 사람인지 확인해보자.

  어떻게 대응할지 생각해보는 사이에 줄이 줄어들어 그 사람의 모습이 보이기 시작했다. 후드를 눌러쓰고 있어서 잘 보이진 않았지만 여자인 것 같았다.

  어깨 길이로 단정하게 자른 아름다운 은빛 머리카락, 고양이 같은 파란 눈동자, 눈물점. 앞이 파인 블라우스에서 엿보이는 깊은 가슴골.

  "뭐야, 저 녀석. 뭐 하는 거지?"

  잘못 볼 리 없었다. 내가 잘 아는 인물이었다. 나는 눈가를 꾹 누르고 고개를 흔들었다. 그리고 슬그머니 줄에서 벗어나려고 했다.

  "이봐요. 어디 가는 거예요?"

  벗어날 수 없었다. 간발의 차이로 상대가 먼저 나의 존재를 눈치챘나 보다.

  나는 그대로 나쓰메 선생님 앞으로 인도되어 아름다운 은발머리 엘프와 마주 섰다. 그래. 상대는 내가 잘 아는 엘프.

  베타였다.

  "그 책 이리 주세요."

  생긋 웃는 베타에게 나는 책을 건네줬다. 남남인 척하면서.

  능숙한 손놀림으로 쓱쓱 사인을 하는 베타. 그 모습을 본 나는 결국 물어보지 않을 수 없었다.

  "돈은 잘 벌어?"

아주 조그맣게 중얼거렸다.

"그럭저럭 괜찮아요. 순조롭게 이름을 알리고 있습니다."

아하, 이 녀석도 그런 건가.

이 녀석도 내 지식을 이용해 돈을 벌고 있었던 것이다.

예전에 나는 베타에게 전생의 이야기들을 가르쳐줬었다. 베타는 문학을 좋아하는 것 같았으니까, 내 전생의 이야기들을 바탕으로 뭔가 멋진 이야기를 떠올려주지 않을까~? 하고 가볍게 가르쳐줬는데. 설마 그걸 통째로 표절해서 양심 없이 돈을 벌고 있을 줄이야.

베타 양. 당신에게 실망했습니다.

나는 차가운 눈으로 베타를 내려다보면서 사인본을 받았다.

"저는 내빈으로 초대받았습니다. 내부 정보는 어느 정도 제공할 수 있습니다. 상세한 계획은 책에 적어놨습니다."

떠나기 직전에 베타가 입술을 거의 움직이지 않고 그렇게 말했다. 우리는 서로 눈도 마주치지 않고 헤어졌다. 아, 왠지 첩보영화 같아서 좋네. 나는 그런 생각을 했다.

다시 봤어요. 베타 양.

가게 밖으로 나갔더니 어째서인지 로즈가 기쁜 얼굴로 나를 기다리고 있었다.

"시드 군, 당신도 역시 팬이었던 거군요? 나쓰메 선생님의."

"아니, 난……."

"다 이해해요. 여성 팬이 많으니까 말하기 껄끄러웠던 거겠죠. 그런데 이런 이벤트에 참가하는 사람은 대부분 여자이지만, 실제로는 남성 팬도 많아요."

"어…… 그래. 그렇구나."

"역시 나쓰메 선생님의 매력은 그 무한한 상상력이라고 생각해요. 완전히 새로운 스토리와 참신한 세계관. 그리고 신선한 가치관을 가진 매력적인 등장인물."

응, 그야 당연히 새롭고 참신하고 신선할 테지.

"연애, 미스터리, 액션, 동화, 순문학. 온갖 장르에 정통하셔서 마치 각각 딴 사람이 쓴 것처럼 이야기를 만들어 나가신다니까요. 그 다양성이 많은 사람들의 마음을 사로잡는 거죠."

응. 원작의 작가들이 각각 딴 사람이니까.

"이거 보세요. 제가 받은 사인. 나쓰메 선생님께서 제 이름을 적어주셨어요."

그러면서 로즈가 펼친 책에는 로즈의 이름과 나쓰메 표절 선생님의 사인이 적혀 있었다.

그리고 보니 내 책에는 상세한 계획인지 뭔지를 적어놨다고 했지. 나도 책을 펴봤다. 그랬더니 거기에는.

"고대문자……인가요?"

로즈가 책을 들여다보면서 말했다.

"그런 것 같지?"

하나도 못 읽겠다.

"읽을 수 있어?"

"아뇨. 고대문자는 습득하기가 굉장히 어려워서 저도 조금밖에 모릅니다. 게다가 이건 정석적인 고대문자도 아니라서 그냥 읽어도 뜻이 안 통할 겁니다."

"아, 그래~?"

그래도 뭔가 암호 같아서 멋있네. 고대문자 습득을 포기해버린 나는 이런 것에 동경심을 느꼈다.

"그런데 왜 고대문자를 써주신 걸까요?"

"멋있어서 그런 거겠지?"

"멋있나요?"

"응."

"남자들은 그런 것을 좋아하나 봐요."

그 후 우리는 최고급 호텔에 체크인 했다. 그리고 로즈와 헤어졌다. 로즈는 높으신 분들에게 인사하러 가야 한다고 했다.

당신은 아직 학우라서 소개할 수가 없네요. 로즈는 그런 말을 했다. '아직'이라니, 무슨 뜻이지? 조만간 신자로 만들 예정인가?

미안하지만 나는 종교에는 깊이 관여하지 않기로 마음먹었다. 혹시나 깊이 관여할 일이 생긴다면, 그건 내가 교주가 될 때일 것이다.

나는 좋아하는 것도 싫어하는 것도 적은 편이다. 거의 모든 것을 「아무래도 상관없는 것」으로 분류하고 있기 때문이다.

하지만 아무리 그래도 좋고 싫음은 생길 수밖에 없다. 별로 중요하지도 않고 필요하지도 않지만, 좋은 것은 좋은 거고 싫은 것은 싫은 거다. 아무리 이성으로 분류하려고 해도 감정까지 분류할 수는 없었다.

그래서 나는 그것을 「아무래도 상관없지만 좋아하는 것」과 「아무래도 상관없지만 싫어하는 것」이라고 불렀다.

그 「아무래도 상관없지만 좋아하는 것」 중 하나가 온천이었다.

나는 전생에 일정 기간 동안 욕조에 전혀 안 들어간 적이 있었다. 그때는 진짜로 목욕하는 시간이 쓸데없다고 생각했다. 그러나 평범하게 몸으로서도 살아가야 했으므로 날마다 3분 동안 빠르게 샤워는 했지만, 욕조에 들어간다는 시간낭비 행위는 배제하고 그 남은 시간을 수행에 투자하려고 했던 것이다.

그즈음에 나는 인간이라는 종족의 한계에 부딪쳐 한마디로 여유가 없었다. 그때 나는 라이트 스트레이트로 핵무기를 튕겨낸다는 아이디어를 진지하게 고려하고 있었다.

그러다가 우여곡절 끝에 내가 제정신이 아니었다는 사실을 깨닫고, 다시 욕조에 들어가는 습관을 되찾았는데. 그 계기가 온천이었다. 따뜻한 물에 들어가는 행위는 마음을 여유롭게 만들어준다. 여유는 수행의 질과 직결된다. 그 덕분에 내가 마력이나 오라를 찾아본다는 유연한 발상을 하게 된 것이다.

그래서 나는 지금 온천에 들어와 있다.

이 린드블룸은 유명한 온천지라서 나도 은근히 기대했었다.

지금은 새벽. 나는 온천은 아침에 들어가는 것을 좋아했다. 물론 밤에도 들어가지만 아침이 더 좋았다. 이유는 손님이 적으니까. 나 혼자 온천을 독차지하는 경우도 있었다.

오늘도 운 좋으면 독차지할 수 있을 테지 하고 와봤는데. 나와 똑같은 생각을 한 선객이 있었나 보다. 운 나쁘게도 그 선객은 알렉시아였다. 뜬금없네.

긴 은백색 머리카락을 모아 묶은 알렉시아는 붉은 눈을 크게 뜨면서 나와 한순간 마주 봤다. 그러나 곧 시선을 아무 데로나 돌렸다.

그다음부터는 상호 불간섭. 서로 상대가 없는 것처럼 행동했다. 이곳은 고귀하신 분들의 전용 온천이다. 손님이 적은 새벽에는 칸막이를 치우고 혼욕으로 개방해둔다. 넓은 욕탕, 저 아래 펼쳐진 운해, 일출. 나 혼자 있었으면 진짜 최고였을 텐데. 나는 그런 생각을 하면서 따뜻한 물과 아침 햇살을 느꼈다.

나와 알렉시아는 가장 전망이 좋은 노천온천의 이쪽 끝과 저쪽 끝에 앉아서 상당히 불편한 침묵을 유지한 채 떠오르는 해를 바라보고 있었다.

시야 가장자리에서 알렉시아의 하얀 피부가 움직이더니 수면에 물결이 일었다.

아쉽지만 일찍 나갈까. 내가 그렇게 생각했을 때 알렉시아가 침묵을 깨뜨렸다.

"다친 데는 이제 괜찮아?"

알렉시아치고는 조심스런 목소리였다.

"다 나았어."

다친 데? 그게 뭐지? 나는 그런 생각을 하면서 대꾸했다.

"그때는 한순간 울컥해서 베어버렸는데. 살아 있어서 다행이야."

"어, 그래."

아, 그때 그 다친 거? 속으로 그렇게 생각했다.

알렉시아와 웬만큼 어울려 지냈던 나는 그것이 알렉시아 나름대로의 사과라는 것을 눈치챘다. 사과라는 게 뭔지 가르쳐주는 사람이 주변에 없었나? 하고 생각했지만, 아무튼 이게 알렉시아 스타일의 사과였다.

"나도 일단 사과할게. 너를 무차별 길거리 살인마로 취급해서 미안하다."

철썩. 목욕물이 내 옆얼굴을 때렸다.

"말도 안 되는 소리 하지 마."

"글쎄, 말이 안 되나? 그런데 넌 무슨 일로 린드블룸에 온 거야?"

"『여신의 시련』의 내빈으로 초대받았어. 너는?"

"친구가 재미있는 이벤트가 있다면서 나를 불렀어. 아마 그게 『여신의 시련』인 것 같은데. 정확히 뭐 하는 건지 혹시 알아?"

알렉시아의 한숨 소리가 들렸다.

"그런 것도 모르면서 여기 온 거야? 『여신의 시련』은 1년에 한 번씩 성역의 문이 열리는 날에 벌어지는 싸움이야. 성역에서 고대 전사의 기억을 불러내서 도전자가 그 기억의 전사와 싸우는 거야. 마검사는 사전신청을 하면 누구나 참가할 수 있는데, 고대 전사가 그 도전에 응할지는 미지수야. 매년 수백 명이나 되는 마검사가 참가하지만 실제로 싸울 수 있는 사람은 열 명 정도밖에 안 돼."

재미있겠다. 아마 알파도 이 싸움에 참가하려는 게 아닐까?

"무슨 기준으로 선택되는 거지?"

"도전자에게 어울리는 고대 전사가 있느냐 없느냐가 관건인 것 같아. 도전자보다 조금 더 강한 고대 전사가 선택되는 경우가 많기 때문에『여신의 시련』이라고 불리게 된 모양이야. 한 10년 전에는 유랑검사 베놈이 영웅 올리비에를 불러내서 화제가 됐었지."

"오~ 그래서 이겼어?"

"졌을 거야. 하지만 실제로 본 것은 아니니까 진상은 몰라. 그때 소환된 전사가 진짜 영웅 올리비에였는지, 그것도 확실하진 않아."

"흠. 그렇구나."

알파라면 영웅을 불러낼 수 있을까. 혹시 불러낸다면 재미있을 것 같았다.

"너는 참가 안 해? 요새 강해진 것 같던데."

"안 해. 올해는 여러모로 바쁘거든. 게다가 이곳의 대주교님은 약간 수상한 소문이 있는 사람이라서, 감사도 해야 해."

"수상한 소문이라니?"

"그거야 안 가르쳐주지. 알고 싶으면『주홍 기사단』에 들어와."

"아니, 안 들어갈래."

"졸업하면 들어와."

"안 들어가."

"입단 신청서는 대필해둘게."

"하지 마."

"어휴, 고집쟁이."

거기서 대화가 끊겼다.

우리는 또다시 침묵하면서 잠시 시간을 보냈다. 그다지 불편하진 않았다.

시야 가장자리에서 알렉시아가 움직였다. 길쭉한 다리가 수면 위로 올라오면서 몇 번이나 물결을 일으켰다.

"잡아먹을 듯이 쳐다보지 않을까~ 하고 생각했는데. 예상이 빗나갔네."

알렉시아는 구체적으로 '무엇을'이라고 말하진 않았다.

"자신감이 대단하다."

"나처럼 완벽한 미인은 타인의 욕망 어린 눈동자에 노출되기 쉽거든. 어휴, 귀찮아."

그런 것치고는 개방적이신데요.

"온천에서는 되도록 남을 안 보려고 하는 편이야. 서로 편안하게 즐기기 위해서."

"좋은 마음가짐이네."

"그러니까 내 엑스칼리버를 힐끔힐끔 보는 것도 그만하면 안 돼?"

"풋."

알렉시아가 웃었다. 진심으로 비웃는 것처럼.

"그게 엑스칼리버라고? 지렁이가 아니라?"

"네가 지렁이라고 생각한다면 그래도 돼. 나는 지렁이든 엑스칼리버든 뭐든 상관없으니까. 다만 충고는 하나 해둘게."

나는 일어났다. 철썩. 수면 위로 파문이 퍼져 나갔다.

"대상을 표면만 보고 판단하면 안 돼. 네가 지렁이라고 생각했던 것은, 어쩌면 아직 칼집에 꽂혀 있는 상태였을지도 모르니까."

그리고 완전 개방 상태로 휙 돌아서서 물 밖으로 나갔다.

"그, 그게 무슨 뜻이야……?"

뺨을 연홍색으로 물들인 알렉시아가 그렇게 물어봤다.

"칼집에서 빠져나온 성검은 하얀 칼날을 해방시키고 혼돈의 동산으로 떠나리라……."

나는 의미심장하게 그런 말을 중얼거렸다. 젖은 수건을 힘차게 가랑이 사이로 통과시켜 엉덩이를 찰싹! 때렸다.

아저씨들이 온천에서 나올 때 자주 하는 짓. 나는 이 동작을 좋아했다. 이유는 없었다. 나올 때 이 짓을 하지 않으면 온천에 들어갔다 온 기분이 나지 않았다. 나는 찰싹, 찰싹 하고 총 세 번 소리를 낸 다음에 탈의실로 들어갔다.

내가 옷을 다 입었을 무렵. 욕탕 쪽에서 찰싹, 찰싹 소리가 났다.

장엄한 대성당은 온화한 램프 불빛을 받아 한층 더 환상적인 빛으로 물들어 있었다.

　그 대성당에 홀로 서 있는 존재. 아름다운 금발 엘프였다. 칠흑의 드레스를 입은 그녀는 푸른 눈동자로 영웅 올리비에의 석상을 바라보고 있었다.

　마치 밤의 어둠과 거기서 빛나는 달과도 같은 엘프. 그 이름은 알파였다.

　"우리는 그저 진실을 알고 싶어."

　알파는 올리비에의 석상에 말을 걸듯이 이야기했다.

　"영웅 올리비에. 당신은 성역에서 무엇을 한 거야? 역사의 어둠을 파헤치면 파헤칠수록, 진실과 거짓이 한데 뒤섞여버려."

　그리고 또각또각 하이힐 소리를 내면서 걸음을 뗐다. 경쾌한 소리가 대성당에 울려 퍼졌다. 알파는 대리석 바닥에 펼쳐져 있는 붉은 것을 향해 다가갔다.

　"대주교 드레이크. 당신은 무엇을 숨기고 있던 거지? 당신이 말을 할 수 있다면 대답해주길 바랐는데."

　대리석 바닥에 펼쳐져 있는 그 붉은 것은 피와 살점이었다. 뚱뚱한 남자가 무참히 난도질당해 죽어 있었다.

　피 웅덩이 위에서 하이힐이 멈춰 섰다. 무릎 위로 올라오는 드레스에서 하얀 다리가 쭉 뻗어 나와 있었다.

"당신은 누구에게 살해된 거야? 그만한 지위가 있었는데도 가차 없이 버림받은 거야?"

숨이 끊어진 대주교의 눈은 그 죽음의 처절함을 보여주고 있었다. 대주교의 수상한 소문은 왕도까지 퍼져서 곧 조사당할 예정이었다. 그러나 그 직전에 그는 제거되었다.

"우리는 내일 성역의 문이 열리는 때를 기다릴 거야."

알파는 영웅 올리비에의 석상을 힐끗 보고 나서 돌아섰다.

대성당 문 너머에서 대주교를 찾는 소리가 점점 이쪽으로 다가왔다.

알파는 개의치 않고 문을 열고 대성당을 떠났다.

하이힐 소리가 멀어져가고, 그 대신 교회 성기사들이 물밀듯이 밀려 들어왔다.

거기서 그들은 대주교의 시체를 발견했지만 그중 누구도 금발 엘프 이야기를 꺼내지는 않았다. 왜냐하면 아무도 그 엘프와 엇갈렸다는 사실을 인식하지 못했기 때문이다.

하얀 대리석 복도에는 피 묻은 하이힐 자국이 길게 남아 있었다.

전야제의 밤. 나는 린드블룸의 시계탑에서 그 풍경을 내려다봤다.

『여신의 시련』을 하루 앞둔 전야제는 아주 성대하게 벌어지고 있었다. 중심가에는 노점들이 잔뜩 늘어서 있었고 램프 불빛들이 긴 강물을 이루고 있었다.

로즈는 성교회의 파티에 참가하는 듯했다. 나는 당연히 그곳에는 초대받지 못했다. 초대받았어도 사양했을 테지만.

밤바람에 내 머리카락이 휘날렸다. 나는 미소를 지었다.

이렇게 높은 곳에서 거리나 사람들을 내려다보는 장면을 나는 무척 좋아했다. 그 배경이 밤이고, 내려다본 곳에서 무슨 이벤트가 벌어지고 있다면 금상첨화였다.

"시작된 건가……."

나는 분위기에 취해 중얼거렸다.

"그것이…… 그들의 선택이란 말인가……."

여기서 날카로운 느낌으로 눈을 가늘게 떴다.

"그럼 대항해주마."

나는 순식간에 새도우의 모습으로 변신했다.

"우리는 그것을 용서치 않을 것이다……."

그리고 밤하늘을 날았다. 칠흑의 롱코트를 펄럭이면서 그곳에 착지했다.

그곳은 떠들썩한 전야제 현장과는 떨어진 뒷골목이었다. 눈앞에는 복면으로 얼굴을 가린 남자가 있었다.

나는 수상한 거동을 하면서 성교회에서 도망쳐 나온 그 남자를 내내 살펴보고 있었다. 이놈은 아마 도둑일 것이다.

아니, 희미한 피 냄새가 났다.

아, 알았다. 강도구나?

"도망칠 수 있을 줄 알았느냐……?"

복면 쓴 남자가 한 발 뒤로 물러났다.

"밤에는 세계가 어둠으로 덮인다. 그곳은 바로 우리의 세계……."

복면 쓴 남자가 검을 뽑았다.

"그곳에서는 아무도 도망치지 못한다."

복면 쓴 남자가 검을 똑바로 들고 나와 대치했다.

나는 칼을 뽑지 않고 가만히 때가 오기를 기다렸다.

복면 쓴 남자가 검을 휘두르려는 순간. 그의 머리가 허공을 날았다.

나는 말없이 그 장면을 바라보면서, 시체 뒤에서 한 여성이 걸어 나올 때까지 기다렸다.

"오랜만에 뵙습니다. 주인님."

그렇게 말하면서 내 앞에서 무릎 꿇은 그 여자는 입실론──『일곱 그림자』서열 5위.

입실론은 보디슈트로 숨겼던 맨얼굴을 드러내고 나를 쳐다봤다. 맑은 호수 같은 머리카락과 그보다 좀 더 짙은 눈동자를 지닌 엘프였다.

미인도 종류가 여러 가지인데, 입실론은 화려한 미인이었다. 이목구비가 뚜렷한 얼굴 생김새도 화려했고, 몸매도 화려했다. 걸을 때마다 흔들흔들했다. 관심이 있든 없든, 남자든 여자든 상관없이 모두가 눈길을 빼앗길 정도였다. 그러나 나는 그녀의 비밀을 알고 있었다.

"참격(斬擊)을 날린 건가? 잘했어."

"칭찬 감사합니다. 영광입니다."

입실론은 살짝 얼굴을 붉히며 미소 지었다. 낭랑한 그 목소리는 누군가에게는 고압적으로 들릴지도 모른다. 그러나 나는 피아노 음색 같은 그 목소리를 싫어하지 않았다.

입실론은 『일곱 그림자』 중에서 가장 치밀하게 마력을 제어할 줄 아는 인재였다. 일반적으로 마력은 자기 몸에서 벗어나면 제어하기 어려워지지만, 입실론은 아무렇지도 않게 그것을 제어해 원거리 참격을 날리는 것이 특기였다.

그래서 별명이 『치밀』이었다.

입실론은 자존심 강하고 성격이 드센 편이지만 내 앞에서는 순하게 굴었다. 남들한테 오해받기 쉬운 타입이지만, 옛날에는 날마다 홍차를 준비해줬던 착한 아이다. 알파의 지시에도 순순히 따르고. 위계질서를 엄격하게 지키는 성격인 것이다.

입실론과는 정말로 오랜만에 만났다. 쌓인 이야기도 많았다. 그러나 나는 상대의 분위기를 보고 지금은 『섀도우 가든』 모드임을 눈치챘다.

좋아. 그럼 나도 상응하는 태도로 대해야지.

"예의 『계획』은 어떻게 됐나?"

입실론은 약간 얼굴을 찌푸렸다. 필사적으로 『계획』의 설정을 생각하고 있는 것이리라.

"타깃이 교단의 『처형자』에 의해 제거됐습니다. 그 부하는 처리했습니다만『처형자』는 행방을 감췄습니다."

"흐음……."

여기서 처형자 등장. 센스 있네.

"『계획』은 2번으로 변경합니다."

『플랜A가 안 되니까 플랜B로 하자!』는 패턴이구나.

"좋아. 그런데, 알지……?"

"각오는 했습니다. 교회의 적이 되는 것도, 악명을 떨치는 것도……."

"나는 독자적으로 행동하겠다. 실수하지 마. 알았지……?"

"네!"

입실론이 고개를 숙였다. 나는 그것을 힐끗 보고, 기척을 감추면서 고속으로 이동하여 어둠 속으로 사라지는 연출 방식으로 그곳을 떠났다.

1장

The Eminence
in Shadow

마음에 안 들어.

알렉시아는 속으로 그렇게 중얼거렸다.

그녀는 『여신의 시련』 개막식이 시작되는 장면을 내빈석에서 지켜보고 있었다. 내빈석에는 나쓰메, 알렉시아, 로즈가 순서대로 앉아 있었다. 뒷줄에는 또 다른 내빈들도 많이 있었지만, 주빈은 이 세 명이었다. 미인들을 앞에 내세워 손님을 모으려는 속내가 훤히 보였다. 뭐, 그거야 상관없지만.

알렉시아의 마음에 안 드는 점은 두 가지였다.

첫째.

현재 대회장 한가운데에서 잘난 척하면서 인사하고 있는 대주교 대리 넬슨이 마음에 안 들었다. 어제 대주교 살해 사건에 관해서 저 남자와 이야기했는데, 그때 그는 고집스럽게 사건 조사를 거부했던 것이다.

감사 대상이 사망했으니까 이번 일은 다 끝난 거다. 넬슨이 그런 헛소리를 해대면서 갈등이 시작됐다. '그 대상이 사망했으니까 조사의 필요성이 더 커진 거잖아 이 멍청아!'라는 내용을 알렉시아가 곱게 포장해서 말해봤지만, 넬슨은 정 조사하고 싶으면 다시 한 번 허가를 받아 오라는 태도를 고수했다.

서둘러 돌아가도 왕도까지는 3일이 걸린다. 또 허가를 받으려면 최소 일주일은 걸리고. 린드블룸에 돌아오려면 또 3일. 덤으로 넬슨이 허가증을 수리해주는 데 며칠이 걸린다. 그 기간은 넬슨 마음대로일 텐데, 알렉시아가 보기에는 적어도 일주일은 기다려야 할 것이다. 그 기나긴 시간 동안에 당연히 중요한 증거는 어둠 속으로 사라져버릴 테고.

그렇다고 알렉시아가 이 나라를 대표해서 강압적으로 밀고 나갈 수도 없었다. 성교는 이 나라뿐만 아니라 주변 각국에서도 믿고 있는 종교였다. 여기서 알렉시아가 강압적으로 행동하면 주변 국가들의 압력을 받게 될 것이다. 그리고 민중의 지지를 잃는다는 것이 가장 큰 문제였다. 종교란 것은 아군일 때에는 편리하지만 적이 되면 참으로 골치 아픈 존재였다.

기분 좋게 연설을 하는 대주교 대리 넬슨을 노려보면서 알렉시아는 속으로 중얼거렸다. 고인을 애도하는 척이라도 해라, 이 대머리야. 사실 대주교의 죽음은 아직 대외적으로는 비밀이었지만. 참고로 넬슨은 대머리였다.

알렉시아는 탄식했다. 그리고 왼쪽 옆에 앉아 있는 나쓰메 선생님인지 뭔지를 흘끗 봤다.

두 번째로 마음에 안 드는 점. 그것이 이 나쓰메란 존재였다.

나쓰메는 알렉시아 옆에 예의 바르게 앉아서 민중의 환호성에 웃는 얼굴로 답하고 있었다. 아름다운 은백색 머리카락과 고양이 같은 파란 눈동자. 그리고 눈물점이 그 단정한 얼굴에 애교를 더해주고 있었다.

나쓰메는 완벽한 태도로 웃으면서 손을 흔들고 인사를 했다. 그 아름다운 용모와 거동으로 민중의 인기를 얻고 있었다.

알렉시아는 얼씨구? 굉장히 수상한데? 하면서 그 모습을 지켜보고 있었다.

1,000년에 한 번 나올까 말까 한 천재 소설가인지 뭔지는 몰라도, 알렉시아는 오늘 이 순간까지 그 이름조차 몰랐었다. 애초에 알렉시아가 문학에는 전혀 관심이 없기도 했지만, 그래도 왕녀로서 유명한 작품과 작가는 알고 있었다. 그렇다면 이 나쓰메는 최근에 등장한 신인일 것이다.

아직 신인인데 이 넘치는 관록과 행동거지와 인기라니. 정말 수상했다.

이것은 질투가 아니었다. 굳이 말하자면 동족혐오였다.

알렉시아도 민중 앞에서는 완벽하게 행동했다. 자기 내면을 철저히 숨기고 완벽한 왕녀의 모습을 연기하면서 살아왔다. 본디 지배 계급 사람들은 어느 정도는 자기 역할을 연기하는데, 철저히 자신을 죽이고 완벽하게 연기하는 사람은 드물었다. 그리고 철저히 자신을 죽이는 사람은 십중팔구 속이 시커멨다.

"응원해주셔서 감사합니다~!"

민중에게 화답하는 나쓰메. 그 모습을 본 알렉시아는 몰래 혀를 찼다.

저 간드러진 목소리가 불쾌했다. 지나치게 개방적인 가슴팍에서 영악함이 느껴졌다. 몸을 앞으로 숙여 일부러 가슴골을 보여주는 짓 좀 그만해, 이 미친 여자야. 아주 신이 나셨네?

그런 식으로 무언의 폭언을 쏟아내면서 알렉시아는 평소보다 더 환한 미소를 지으며 민중을 향해 손을 흔들었다.

그러나 나쓰메에 비하면 확연히 민중의 반응이 약했다. 알렉시아의 뺨이 한순간 딱딱하게 굳었다. 그녀는 팔짱을 꼈다. 팔로 가슴을 모아 받쳐 올리면서 살짝 몸을 앞으로 숙였다.

민중의 환성이 조금 커졌다.

조금.

그, 그래. 가슴이 노출되지 않은 옷이니까 그럴 수도 있지. 그렇게 자기 자신을 납득시키고 의자에 앉았다.

힐끔 오른쪽 옆을 봤더니 로즈가 행복한 얼굴로 미소 짓고 있었다. 로즈는 아침부터 내내 이랬다.

혹시나 하고 힐끔 왼쪽 옆으로 시선을 돌렸다.

그 순간 알렉시아는 보았다.

나쓰메가 한쪽 뺨을 일그러뜨리면서 비웃는 것을.

뚝. 알렉시아 안에서 뭔가가 끊어지는 소리가 났다.

마음에 안 들어.

베타는 소설가 나쓰메를 연기하면서 속으로 중얼거렸다.

마음에 안 드는 것은 딱 하나. 오른쪽 옆에 앉아 있는 알렉시아 미드갈이었다. 이 여자는 왕녀이자 학우라는 자기 위치를 이용해 경애하는 주인님에게 접근하는 해충이었다.

짜증나게 간드러지는 목소리로 민중에게 아양을 떨고, 수상쩍은 미소와 더불어 손을 흔들면서 이상적인 왕녀를 연기하는 이 여자. 몹시 수상했다. 이렇게 평소에 완벽하게 행동하는 여자는 십중팔구 속이 시커먼 법이다. 경애하는 주인님이 설마 이런 천박한 여자에게 속아 넘어가실 거라고는 생각하지 않지만, 그래도 만에 하나의 가능성은 있으니까.

안 그래도 이 여자는 베타가 집필하고 있는『섀도우 님 전기 완전판』에 어울리지 않는 방해꾼이었다.

왕녀 납치 사건에서 섀도우 님이 이 여자를 구했다는 이야기를 들었을 때 베타는 속이 확 뒤집혔다. 그 역할은 내가…… 아니, 어, 저기…… 이런 천박한 여자가 섀도우 님께 폐를 끼쳤다는 사실에 분노를 느낀 것이다. 질투는 아니었다.

베타는 그 분노를 가라앉히기 위해, 섀도우 님께 구출되는 인물을 은발, 푸른 눈, 눈물점이 있는 예쁜 엘프로 바꿔 쓰고 밤늦게까지 그 장면만 반복해서 읽었다.

그러나 앞으로도『섀도우 님 전기 완전판』에 이 천박한 여자가 계속 등장한다면 그건 심각한 사태였다. 능력도, 미모도, 주인님에 대한 애정도 전부 다 내가 훨씬 더 나은데, 왜 이런 천박한 여자가 주제넘게 나서는 거야? 우, 웃기지 마.

베타는 속으로 이 천박한 왕녀를 끊임없이 욕하면서 반자동적으로 민중의 환성에 화답했다.

그리고 힐끗 옆을 봤더니, 기막히게도 이 천박한 왕녀는 천박한 가슴을 강조하면서 민중에게 알랑거리고 있었다.

와. 불쾌해.

게다가 그 볼륨은 자기 것에 비해 훨씬 부족했다. 평범한 수준이었다.

여기서도 또 승리하고 말았구나. 베타는 볼륨감 넘치는 자랑스러운 자기 가슴을 내려다보면서 "풋" 하고 웃었다.

아차, 혹시 들렸나?

베타는 고개를 반대쪽으로 돌리고 시치미를 뗐다. 그런데 그 순간 베타의 오른발에 격통이 느껴졌다.

"윽……?!"

비명을 삼키고 확인해봤더니, 베타의 오른발을 밟고 있는 알렉시아의 구두 굽이 보였다.

뚝 하고 베타 안에서 뭔가가 끊어질 뻔했다. 베타는 그걸 꾹 참고 냉정하게 말했다.

"알렉시아 님. 저, 발을 치워주셨으면 좋겠습니다만……."

알렉시아는 마치 그걸 지금 눈치챈 것처럼 뻔뻔하게 베타를 보더니 발을 치웠다. 그리고 사과조차 안 하고 기막히게도 "풋" 하고 웃었다.

이 빌어먹을 여자가아아아아아아아아아아아아아아아?!

이성을 잃고 폭주할 뻔했다. 그러나 베타는 경애하는 주인님과 『섀도우 가든』에 대한 충성심 때문에 필사적으로 참았다.

뿌득뿌득.

베타의 입술에서 피가 나왔다.

로즈는 내내 행복한 미소를 짓고 있었다.

1

나는 관객석에서 『여신의 시련』 이벤트를 멍하니 보고 있었다.

아직 한낮이라 이벤트는 이제 막 시작된 참이었다. 인사인지 내빈 소개인지 퍼레이드인지 뭔지가 쭉 진행됐다. 메인이벤트 인 『여신의 시련』은 일몰 후 시작될 예정이었다.

현재 나는 관객석에 있는 평범한 몹에 불과했다. 나는 내빈석 에 사이좋게 앉아 있는 세 여자를 바라보면서 탄식했다.

뭔가 하고 싶다.

『어둠의 실력자』다운 뭔가를 하고 싶었다. 이렇게 큰 이벤트에 서 아무것도 안 하고 안일하게 몹 노릇만 하는 것은 용납할 수 없는 일이었다.

이런 때에는 정체를 숨기고 『여신의 시련』에 참가하는 것이 아 마 흔한 패턴일 텐데.

압도적인 실력을 선보여서 "저놈은 도대체 뭐지?!" 하고 모두 를 놀라게 하는 거.

토너먼트라면 그것도 재미있을 것 같지만, 이번에는 딱 한 번 싸우면 끝이다. 게다가 조사해본 결과 정체를 숨기고 참가하기는 어려울 것 같았다. 억지로 난입해볼까? 하는 생각도 해봤지만, 그런 짓은 좀 더 중요한 전투에서 하고 싶기도 했다.

이것도 저것도 별로인데 어쩌지…… 하고 고민하는 사이에 이벤트는 착착 진행됐다.

하는 수 없지. 전날까지 생각해봤는데도 안 떠올랐던 아이디어가 당일에 운 좋게 떠오를 리도 없으니. 나는 반쯤 포기하고 몹으로서 이벤트를 즐겼다. 이세계에는 이런 큰 이벤트는 거의 없기 때문에 의외로 꽤 재미있게 즐겼다. 내기도 해서 돈도 좀 벌었다.

이윽고 해가 졌다. 메인이벤트인 『여신의 시련』이 드디어 시작됐다. 호화로운 조명이 내회장을 비췄다. 경기장 바닥에서 고대 문자가 떠올랐다.

고대문자는 하얀 빛을 발하면서 돔 형태로 퍼져 나갔다. 그러자 관중의 환호성도 덩달아 커졌다.

도전자가 돔 형태의 공간으로 들어가면 성역이 그에 상응하는 전사를 선택함으로써 전투가 시작된다. 한번 전투가 시작되면 어느 한쪽이 전투불능이 되기 전에는 외부의 간섭을 받지 않는다. 듣자하니 때로는 사망자도 발생한다고 한다.

전투불능이 될 때까지 싸운다고? 몹 흉내를 내는 것조차 망설여질 정도다. 실력이 들통날 가능성이 꽤 높잖아.

어느새 첫 번째 도전자가 소개되었다. 그는 돔 공간 안으로 들어갔다. 무슨 기사단의 맹자라고 했다.

그러나 반응은 없었다.

그는 투덜거리면서 대회장을 떠났다.

이런데 참가비가 10만 제니라니 웃기지도 않았다. 게다가 이번 참가자는 150명이 넘는다고 한다.

하긴, 『여신의 시련』을 클리어하면 엄청난 명예를 얻는다지만. 기념 메달도 받을 수 있고. "『여신의 시련』을 클리어했다고? 좋아, 자네를 채용하겠어!"라는 경우도 생긴다고 한다.

나는 알파는 언제쯤 등장할까~? 하고 생각하면서 차례차례 도전자들이 불려 나가는 것을 지켜봤다.

고대 전사가 등장한 것은 열네 번째 도전자가 도전했을 때였다. 검의 나라 베가르타에서 온 여행자 안네로제가 돔 안으로 들어가자, 고대문자가 반응하여 빛나기 시작했다. 그 빛은 사람 형태를 이루더니 그곳에 반투명한 전사가 등장했다. 해설자의 설명에 의하면 그는 고대 전사 보르그라고 한다.

두 사람은 평범하게 싸웠고 평범하게 안네로제가 승리했다. 고대 전사에게 기대를 걸었는데. 생각보다 평범했다. 앞으로 더 강한 전사가 소환되기를 기대해야겠다.

그 후에도 이벤트는 진행됐다. 그리고 나는 깨달았다. 그냥 안네로제가 강했던 건가 보다. 여덟 명 정도가 고대 전사를 소환하는 데 성공했지만 지금까지 승리한 사람은 안네로제 하나밖에 없었다. 그렇다면 보르그 군도 꽤 강한 전사였을지도 모른다.

밤이 점점 깊어졌다. 이제는 도전자도 얼마 남지 않았다.

슬슬 끝나가는구나. 조금씩 그런 분위기가 감돌 무렵에 그 도전자의 이름이 호명됐다.

"다음은 미드갈 마검사 학교에서 온 도전자! 시드 카게노!!"

시드 카게노가 누구야…… 나잖아?!

미드갈 마검사 학교의 시드 카게노라니, 그건 나밖에 없었다. 아니 잠깐만, 난 참가 신청을 한 기억이 전혀 없는데?

"용감한 도전자를 박수로 환영해줍시다!"

아냐, 하지 마!

성대한 박수가 쏟아졌다. 누군가가 휘파람을 불었고 환호성이 대회장을 뜨겁게 달궜다.

위험한 분위기다. 나는 뺨 근육을 파르르 떨면서 생각했다.

이 상황에서 선택지는 세 가지였다.

선택지 1번. 체념하고 순순히 도전한다. 아무 일도 일어나지 않으면 평범한 몹으로서 이벤트 종료. 그러나 만약 고대 전사에게 선택받아 강적이 등장한다면, 내 실력이 들통날 위험이 있었다.

선택지 2번. 도망친다. 나는 마검사 학교의 몹일 뿐이다. 얼굴이 알려진 것도 아니니까 쉽게 도망칠 수 있을 것이다. 하지만 그러면 교회가 분노할 것이다. 학교에 항의가 들어와서 내가 퇴학당할 가능성이 있었다.

선택지 3번. 깽판 쳐서 흐지부지하게 끝내버린다. 그래, 이게 최선이다.

나는 기척을 죽이고 고속으로 이동하여 모습을 감췄다. 아무도 없는 곳에서 섀도우로 변신해 허공으로 날아올랐다.

　나는 「어떤 아수라장도 폭탄이 터지면 싹 날아가서 깨끗이 정리된다는 설」을 제창한다.

　고로.

「정체불명의 실력자가 난입해서 완전히 깽판 치기」 작전 개시.

　나는 돔 형태의 공간으로 날아 내려가서 롱코트를 펄럭였다.

　"내 이름은 섀도우……. 어둠 속에 숨어서, 어둠을 사냥하는 자……."

　관객이 술렁거렸다.

　"성역에 잠들어 있는 고대의 기억을……."

　고대문자가 반응하여 점점 인간 형태를 이루었다.

　"오늘 밤, 우리가 해방시킨다……."

　나는 칠흑의 칼을 뽑아 밤공기를 갈랐다.

　내빈석의 베타가 입을 떡 벌리고 있는 모습이 인상적이었다.

　"섀도우!!"

　"섀도우?!"

"섀도우 니⋯⋯?!"

베타는 무의식중에 경칭을 붙이려다가 황급히 말을 중단했다.

다행히 내빈들은 모두 섀도우에게 정신이 팔려 있었다. 베타의 말을 들은 사람은 없었다. 알렉시아도, 로즈도, 또 넬슨 대주교 대리도 갑자기 난입한 불청객을 보고 크게 당황했다.

베타는 조심성 없이 딱 벌렸던 입을 다물고 생각했다. 이런 것은 계획에 없었는데.

그러나 동시에 이런 생각도 했다. 경애하는 주인님께서 아무 의미도 없이 강제적인 수단을 쓸 리는 없다. 반드시 그래야만 했던 심오한 이유가 있을 것이다. 그게 뭔지 알아내서 돕는 것이 자신의 역할이다.

베타는 즉시 냉정을 되찾았다.

어쩌지?

어떡하면 좋지?

"아, 그래. 저자가 섀도우인가."

넬슨이 중얼거렸다.

"뭘 어쩌려는 건지는 몰라도, 이 대회장에는 교회 성기사들이 있다. 자기 능력을 과신한 어리석은 놈. 너는 이제 독 안에 든 쥐다."

넬슨은 성기사들을 집합시키라고 지시를 내렸다.

성기사. 세례에 의해 선발된 교회 수호 기사. 그 실력은 일반

기사와는 비교가 안 될 정도였다. 베타도 아직 어렸을 때, 적응자를 구출하기 위해 교회의 성기사에게 덤볐다가 고전한 적이 있었다. 물론 지금이라면 그때처럼 꼴사나운 모습은 보이지 않을 테지만.

"섀도우, 도대체 왜……?"

알렉시아가 중얼거렸다.

"그는 무사할까……? 이 소동에 휘말리지 않았어야 할 텐데……."

로즈는 섀도우에게 신경 쓰면서도 두리번두리번 대회장을 둘러보고 있었다.

그때 대회장 전체가 하얗게 변했다.

고대문자가 환하게 빛나면서 한 전사의 모습을 이루었다.

베타는 그 자잘한 고대문자들을 조합해서 의미를 알아냈다.

"『재액의 마녀』 아우로라……."

"설마, 아우로라가……?"

베타와 넬슨이 동시에 말했다.

이윽고 빛이 사라진 그곳에는 한 여성이 서 있었다. 검고 긴 머리카락과 선명한 보랏빛 눈동자. 얇은 검은색 로브를 걸치고 있어서 그 안의 진보라색 드레스와 하얀 피부가 비쳐 보이고 있었다. 마치 조각상이 움직이는 것처럼 예술적인 아름다움을 지닌 존재였다.

"아우로라? 그게 누구지?"

알렉시아가 베타를 무시하고 넬슨에게 물어봤다.

"『재액의 마녀』아우로라. 과거에 세상의 혼란과 파괴를 초래
한 여자입니다."

"『재액의 마녀』아우로라…… 들어본 적이 없는데."

"저도요. 그런데 나쓰메 선생님은 알고 계셨나 봐요?"

로즈의 질문에 베타는 대답했다.

"저도 이름 말고는 잘 몰라요."

거짓말은 아니었다.

『재액의 마녀』아우로라. 고대의 역사를 해독할 때마다 그 여
자가 등장했다. 그러나 정확히 어떤 혼란을 가져오고 어떤 파괴
를 행했는지는 아직 알아내지 못했다. 그것은『섀도우 가든』측
에서도 디아볼로스의 수수께끼 다음으로 꼭 해명해야 할 고대
의 역사로서 조사를 진행하고 있었다.

그리고 오늘.『재액의 마녀』아우로라의 용모가 밝혀졌다. 이
것은 커다란 진전이었다. 베타는 가슴골에서 메모지를 꺼내 아
우로라의 모습을 순식간에 스케치했다. 그리고 아우로라와 대
치하는 섀도우도 스케치했다. 실은 이쪽이 더 중요했다.

"소설의 소재를 모으시는 건가요?"

로즈가 물어봤다.

"아, 네……."

섀도우 님, 오늘도 늠름하십니다. 그렇게 베타는 메모를 마
쳤다.

"혹시 괜찮으시다면 아우로라에 관해 좀 더 자세히 가르쳐주
시겠어요?"

베타가 귀엽게 부탁하자, 넬슨은 의기양양하게 이야기를 시작했다.

"두 분이 모르시는 것도 이해가 갑니다. 오히려 나쓰메 선생님께서 아시는 것이 놀라울 정도지요. 아우로라의 이름은 교회에서도 극소수의 사람들만 알고 있습니다."

그러더니 넬슨은 웃었다. 베타의 블라우스 옷깃 사이의 가슴골을 뚫어져라 응시하면서.

"어쨌든 성기사가 나설 기회는 없겠군요. 섀도우도 운이 없는 녀석입니다. 설마 아우로라를 소환할 줄이야……."

"아우로라가 그 정도로 강한가요?"

로즈가 질문했다.

"저 마녀는 사상 최강의 여자입니다. 섀도우 따위는 가볍게 가지고 놀 테죠. 유감이지만 저는 여기까지밖에 말할 수 없습니다."

나머지는 직접 눈으로 확인하시지요. 그렇게 말하는 것처럼 넬슨은 입을 다물었다.

베타는 내심 발끈했다. 주인님은 절대로 지지 않는다고 생각하니까. 그러나 불안한 점이 전혀 없는 것은 아니었다.

『재앙의 마녀』 아우로라. 그 마녀는 역사에 이름을 남길 만한 실력자였다. 만약 주인님이 아우로라와 싸우다가 지쳤을 때 성기사가 그 빈틈을 노린다면——그런 가능성도 아예 없지는 않았다.

그 순간, 베타는 그제야 어렴풋이 섀도우의 의도를 눈치챘다.

섀도우는 "성역에 잠들어 있는 고대의 기억을 해방시킨다"고 말했다. 그는 아우로라를 소환하기 위해 행동에 나선 것이다. 그 행위에 충분한 가치가 있다고 판단해서.

주인님은 아우로라가 사건의 열쇠라고 판단했다. 그럼 베타는 그에 복종할 따름이다.

베타는 자기 얼굴의 눈물점을 어루만졌다. 그것은 계획을 변경한다는 신호였다. 이 대회장에 숨어 있는 입실론에게는 분명히 전달됐을 것이다. 자세한 내용을 전달하지 않아도, 입실론이라면 최선의 행동을 해줄 것이다. 베타는 그렇게 믿었다.

"자, 시작합니다."

넬슨의 말을 듣고 대회장으로 눈을 돌렸더니, 그곳에서 칠흑의 칼을 뽑아 든 섀도우와 팔짱을 끼고 우아하게 미소 짓고 있는 아우로라의 모습이 보였다. 한낱 기억 속의 존재라는 것이 믿어지지 않을 정도로 싱싱하고 아름다운 미소였다.

"섀도우가 그리 쉽게 지지는 않을 거야……."

그렇게 중얼거린 사람은 알렉시아였다. 진지한 표정으로 섀도우를 주시하고 있었다.

그래도 보는 눈은 있네. 베타는 조금 감탄했다.

대회장에는 긴장된 공기가 감돌기 시작했다.

숨 막히는 침묵이 공간을 지배했다.

섀도우와 아우로라. 그 둘은 서로 마주 보고 있었다.

그것은 그들에게는 서로 무언가를 감지하는 중요한 시간이었을지도 모른다.

그 후.
묘한 아쉬움을 남기면서 그들의 전투가 시작됐다.

그 감각을 맛보는 것은 상당히 오랜만이었다.
나는 보랏빛 눈동자를 지닌 여성을 상대하면서, 가면 뒤에서 웃었다.
그 여자도 미소 짓고 있었다.

──틀림없이 우리는 지금 같은 감각을 공유하고 있을 것이다.

전투란 대화다. 내 생각은 그러했다.
칼끝의 흔들림, 시선의 방향, 발의 위치, 그런 사소한 요소들이 모두 의미를 가지고 있으며, 그 의미를 파악해서 적절히 대처하는 것이 전투다.
사소한 행동에서 의미를 알아내는 능력, 또 이에 대처해서 더 나은 반응을 준비하는 능력. 그것이 바로 전투력이라고 해도 과언이 아닐 것이다.
고로 전투는 대화다.
서로의 대화 능력이 좋으면 좋을수록 미리 예측하고, 대처하

고, 또 그걸 예측하고, 또 거기에 대처하게 된다. 그런 식으로 끝없는 대화를 반복하는 것이다.

그러나 대화 능력이 없거나 그 차이가 현격하다면 애초에 대화가 발생하지 않는다.

이때는 둘 중 하나, 또는 양쪽 모두가 제멋대로 행동하다가 전투를 끝내버린다.

이 전투에는 대화가 없다. 과정도 없다. 단지 결과만 있다. 처음부터 대화할 마음이 없다면 그냥 가위바위보로 승패를 정하면 되지 않을까? 내 생각은 그런데. 델타, 너한테 하는 말이야.

평생 주먹만 내서 가위든 보자기든 다 박살내버리는 엉터리 가위바위보잖아.

하긴, 이러는 나도 남 말 할 처지는 아니다. 오랫동안 대화다운 대화를 나눠보지 못했기 때문이다.

그래도 델타와 다른 점은 있다. 나는 처음에는 대화를 시도한다. 그래 봤자 결국 주먹으로 날려 버리지만.

그렇기 때문에 나는 이 여자를 만나 오랜만에 기쁨을 느꼈다. 이 여자는 나를 봐줬다. 내 칼끝을, 시선을, 발의 움직임을, 태연하게 미소 짓는 척하면서 그 모든 의미 있는 동작들을 보았다.

좋아, 이 여자를 바이올렛 씨라고 부르자. 친애하는 바이올렛 씨.

우리는 한동안 가만히 마주 보고 대화를 나눴다.

그러면서 점점 서로를 알게 되었다. 이 여자는 멀리 떨어져 싸우는 타입이고, 나는 사실 상대에 맞춰 싸우는 타입이다. 결코 주먹으로 다 날려 버리는 타입은 아니었다.

　그러니까.

　당신이 먼저 시작해.

　그렇게 나는 선공을 양보했다.

　앞으로 내밀었던 내 발을 즉시 뒤로 물렸다.

　그 직후, 그 발자국에서 붉은 창 같은 것이 튀어나왔다.

　나는 그대로 반 발짝 물러났다. 설마 첫수가 땅속에서의 공격
일 줄은 몰랐다.

　붉은 창은 두 갈래로 갈라져 좌우에서 협공하듯이 나를 덮쳤다.

　나의 첫수는 상황을 지켜보는 것.

　붉은 창의 속도와 위력과 기동력을 관찰한다.

　그래서 왼쪽 창은 회피하고 오른쪽 창은 칼로 받아쳤다. 묵직
한 감각이 느껴졌다. 충분히 사람을 죽일 만한 위력이었다.

　내가 회피한 창이 또다시 분열됐다. 날카롭고 뾰족한 철사 같
은 붉은 선이 천 개는 되는 것 같았다.

　그것들이 내 주위에서 일제히 날아들었다.

　나는 마력을 주입한 칼을 휘둘러 붉은 창을 일소했다.

　"모기가 떼 지어 덤벼봤자 사자를 죽이지는 못해."

　바이올렛 씨가 우아한 미소를 지었다. 우리는 또 잠시 서로를
바라봤다.

　대화 능력이 좋을수록 짧은 대화만으로도 서로의 능력을 눈치
챌 수 있다. 그리고 상대의 사정도 저절로 어렴풋이 알게 된다.

　나도, 또 아마 바이올렛 씨도. 이 전투의 결말을 알아버렸다.

그리고.

통나무처럼 굵은 창이 땅속에서 일제히 솟구치면서 이 침묵을 깨뜨렸다.

그 수는 아홉 개였다.

나는 굵은 창을 피했다. 그러나 그 창은 촉수같이 자유롭게 변화하여 나를 추격했다.

창처럼 찌르고, 실처럼 휘감고, 아가리처럼 잡아먹으려고 덤벼들었다.

이것이 저 여자의 전투방식이다. 자유자재로 움직이는 이 촉수로 일방적으로 적을 가지고 놀다가 죽인다.

나는 그저 관찰했다. 촉수의 움직임을 보면서 내 동작의 최적화를 행했다.

회피에 필요한 동작을 줄여나갔다. 한 발짝에서 반 발짝으로, 두 단계에서 한 단계로.

회피하기만 해서는 이기지 못한다. 회피란 반격을 위한 예비동작이다.

그리고 회피하는 움직임이 작으면 작을수록 다음 반격이 빠르게 이루어진다.

회피와 반격을 동시에.

그 한 발짝을 통해 나는 상대의 눈앞에 다가섰다.

어느새 상대는 손에 커다란 낫을 들고 있었다. 그것을 휘둘렀다.

나는 그 일격을 칼로 튕겨냈다. 그와 동시에 상대의 다리를 건

어찼다.

　내 발끝에서 길게 튀어나온 슬라임 소드가 그 다리를 꿰뚫었다. 이 발끝 소드는 요즘에는 연출용 소도구로 전락했지만, 실은 강적과의 싸움에서 균형을 무너뜨릴 수 있는 강력한 무기였다.

　상대의 움직임이 한순간 멈췄다. 나에게는 그 정도면 충분했다.

　바이올렛 씨는 웃는 얼굴로 결과를 받아들였다.

　"완벽한 상태인 당신과 싸우고 싶었어."

　흩어지는 선혈 속에서 나는 바이올렛 씨에게만 들리도록 조그맣게 중얼거렸다.

　"보세요. 제 말이 맞죠? 섀도우는 속수무책인 것 같군요."

　넬슨이 의기양양하게 하는 말을 알렉시아는 한 귀로 듣고 한 귀로 흘렸다.

　섀도우와 아우로라의 전투는 처음부터 일방적인 아우로라의 공격으로 진행되고 있었다. 엄청난 속도로 춤추는 붉은 선. 알렉시아는 경악하여 그 장면을 바라봤다.

　저건 아무리 봐도 기존의 무기가 아니었다. 아우로라는 자유롭게 형태가 변하는 그 무기를 마치 신체의 일부처럼 조종했다. 아마도 저 창을 더 광범위하게 퍼뜨려서 복수의 적을 한꺼번에

꿰어버리는 것도 가능할 것이다.

칼로만 싸우려고 애써봤자 결코 당해내지 못한다.

이것이 고대의 전투기술. 내 능력으로는 도저히 감당할 수 없다. 알렉시아는 그 점을 인정했다.

"생각보다 끈질기게 버티는군요. 그러나 실력 차이는 확연합니다."

아니야.

알렉시아는 넬슨의 의견을 속으로 부정했다.

겉으로는 아우로라의 맹공에 섀도우가 수세에 몰린 것처럼 보였지만, 그는 아직 한 번도 공격을 시도하지 않았다. 그저 처음 보는 공격을 관찰하고 있을 뿐이었다.

아우로라는 분명히 강했다. 섀도우와 제대로 싸우는 것을 보면.

그러나 붉은 창은 아직 한 번도 섀도우를 건드리지 못했다.

"모기가 떼 지어 덤벼봤자 사자를 죽이지는 못해."

천 개가 넘는 가느다란 창들을 일격에 날려버리면서 그렇게 말하는 섀도우.

붉은 창이 통나무처럼 굵어지더니 사방팔방에서 섀도우를 덮쳤다.

그것은 사자를 죽일 만한 위력을 가지고 포효하면서, 때로는 분열하고 때로는 짐승 아가리처럼 물어뜯으며 섀도우를 공격했다.

그러나 명중하진 않았다.

명중하기는커녕, 공방이 한 번 끝날 때마다 섀도우의 회피 동작은 점점 간략해졌다.

최소한의 움직임인 것처럼 보이던 그 동작이 그다음에는 더욱 작아졌다.

알렉시아에게는 최고의 공방처럼 보이던 것이 그 직후에는 한층 더 업그레이드됐다.

"굉장해……."

"역시, 당신은……."

알렉시아와 나쓰메가 동시에 중얼거렸다.

진정한 강자는 방어만으로 상대를 궁지에 몰아넣는다. 과거에 검술 스승이 했던 말이다.

그 견본이 이곳에 있었다.

"뭐야, 저 마녀. 도대체 뭐 하는 거지? 꾸물대지 말고 당장 해치우라고!"

넬슨의 음성에 초조함이 깃들었다.

그러나 이미.

아우로라의 능력으로는 섀도우를 막을 수 없었다.

결판은 순식간에 났다.

알렉시아가 볼 수 있었던 것은 공방의 극히 일부에 불과했다.

섀도우가 파고들었고, 아우로라가 큰 낫을 휘둘렀고, 어느새 핏방울이 흩어지고 있었다.

쓰러진 사람은…… 아우로라였다.

너무나 빠르고 허무한 결말. 마치 사자가 새끼 양의 목을 비트는 것처럼.

섀도우가 무슨 짓을 했는지. 거기서 무슨 공방전이 벌어졌는지. 아무도 몰랐다.

그래서 허무했다.

대회장이 찬물을 끼얹은 것처럼 조용해졌다. 방금 그 격투가 무색해질 정도로.

"지…… 진 건가? 말도 안 돼. 분명히 아우로라가 밀어붙이고 있었는데?!"

넬슨이 소리를 질렀다.

그의 눈에는 끝까지 아우로라가 우세한 것처럼 보였나 보다.

그런데 눈 깜짝할 사이에 승패가 역전돼서 어리둥절해진 것이다. 실은 넬슨만 그런 것이 아니었다. 대회장에 있는 사람들 대부분이 승자와 패자를 잘못 본 게 아닌가 하고 의심하고 있었다.

"도대체 무슨 일이 있었던 거지……? 아우로라가 질 리 없어! 저 여자는……!"

섀도우가 칠흑의 코트를 펄럭이면서 밤하늘로 날아올랐다.

"앗, 거기 서라! 이봐, 저놈을 쫓아! 놓치면 안 돼!"

넬슨이 정신 차리고 고함을 질렀다.

성기사들이 출동하여 허둥지둥 섀도우를 쫓기 시작했다.

알렉시아는 저도 모르게 멈췄던 숨을 토해냈다. 그리고 섀도우의 검술을 잊어버리지 않기 위해 머릿속에서 반추했다.

"언제 봐도 엄청난 검술이네요……."

로즈가 한숨 섞인 한마디를 흘렸다.

알렉시아도 동의하려고 했다. 그런데 그때 눈부신 빛이 대회장을 뒤덮었다.

The Eminence in Shadow

Not a hero, not an arch enemy,
but the existence interjected in a story and shows off his power.
I had admired the one like that, what is more.
and hoped to be.
Like a hero, everyone wished to be in childhood.
"The Eminence in Shadow" was the one for me.
That's all about it.

I can't remember the moment anymore.
Yet, I had desired to become "The Eminence in Shadow"
ever since I could remember.
An anime, manga, or movie? No, whatever's fine.
If I could become a man behind the scene,
it didn't really matter type I would be.
Not a hero, not an arch enemy,
but the existence interjected in a story and shows off his power.

2장

The Eminence in Shadow

로즈는 눈을 가늘게 뜬 채 빛이 사라지기를 기다렸다.

빛이 사라진 그곳에는 하얗고 커다란 문이 생겨나 있었다.

"저 문은……?"

로즈가 중얼거렸다.

"저절로 열리잖아……?"

그 문은 은은하게 빛나면서 조금씩 열리고 있었다.

불가사의한 광경이었다.

"설마…… 성역이 응해준 건가……?"

넬슨이 망연자실하여 중얼거렸다.

"응하다니, 그게 무슨……?"

"아시다시피 오늘은 1년에 한 번 성역의 문이 열리는 날입니다."

"성역의 문은 성교회에 있다고 들었는데요."

"네. 성교회에 있습니다. 그러나 문은 한 개가 아닙니다. 성역은 그 문을 두드리는 자에 맞춰서 그를 맞이하는 문의 형태를 바꿉니다. 초대하지 않는 문, 소집의 문, 환영의 문……. 저 문이 무엇인지는 들어가 보기 전에는 알 수 없습니다."

넬슨은 하얀 문에서 눈을 떼지 못한 채 로즈의 질문에 대답했다.

"이렇게 된 이상, 『여신의 시련』을 속행하는 것은 불가능합니다. 이봐, 관객을 밖으로 내보내."

넬슨이 지시하자, 담당자가 관객을 밖으로 유도하기 시작했다. 내빈들도 차례차례 자리를 떴다.

그러는 사이에도 문은 조금씩 열렸다.

"저 문에는 아무도 접근하지 못하게 해!"

넬슨이 지시했다.

그리고 사람 한 명 크기만큼 문이 열렸을 즈음에는 로즈와 그 주변 사람들에게도 지시가 내려졌다.

"여러분도 이제 그만 나가주세요."

넬슨이 그렇게 말했다.

그 순간, 로즈는 검을 뽑았다. 그와 동시에 알렉시아도 검을 뽑았고, 두 사람은 서로 등을 맞대고 섰다.

"아닛……?!"

넬슨은 당황했다. 허둥지둥 주위를 둘러봤더니, 어느새 검은색 집단이 그들을 포위하고 있었다. 로즈와 알렉시아조차도 이렇게 되기 직전까지 그들의 기척을 눈치채지 못했다.

"미안하지만 문이 닫힐 때까지 여기 얌전히 있어줘."

방울소리처럼 아름다운 목소리가 들려왔다.

그곳에 혼자 복장이 다른 여성이 나타났다.

"네놈들은…… 설마, 『섀도우 가든』이냐?!"

검은색 보디슈트를 입은 집단. 그중에서 유일하게 드레스 같은 로브를 입은 그 여성은 우아하게 문을 향해 걸어갔다.

그 시선이 한순간 로즈와 알렉시아에게 닿았다.

두 사람의 어깨가 흠칫 떨렸다. 그들은 서로 등을 딱 붙인 채 굳어버렸다.

강하다……!

상대의 시선에서 거대한 압력이 느껴졌다. 저 여자는 마치 이 밤에 군림하는 것처럼 압도적인 존재감을 지니고 있었다.

두 사람이 최강이라고 생각하는 존재는 섀도우였다. 그런데 이 여자는 적어도 섀도우의 발끝에는 미치는 존재였다. 그런 느낌이 들었다.

"입실론, 뒷일은 맡길게. 그리고 아가씨들은 얌전히 있어줘."

"네, 알겠습니다. 알파 님."

"이봐, 기다려! 성역에 들어가지 마라!!"

알파라고 불린 여성은 넬슨의 절규를 무시하고 빛의 문 안쪽으로 사라져갔다.

"저 여자가 알파구나……."

알렉시아의 혼잣말이 들렸다.

아는 여자야?!

그렇게 묻고 싶었지만 로즈는 꾹 참았다.

"좋아, 그래서? 당신들이 이런 짓을 하는 이유는 뭐야?"

알렉시아가 질문을 던졌다.

"당신들은 그저 저 문이 사라질 때까지 얌전히 있기만 하면 돼. 단, 넬슨 대주교 대리는 우리와 같이 가야 한다."

입실론이라고 불린 풍만한 몸매의 소유자가 말했다. 정확히 지목된 넬슨은 당황하여 어쩔 줄 몰랐다.

"성역에서 대체 무엇을 하려는 건데?"

"무엇을 하는 게 문제가 아니라, 거기에 무엇이 있느냐가 문제다. 어쨌든 당신들이 얌전히 있으면 우리도 위해는 가하지 않겠다."

그러더니 로즈와 알렉시아를 시선만으로 견제했다. 맑은 호수처럼 아름다운 눈동자가 빈틈없이 두 사람을 주시하고 있었다.

이 여자도 강하다. 알파만큼은 아니어도 강자 특유의 압력이 느껴졌다.

하지만. 일단 해보면…….

"움직이면 이 여자가 위험해질 거다."

로즈와 알렉시아의 적의를 눈치챈 걸까. 입실론이 그렇게 말했다.

입실론이 바라보는 곳에는, 검은 여자들에게 붙잡힌 나쓰메 선생님이 있었다.

"미, 미안해요……."

면목 없다는 듯이 눈을 내리까는 나쓰메 선생님.

"나쓰메 선생님……!!"

눈물을 삼키는 나쓰메 선생님을 본 순간, 로즈는 가슴이 죄어드는 기분을 느꼈다.

반격의 여지는 사라져버렸다……고 생각했는데.

"그냥 희생시켜도 되지 않아?"

알렉시아가 로즈에게만 들릴 정도로 조그맣게 말했다.

"안 돼요!"

로즈는 단호하게 거부했다.

"희생시키자. 그게 나아. 수상한걸."

"아니, 안 된다니까요?"

둘이서 그런 대화를 하는 사이에 성역의 문은 완전히 열렸다가 이제는 반대로 닫히기 시작했다.

천천히, 천천히.

검은 집단은 속속 문 안으로 들어갔고, 인질이 된 나쓰메 선생님과 넬슨 대주교 대리도 강제로 문 쪽으로 끌려갔다.

로즈와 알렉시아는 그 모습을 지켜볼 수밖에 없었다.

빈틈이 없었다.

검은 집단은 멤버들 하나하나가 강하기도 했고 집단으로서 잘 통솔되고 있었다. 그들은 3인 1조로 팀을 짜서 서로 돕고 있었다. 저 정도면 사소한 허점을 찔리더라도 즉시 커버가 가능하리라는 것은 쉽게 예상이 갔다. 철저하게 훈련된 집단행동이었다.

문이 닫힌다.

"앗, 그만해요! 난폭한 짓은 하지 마세요!"

억지로 문 안으로 떠밀려 들어가는 나쓰메 선생님이 비통한 소리를 내면서 저항했다.

"나쓰메 선생님!!"

"나, 나는 괜찮아요. 걱정하지 마세요!"

나쓰메 선생님은 떨리는 음성으로 용감하게도 그렇게 외치더니 문 안으로 끌려가버렸다.

로즈는 울상을 지으며 그 모습을 바라봤다.

"수상해."

누군가의 혼잣말이 들렸지만 무시했다.

마지막으로 남은 사람은 입실론과, 구속된 넬슨이었다.

입실론은 만사 이상 없음을 확인한 뒤 넬슨을 데리고 문을 통과하려고 했다.

그러나 넬슨이 저항하자 입실론의 주의가 산만해졌다.

그 순간.

돌연 위에서 날아온 검은 그림자가 입실론을 베어버렸다.

"잘했다, 『처형자』 베놈!!"

넬슨의 웃음소리가 높이 울려 퍼졌다.

극도로 집중한 가운데 입실론은 자신이 베이는 장면을 바라봤다.

완전히 허를 찔렸음에도 불구하고, 반사적으로 상체를 움직여 회피 동작을 취한 것은 과연 대단했다. 하지만 그것이 비극을 낳고 말았다.

입실론의 뇌리에 주마등처럼 과거가 스쳐 지나갔다.

귀한 엘프 아가씨였던 자신. 〈악마 빙의〉가 되어 버림받아서 국외로 쫓겨났던 기억.

그리고 새로운 인생을 얻었던 날.

섀도우에게 구출된 그날, 입실론은 그동안 믿어왔던 것을 잃어 버리고 새로운 삶의 의미를 발견했다.

입실론은 본디 드센 성격이었다. 자신이 뛰어나다는 것을 믿어 의심치 않았고, 그 뛰어난 점을 남에게 보여주지 않고는 못 배기는 성미였다.

실제로 입실론은 좋은 가문에서 태어난, 아름답고 똑똑하고 무예도 출중한 인재였다.

자존심도 강하고, 그 자존심에 걸맞은 능력도 가지고 있었다.

아마 그래서였을 것이다.

〈악마 빙의〉가 된 그날, 그 모든 것이 무너져버린 순간에 입실론은 누구보다도 심하게 좌절했다.

살아갈 의미를 잃어버렸다. 그러나 죽을 용기도 없었다.

그날, 썩어가는 육체를 질질 끌고 산길을 걷고 있는 그녀의 눈앞에 섀도우가 나타났다.

"힘을 원하느냐……?"

그는 심연에서 흘러나오는 것처럼 깊은 목소리로 말했다.

입실론은 정신이 몽롱해진 와중에 생각했다. 악마라도 나타난 걸까.

그러나 그녀는 힘을 원했다.

힘만 있으면, 자신을 버린 자들에게 복수할 수 있을 것이다.

실컷 괴롭히다가 죽일 거야. 후회하게 만들어줄 거야.

"그렇다면, 내가 주마……."

감미로운 청보라색 마력이 입실론을 감쌌다.

그 빛을, 따뜻함을, 지금도 잊지 않고 기억한다.

왠지 그리우면서도 따뜻하게 아픔을 치유해주는 빛이었다. 입실론은 어느새 울고 있었다.

그날 입실론은 약하고 추하고 꼴사나웠다. 그런 그녀를 구해준 사람이 섀도우였다.

"거짓된 세계에서 광기에 사로잡히는 것도 괜찮을 테지. 그러나 진실의 세계를 알고 싶다면…… 나를 따라와라."

입실론은 섀도우의 뒤를 따라갔다.

모든 것을 잃어버린 자신은 그저 추한 존재였다. 이렇게 추한 자신이 구원받고, 진정한 자기 자신을 인정받은 듯한 기분이 들었다.

가문 따위는 필요 없었다.

미모도 필요 없고, 능력을 자랑할 필요도 없었다.

정말 중요한 것은 따로 있었다.

그 후 입실론은 세계의 진실을 알게 되었고, 선배님 네 명을 만나면서 앞서 했던 말을 취소했다.

물론 가문은 필요 없었지만, 능력은 필요했다.

특기였던 무예가 여기서는 꼴찌에서 두 번째였다.

앞으로 무슨 짓을 해도 이기지 못할 것 같은 괴물과 완벽한 초인이 있었다.

자랑스러워했던 두뇌도 여기서는 꼴찌에서 두 번째였다.

두뇌 특화형 인재와 완벽한 초인 때문에 콧대가 납작해졌다.

종합 능력을 봐도, 완벽한 초인과 빈틈없는 만능형 인재가 있었다.

 이대로 가면 입실론이 설 자리는 없을 것이다.

 그리고 다른 무엇보다도 미모가 필요했다.

 입실론에게 외모는 중요한 요소였다. 왜냐하면 경애하는 주인님이 남자였기 때문이다.

 자신의 매력을 객관적으로 분석한 결과, 꽤 힘겨운 싸움이 될 것 같다고 예상했다.

 얼굴만 본다면 입실론이 비관할 필요는 전혀 없었다. 그러나 입실론에게는 미래의 걱정거리가 있었다. 왜냐하면 입실론의 친족 여자들은 모두 다 작고 밋밋했기 때문이다.

 남자가 친척들의 두발을 보고 한탄하듯이, 입실론은 친척들의 몸매를 보고 한탄했다. 이러다가는 조만간 분명히 패배할 것이다.

 그래서 입실론은 그것과 만났을 때 마치 벼락 맞은 듯한 충격을 받았다.

 슬라임 보디슈트.

 한눈에 그것의 가능성을 눈치채고 마음을 빼앗겼다.

 평소에는 섀도우의 말을 하나도 빠뜨리지 않고 귀담아듣는 입실론이 그때만은 섀도우의 설명조차 대충 흘려듣고 슬라임 보디슈트만 뚫어져라 바라봤다.

 그때 입실론은 생각했던 것이다.

이걸로 뺑튀기를 할 수 있겠는데? 하고.

입실론이 슬라임 보디슈트를 자유자재로 다룰 수 있게 되기까지는 3일도 걸리지 않았다.

입실론은 제어 연습을 한다는 명목으로 그날부터 항상 슬라임 보디슈트를 입고 다니면서 조금씩, 조금씩 뺑튀기를 해 나갔다.

조금씩. 의심받지 않을 정도로만. 하지만 성장기니까 좀 대담하게.

그게 웬만큼 커졌을 때 입실론은 깨달았다.

질감이 부족했다.

슬라임은 슬라임일 뿐이다. 진짜와는 감촉이 다르고 흔들림이 다르다. 입실론은 그날부터 베타를 눈엣가시처럼 미친 듯이 관찰했다. 그리하여 며칠 만에 슬라임을 완벽하게 제어함으로써 그 흔들림과 감촉을 재현하는 데 성공했다.

이 시점에서 입실론의 마력 제어 능력은 알파조차 감탄할 정도로 완벽해졌다.

그 결과 『치밀』의 입실론이라고 불리면서 모두의 존경을 받게 되었지만. 본인에게 그딴 것은 이미 전혀 중요치 않았다.

그보다도 입실론은 날마다 베타를 관찰하면서 전율을 금치 못했다.

뭐야, 이 녀석? 또 커졌잖아?!

전쟁이었다. 천연과 인공의 살벌한 싸움이었다.

그렇게 싸운 결과, 입실론은 뻥튀기를 계속한 덕분에 승리했다. 인류는 언제나 자연의 위협을 극복해온 것이다.

하지만 그만큼 큰 대가도 치러야 했다.

아주 약간의 긍지를 잃어버린 그날, 입실론은 거울에 비친 자기 모습을 보고 생각했다.

불균형이 심각하다.

안타깝게도 입실론은 본디 작고 날씬한 체형이었던 것이다.

그러나 입실론은 명석한 두뇌를 이용해 이 문제를 해결할 해답을 찾아냈다.

그래, 그럼 엉덩이도 키워서 불균형을 해소하자.

결과적으로 그 작업은 엉덩이로 끝나지 않았다. 입실론은 슬라임으로 엉덩이에 살을 붙여 형태를 예쁘게 바꾸고, 또 슬라임으로 복부를 꽉 조여서 잘록한 허리를 만들고, 더 나아가 비밀스런 키높이 구두로 다리를 쭉 늘여 팔등신 몸매를 손에 넣었다. 게다가 또…… 자잘한 것까지 다 말하자면 끝도 없을 것이다.

요컨대 입실론은 슬라임 보디슈트를 이용해 궁극의 완벽한 육체를 가지게 된 것이다.

부단한 노력과, 아무에게도 들키지 않기 위한 철두철미한 마음가짐과, 얄미운 라이벌의 존재. 그런 것들이 있었던 덕분이다.

그리고 가장 중요한 것은 경애하는 주인님에 대한 애정이었다.

입실론의 『치밀』은 노력의 부산물에 불과했다. 입실론의 진정한 능력은, 그 온몸을 뻥튀기해주고 있는 두툼한 슬라임에 의한 경이로운 물리방어력이었다.

주마등이 끝났다.

하늘에서 내려온 그림자가 검을 밑으로 내리쳤고.

입실론의 노력의 결정체가 잘려 나간다.

슬라임 보디슈트의 가장 부드러운 덩어리 두 개가 허공을 날았다.

그 순간, 입실론은 각성했다.

이런 곳에서…….

이런 곳에서……!

들킬까 보냐아아아아아아아아아아아아아아아아아아아앗!!

입실론은 허공을 나는 덩어리 두 개에 남아 있는 마력을 제어해서 그 형태를 유지시켰다.

육체에서 떨어져 나간 마력을 완벽하게 조종하고 제어하는 그 기술. 식견 있는 사람이 본다면 졸도할 만한 절기(絶技)였다.

그와 동시에 마력을 끌어당겨서 순식간에 원래 있던 곳에다 딱 붙였다.

밀리미터 단위의 오차조차 허용하지 않는 그 정확한 컨트롤과, 모든 작업을 눈 깜짝할 사이에 해치워버린 그 속도──그야말로 귀신같은 솜씨였다.

끝으로 출렁~ 하는 흔들림까지 재현했다. 보았느냐, 이것이
『치밀』의 입실론이다.

"잘했다.『처형자』베놈…… 으응?"

넬슨은 다시 한 번 입실론을 쳐다봤다.

방금 칼에 베였을 텐데. 입실론은 너무나 멀쩡하게 그곳에 서
있었다.

아니, 심지어.

"봤냐……?!"

"네……?"

이 압도적인 박력은 대체 뭐지──?!

넬슨의 무릎이 덜덜 떨렸다.

"뭔가, 봤냐?"

"흐억……! 아, 아니, 아무것도 못 봤어……!"

"너희들은. 봤냐?"

입실론은 로즈와 알렉시아에게 물어봤다. 두 사람은 열심히 고
개를 옆으로 흔들었다.

"그럼 됐다. 자, 따라와."

입실론은 넬슨의 덜미를 붙잡고 끌어당겼다.

"으악!『처형자』베놈, 뭐 하는 거냐?! 당장 도와줘!!"

"『처형자』? 그놈은…….."

입실론이 넬슨의 귓가에 대고 속삭였다.

"벌써 죽였어."

"흐아아아아아아아아아아아악!!"

입실론은 넬슨을 질질 끌고 거의 닫혀버린 문 안쪽으로 사라져 갔다.

문이 닫힌다.

완전히 닫히기 직전에 그녀가 뛰쳐나갔다.

"알렉시아 씨?!"

알렉시아는 로즈의 제지를 무시하고 문틈을 비집고 들어갔다.

"어휴, 진짜!"

로즈도 뒤따라서 구르듯이 안으로 들어갔다. 그 직후, 문이 완전히 닫혔다.

이어서 은은한 빛을 남기고 사라져버렸다.

"꺅?!"

로즈는 뭔가 부드러운 물체 위에 낙하했다.

고개를 흔들면서 몸을 일으켰다. 그제야 로즈는 자신이 두 소녀를 깔아뭉개고 있음을 깨달았다.

"아, 미안해요."

"로즈 선배님. 1초라도 빨리 비켜주시겠어요?"

"알렉시아 님, 이상한 데 건드리지 마세요."

알렉시아와 나쓰메가 로즈 밑에 깔린 채 서로 노려보고 있었다.

로즈가 일어나자 두 사람은 즉시 멀리 떨어져서 고개를 반대쪽으로 홱 돌렸다.

사이가 나쁜 걸까? 로즈는 약간 의기소침해졌다.

"저기요, 두 분. 싸우는 것은 좋지 않다고 생각…… 앗."

로즈는 그렇게 말하다가 뒤늦게 눈치챘다. 자신에게 사람들의 시선이 집중되어 있음을.

그곳은 천장이 뻥 뚫린 어두운 공간이었다. 주위에는 검은 옷을 입은 여자들이 있었고. 그중에는 알파, 입실론, 또 그들에게 끌려온 넬슨도 있었다.

"아…… 어, 으음."

일단 뭘 어쩌지도 못할 상황이란 것은 이해했다. 로즈는 두 손을 들었다.

애써 미소 지으면서 적의가 없음을 강조했다.

옆에서는 나쓰메 선생님이 불쌍하게도 겁에 질려 바들바들 떨고 있었다. 내가 어떻게든 해야 해. 로즈가 그렇게 결심한 순간, 알렉시아가 쓱 앞으로 나섰다.

"미안해. 실수로 스텝이 꼬여서 넘어졌어. 그런데 하필이면 문이 있는 쪽으로 넘어져서. 어쩔 수 없었어."

설득력이란 것은 당당한 태도에서 나오는 거구나. 로즈는 한 수 배웠다.

그것이 아무리 새빨간 거짓말이어도, 세상을 손에 넣은 마왕처럼 당당하게 굴면 상대도 굳이 지적하기가 귀찮아지는 것이다.

어, 그래. 그냥 그렇다고 하자. 다들 그런 태도로 알렉시아를 보고 있었다.

"얌전히만 있어준다면 마음대로 해도 돼. 어쩌면 당신들은 알아야 하는 걸지도 몰라."

알파는 알렉시아를 힐끗 보고 그렇게 말했다. 이어서 지시를 내리자, 검은 여자들이 이리저리 흩어졌다.

알렉시아는 '옳지, 됐다!' 하고 몰래 주먹을 불끈 쥐었다.

그리하여 그곳에 남은 것은 알파, 넬슨, 로즈, 알렉시아, 나쓰메, 그리고 정체를 알 수 없는 검은 여자였다. 입실론과는 다른 인물인 듯했다.

"대체 무슨 목적으로 이런 짓을 하는 거냐?"

검은 여자에게 구속된 넬슨이 알파를 쏘아봤다.

알파는 가면 안쪽에서 미소 짓는 것 같았다.

"과거에 이곳에서 영웅 올리비에가 마인 디아볼로스의 왼팔을 봉인했다는 전설이 있지."

"그래서 뭐? 그 왼팔이라도 찾으러 온 거냐?"

넬슨이 웃으며 말했다.

"그것도 재미있을 것 같지만…… 우리가 알고 싶은 것은 그런 게 아니야. 우리가 알고 싶은 대상은 디아볼로스 교단이야."

알렉시아가 디아볼로스 교단이란 말에 반응했다. 눈빛이 날카로워졌다. 로즈는 곁눈질로 그런 알렉시아를 보고 있었다.

"그게 무슨 소리지……?"

"당신이 대답하지 못하는 것은 이해해. 그래서 직접 보러 온

거야. 처음부터 온전히 역사의 어둠 속에 파묻혀버린 진실을 캐
내기 위해서."

알파는 뒤로 돌아 커다란 석상 앞으로 걸어갔다. 넓은 공간에
또각또각 하이힐 소리가 메아리쳤다.

"이건 영웅 올리비에의 석상이지."

알파의 말에 로즈는 고개를 갸우뚱했다.

"영웅 올리비에……? 아니, 그는 남자일 텐데……?"

그렇다. 알파가 영웅이라고 말한 그 석상은 성검을 든 여자였
다. 아름다운 여성. 발키리 같은 신성함이 느껴졌다.

"우리는 전체적인 윤곽은 알아냈다. 그러나 아직 확신을 얻지
는 못했어. 역사의 진실도, 교단의 진짜 목적도, 그리고……."

알파는 영웅상을 향해 손을 뻗더니 그 뺨을 살며시 어루만졌다.

"영웅 올리비에의 얼굴이 나와 똑같은 이유도."

그리고 뒤를 돌아봤다. 얼굴을 가리던 가면은 어느새 사라져버
렸다.

"엘프……?"

누가 한 말인지는 모른다.

그러나 우리 모두는 그 아름다움에 감탄했고, 그와 동시에 눈
치챘다. 알파의 얼굴은 영웅 올리비에와 똑같았다.

"설마, 네놈은 그 엘프…… 아니, 하지만 〈악마 빙의〉가 되어
죽었을 텐데……?"

"역시 당신은 알고 있구나."

"윽……!"

넬슨이 당황하여 입을 다물었다.

"우리는 〈악마 빙의〉의 진실도 알고 있어. 질서를 제어하고 싶은 교단의 입장에서는 그것이 참 거치적거릴 거야. 안 그래?"

넬슨은 고개 숙인 채 대답하지 않았다.

로즈는 그들의 이야기를 전혀 이해하지 못했다. 그러나 알렉시아는 다소 이해한 듯했고, 알파가 헛소리를 하는 것처럼 보이지도 않았다.

이만한 능력을 가진 조직이 고고학을 취미로 하고 있진 않을 것이다. 뭔가 중대한 이유가 있을 것이다. 『섀도우 가든』의 이유. 그리고 디아볼로스 교단의 이유.

로즈의 뇌리에 뭔가가 떠올랐다. 얼마 전에 발생한 학교 습격 사건. 그것도 무관하지는 않을 것이다.

강대한 두 조직의 항쟁이 비밀리에 벌어지고 있다. 그 사실에 로즈는 전율했다.

만약 앞으로 그들의 싸움이 격렬해지면, 아무것도 모르는 국가가 과연 잘 대처할 수 있을까? 아니, 절대로 그렇진 않을 것이다.

"교단의 목적이 단순한 마인 부활이 아니란 것도 이미 눈치챘어. 그러나 확신은 없지. 그러니까 다 함께 직접 보러 가자."

알파는 그렇게 말하더니 석상에 마력을 주입했다. 고조되는 마력이 대기를 진동시켰다.

"이 마력은 역시 〈악마 빙의〉. 자력으로 각성한 건가……?"

어마어마한 마력량이었다. 로즈는 등골이 서늘해졌다. 만약

이 여자가 국가와 싸우기로 마음먹는다면, 이를 막기 위해서는 엄청난 전력을 투입해야 할 것이다.

"과거에 이 땅에서는 커다란 전투가 벌어졌어. 영웅이 마인을 봉인했고. 수많은 생명이 사라졌지. 마인의 마력과 전사들의 마력이 이 땅에서 소용돌이쳤고. 그 마력의 소용돌이에 의해, 갈 곳을 잃어버린 기억들이 갇혀버렸어. 이곳은 고대의 기억과 마인의 원념이 잠들어 있는 묘지야."

석상이 마력에 반응해 빛나기 시작했다. 그리고 고대문자가 떠오르더니 석상이 점점 색채를 띠었다.

"영웅 올리비에. 당신이라면 응해줄 거라고 생각했어."

알파와 똑같이 생긴 영웅 올리비에가 등장했다.

"이럴 수가…… 아니, 설마……."

넬슨의 다리가 떨리고 있었다.

올리비에는 그들을 등지고 걸음을 뗐다. 올리비에의 앞길이 빛으로 물들었다. 그 빛은 이윽고 주위로 넓게 퍼졌다.

"자, 그럼 이야기 속의 세계로 여행을 떠나볼까요."

환하게 빛나는 세계에서 알파의 목소리가 마지막으로 들려왔다.

바이올렛 씨를 쓰러뜨린 뒤, 나는 전력 질주를 해서 추격자를 따돌렸다. 혹시 모르니까 아예 린드블룸을 탈출해서 산속에 숨었다.

그리고 잠시 기다렸다가, 이제 괜찮으려나~? 하고 평소의 모습으로 돌아와 안도의 한숨을 쉬었다.

적당히 깽판 치고 잘 빠져나온 것 같았다. 지금쯤 대회장에 있는 사람들은 정체불명의 실력자 섀도우에 관해 이야기하느라 바빠서 마검사 학교의 몹 따위 잊어버렸을 것이다.

오늘은 고생했으니까 온천욕도 하고 푹 자자. 그렇게 생각하고 일어났는데, 내 눈앞에 돌연 이상한 문이 나타났다.

좀 지저분하고 볼품없는 문이 산속에 두둥실 떠 있었다. 거무튀튀한 얼룩은 아무리 봐도 말라붙은 핏자국이었다.

"이게 뭐야?"

그냥 수상한 정도가 아니었다. 나도 당연히 이런 건 피한다.

발길을 돌렸다.

"뭐야."

다시 뒤로 돌아섰다.

"이게 말이 돼?"

뒤로 점프했다.

"와, 실화냐."

문짝이 내 움직임에 맞춰 전력으로 따라왔다.

멀리 떨어져도, 어떤 방향으로 돌아서도, 뒤로 공중제비를 100번 넘으면서 다이내믹하게 움직여도 문짝은 계속 내 앞에 나타났다.

그럼 하는 수 없지.

"베어버릴까?"

나는 그 말과 동시에 칼을 뽑아 문을 난도질했다.

그러나.

문은 베이자마자 원상 복구됐다.

나는 칼을 거두고 생각에 잠겼다.

이런 지저분한 문을 데리고 도시로 돌아갈 수는 없었다. 겁나게 눈에 띌 테니까.

애초에 이 문은 뭐야? 주위에는 인기척도 없었고, 누가 장난치는 것도 아닐 것이다. 문짝 뒤에는 아무것도 없었다.

"이세계식 『어디ㅇ든 문』인가?"

꽤 필사적으로 따라오는 문짝. 아마도 내가 저기로 들어가면 해결될 것이다. 그러나 오늘은 온천욕을 하고 푹 자고 싶었다.

나는 30초쯤 심사숙고한 끝에 결론을 내렸다.

어, 그래. 그냥 빨리 끝내버리자.

지저분한 문을 열었다. 그 안에는 빨려 들어갈 듯이 깊은 암흑이 펼쳐져 있었다. 나는 들어가자마자 즉사하는 함정은 아니길 빌면서 그 암흑 속으로 다이빙했다.

그곳은 돌로 만들어진 방이었다.

살풍경한 방. 문이 하나 있었고. 사지가 구속되어 벽에 매달려 있는 여성이 한 명 있었다. 바이올렛 씨였다.

"안녕?"

나는 상대에게 말을 걸었다. 상대는 이쪽을 보더니 놀랐는지 눈을 크게 떴다.

그리고 "……안녕" 하고 나를 흉내 내듯이 말했다.

"오랜만은 아니네."

"그러게. 저기, 혹시 당신이 나를 부른 거야?"

"불렀냐고……? 글쎄, 그럴 생각은 없었는데. 하지만 순수하게 즐거웠어."

"응, 나도."

"내 기억은 불완전하지만, 틀림없이 당신이 제일 강했을 거야. 내가 살던 시대에 당신이 있었으면 좋았을 텐데……."

"그런 말을 들으니 영광이야."

"그래, 당신은 어쩌다 여기 온 거야?"

바이올렛 씨는 의아하다는 듯이 나를 쳐다봤다.

"갑자기 문이 나타나서. 그 안으로 들어갔더니 여기로 나왔어."

"무슨 말인지 잘 모르겠는데."

"나도 마찬가지야. 저기, 여기서 나가는 방법이 뭔지는 알아?"

"글쎄. 나도 나가본 기억이 없어서."

"좀 전에 나와 싸웠잖아."

"그때는 정신 차려 보니 그곳에 있었어. 그런 일은 처음이었어. 내가 기억하는 한."

"그렇구나. 곤란하네."

나는 어쩌지? 하고 머리를 굴려봤다.

저기 문이 있으니까 일단 저쪽으로 나가볼까? 그렇게 결정했을 때, 바이올렛 씨가 입술을 삐죽이면서 나를 불렀다.

"당신의 눈앞에 사지가 구속된 미녀가 있습니다."

바이올렛 씨가 그렇게 말했다. 나는 십자 형태로 매달린 그녀를 보고 고개를 끄덕였다.

"응, 있네."

"우선 구해주지 않을래?"

나는 살짝 고개를 갸웃거렸다. 그 후 '아, 내가 착각했구나' 하고 깨달았다.

"아, 미안해. 수련 중인 줄 알았어."

"대체 왜?"

"옛날에 내가 그런 수련을 했거든."

"……참신하네."

나는 학교에서 지급해준 검으로 바이올렛 씨의 구속도구를 부숴서 그녀를 해방시켜줬다. 슬라임 소드는 쓸 수 없었다.

바이올렛 씨는 기분 좋게 기지개를 켰다. 그리고 그리움이 담긴 미소를 지었다.

"고마워. 거의 1,000년 만에 자유를 얻었어."

"그렇구나."

"대충 말해본 거야. 기억이 안 나거든. 뭐, 적어도 그 정도는 될 거야."

바이올렛 씨는 흐트러진 얇은 로브를 정리했다. 윤기 나는 까만 머리카락은 오른쪽 귀 뒤로 넘겼다. 그게 이 사람의 스타일인가 보다.

"좋아. 이제 우리의 목적은 일치하잖아?"

상대가 상쾌한 얼굴로 말했다.

"?"

"나는 해방, 당신은 탈출. 그렇지?"

"아, 응. 맞아."

"그럼 협력할래?"

"그건 좋은데, 탈출 방법은 알아?"

"몰라. 하지만 해방 방법은 알아. 성역은 기억의 감옥이니까. 성역의 중심에 마력의 핵(核)이 있어. 그것을 부수면 나는 해방될 거야."

"당신만?"

상대는 곁눈질로 나를 힐끗 보더니 장난스럽게 웃었다.

"전부 다. 당신도 해방돼서 나갈 수 있을 거야."

"그럼 성역이 없어지지 않아?"

"뭐 어때. 없어져도 되잖아. 혹시 곤란하니?"

나는 바이올렛 씨의 질문을 머릿속에서 반추하면서 생각해 봤다.

"곰곰이 생각해보니 곤란하진 않을 것 같아. 응, 그래도 돼."

"좋아, 정해졌네. 그리고 당신도 눈치챘을 테지만, 마력은 쓸 수 없어. 이곳은 성역의 중심과 가깝거든. 마력을 모으면 금방 성역의 핵한테 빼앗겨버려."

"응, 그런 것 같네."

이전의 테러리스트 습격 사건 때보다 훨씬 강력했다. 마력을 모으자마자 마력이 싹 사라지는 것이다. 이것저것 시도해보고 있는데 아무래도 시간이 좀 걸릴 듯했다.

"문제없을 거야. 부수는 것은 특기니까."

"어머, 믿음직하네. 참고로 나는 마력을 못 쓸 때에는 연약한 아가씨거든. 안 그래도 한 번쯤은 기사님에게 보호받고 싶었어."

바이올렛 씨는 또다시 장난스런 미소를 지었다. 그 여유로운 태도는 도저히 연약한 아가씨처럼 보이진 않았다.

그녀는 나를 인도하듯이 앞장서서 거침없이 문을 열었다.

"이봐, 당신은 해방되면 뭘 할 거야?"

나는 바이올렛 씨의 뒷모습을 향해 물어봤다.

"나는 소멸될 거야. 한낱 기억이니까."

그녀는 뒤돌아보지 않았다.

문 너머에는 이른 아침의 숲이 있었다. 햇빛이 나뭇가지 틈새로 내려와 아침이슬에 젖은 수풀이 반짝반짝 빛났다.

그곳은 처음 보는 장소였다. 나는 주위를 둘러봤다.

"기억 속이야."

바이올렛 씨가 말했다.

"당신의 기억?"

"본 적이 있어."

그러더니 바이올렛 씨는 먼저 앞으로 나아갔다. 나는 혼자 뒤처지지 않으려고 그 뒤를 따라갔다.

한동안 고요한 숲속을 걸었다. 돌연 눈앞이 탁 트였다. 아침 햇빛이 환하게 쏟아지는 그 공터에서 조그만 여자아이가 무릎을 끌어안고 앉아 있었다.

　검은 머리 여자아이였다.

　"우는 것 같은데."

　"그러게."

　우리 둘은 그 여자아이에게 다가갔다.

　몸을 숙여 얼굴을 들여다봤더니, 보랏빛 눈동자에서 눈물이 흘러넘치고 있었다.

　"당신이랑 똑같이 생겼어."

　"그냥 닮은 사람이야."

　"왜 우는 걸까?"

　"밤에 이불에 지도라도 그린 거 아냐?"

　바이올렛 씨는 그렇게 엉뚱한 소리를 했다.

　여자아이는 소리 없이 울고 있었다. 몸에 푸른 멍이 든 것이 눈에 띄었다.

　"어, 그럼 이제 어떻게 하면 돼?"

　"앞으로 나아가고 싶다면 이 기억을 끝내면 돼."

　"흠. 요컨대?"

　바이올렛 씨는 울고 있는 여자아이의 얼굴을 붙잡아 위로 들어올렸다.

　"울어봤자 아무것도 안 변해."

　찰싹! 뺨을 때렸다.

"와, 너무해."

"괜찮아. 어차피 나인데, 뭐."

"결국 인정하는구나."

세계가 깨졌다. 거울이 깨지는 것처럼, 아침의 숲이 산산이 부서져서 깊은 어둠 속으로 사라져갔다.

그리고 주위는 아무것도 없는 암흑이 되었다.

어둠 속에서 바이올렛 씨의 모습이 어렴풋이 보였다.

"자, 갈까?"

"응."

우리는 아무것도 없는 암흑 속에서 마력이 빨려 들어가는 방향으로 걸어갔다.

그 외에는 아무것도 느끼지 못했다.

걸어가는 발의 발바닥 감촉조차 애매했다. 위아래의 감각이 사라져버렸다. 나는 시험 삼아 위아래 거꾸로 걸어봤다. 물구나무를 서듯이 다리를 위로 올리고 머리를 밑으로 내렸다.

걸을 수 있었다.

바이올렛 씨가 한심하다는 눈빛으로 뒤집어진 나를 쳐다봤다.

"치마 속은 훔쳐보지 마."

"걱정할 거 없어. 안 보이니까."

그렇게 한동안 걸어갔더니 붉은빛이 우리를 감쌌다.

"억!"

머리부터 거꾸로 떨어질 뻔했다. 나는 반사적으로 낙법을 사용했다.

"어휴, 장난치니까 그렇지."

바이올렛 씨는 바닥에 넘어진 나를 내려다보면서 손을 내밀었다.

"아, 고마워."

나는 그 차가운 손을 붙잡고 일어났다.

그곳은 저녁놀로 물든 전쟁터였다. 피처럼 붉은 태양이 지평선 위에서 빛나고 있었다.

"다들 죽었네."

쓰러진 병사들로 대지가 가득 찼고 거무칙칙한 피가 대지를 물들였다. 그것이 지평선까지 쭉 펼쳐져 있었다.

"가자."

바이올렛 씨는 마치 어디로 가야 할지 아는 것처럼 앞으로 나아갔다.

시체의 산.

시체들을 밟으면서 황혼의 전쟁터를 걸었다.

언젠가는 나도 이렇게 커다란 전쟁터에서 날뛰어보고 싶었다.

한참 걷다 보니 전장의 중심에 도착했다. 피투성이가 된 소녀가 울고 있었다. 우리는 소녀 앞에서 멈춰 섰다.

시체 위에서 무릎을 끌어안은 채. 피투성이 소녀가 울고 있었다.

얼굴을 보지 않아도 바이올렛 씨라는 것은 알 수 있었다.

"또 울고 있네."

"울보였거든. 칼 좀 빌려줘."

"응."

나는 바이올렛 씨에게 검을 내밀었다.

그녀는 검을 들고 소녀 앞에 섰다. 그 얼굴은 무표정했다. 어딘가 다른 곳으로 감정을 몰아낸 것처럼 보였다.

바이올렛 씨가 검을 내리쳤다.

그 순간 나는 움직였다.

바이올렛 씨의 허리를 끌어안고 뒤로 점프했다.

"앗, 시체가……?!"

그녀도 눈치챘나 보다.

병사의 시체가 살아나서 칼을 휘두른 것이다. 그 순간 내가 움직이지 않았더라면 바이올렛 씨는 칼에 베였을 것이다.

"성역이 거부하고 있어……. 난감하게 됐네."

"바이러스에 반응하는 안티바이러스 프로그램 같은 건가?"

나는 좀비를 뻥 차버리면서 말했다.

"이해하기 어려운 비유네."

"미안. 나도 자세한 것은 몰라. 그런데 당신은 여기서 죽으면 어떻게 돼?"

"맨 처음 그 방에서 다시 구속될걸?"

"골치 아프군. 검은 쓸 줄 알아?"

"못 쓰진 않아."

"내가 쓰는 게 낫겠다."

나는 바이올렛 씨한테서 검을 돌려받았다. 그리고 가까이 있는 병사를 베었다.

일격에 양단했지만, 병사들이 줄줄이 일어나는 바람에 점점 포위됐다. 나는 적의 섬멸을 일찌감치 포기하고 앞으로 나아갈 돌파구를 만들었다.

바이올렛 씨는 바닥에 있는 좀비를 하이힐로 짓밟고 있었다.

"마력이 없으니까 미묘하네."

"내가 말했잖아. 연약한 아가씨라고. 당신은 마력이 없어도 잘 움직이네?"

"내가 말했잖아. 문제없을 거라고."

나는 검을 세차게 휘둘러서 밀려오는 좀비들을 베어버렸다.

"나는 어릴 때부터 마력을 다룰 수 있었으니까. 성장에 맞춰서 나 자신의 육체를 개조해왔어. 싸움에 가장 적합한 형태로. 근육을, 신경을, 골격을, 마력 조작을 통해 성장시켰어."

일격에 세 마리를 한꺼번에 베어 넘기고, 옆에서 공격해오는 놈을 발차기로 날려버렸다.

좀비 한 놈 한 놈의 동작은 느렸다. 숫자만 많을 뿐이지. 나는 거의 무적 상태였다.

"압도적이네. 어린애를 발로 차버리는 어른 같아."

"좀 더 멋있게 비유해주면 안 돼?"

"마력을 쓰지 못하는 인간들의 토너먼트가 있다면 당신이 우승할 거야."

"오, 좀 나아졌네. 다행이다."

하지만 전투를 오래 하면 언젠가는 체력이 한계에 다다를 것이다. 지평선까지 뒤덮고 있는 좀비 군단을 마력 없이 모조리 사냥하기는 어려웠다.

이왕이면 마력을 이용해 화끈하게 확! 날려버리고 싶었는데.

나는 억지로 안쪽까지 뚫고 들어갔다. 그리고 계속 울고 있는 소녀를 푹 찔렀다.

"미안해."

소녀의 입에서 피가 흘러나왔다. 우리는 좀비 소용돌이에 휘말렸다. 다시 세계가 깨졌다.

세계가 산산이 부서진 후. 우리는 암흑의 세계에 서 있었다.

"무사해?"

"응, 당신 덕분에."

검을 도로 집어넣는 나에게 바이올렛 씨가 그렇게 대답했다. 우리는 암흑 속을 걷다가 이윽고 빛에 감싸였다.

그리고 성역의 중심에 도달했다.

알렉시아는 정신 차려 보니 하얀색 복도에 서 있었다. 복도는 길게 쭉 뻗어 있어서 끝이 보이지 않았다. 좌우에는 철창이 설치된 감옥 같은 방들이 늘어서 있었다.

광원이 없는데도 밝았다. 현실 같으면서도 어쩐지 꿈속 같은 몽롱한 공간이었다.

올리비에가 선두에서 걸음을 뗐다. 알파가 그 뒤를 따랐고, 알렉시아와 다른 사람들도 뒤처지지 않도록 따라갔다.

성숙하고 아름다운 엘프였던 올리비에의 모습은 한 걸음 옮길 때마다 어려지더니 어느새 작은 여자아이가 되어 있었다.

작은 올리비에는 그대로 철창을 통과해 감옥 안으로 들어가 몸을 웅크렸다.

"먼 옛날에 의지할 데 없는 어린아이들이 한곳에 모여졌어."

알파의 목소리가 한없이 길게 이어진 하얀 복도에서 메아리쳤다.

알파가 걸음을 뗐다.

양옆의 감옥에는 어느새 조그만 어린애들이 들어가 있었다. 남자애, 여자애, 인간, 엘프, 수인(獸人), 어리다는 것 이외의 공통점은 없었다.

"그 아이들은 여기서 어떤 실험의 피험자가 되었어."

알파가 어느 감옥 앞에서 걸음을 멈췄다.

감옥 안에 여자아이가 있었다. 그 아이는 이성을 잃었는지 감옥 안에서 발광하고 있었다. 마치 고통에서 벗어나려고 몸부림치는 것처럼. 머리를 쥐고, 벽을 긁고, 바닥을 굴렀다.

알파가 걸음을 뗐다.

다음 감옥에는 피투성이 여자아이가 있었다. 그러나 그 피가 전부 자해의 결과물은 아니었다. 기이한 육체 변이에 의해 갈라진 피부에서 피가 흘러내리고 있었다.

꺼멓게 썩어가는 듯한 그 모습은 알렉시아도 본 적이 있었다.

"〈악마 빙의〉……."

누군가가 중얼거렸다.

"대부분의 아이들은 『그것』에 적응하지 못하고 죽었어."

알파가 걸음을 뗐다.

다음 감옥에는 아무도 없었다. 단지 피투성이 벽과 바닥, 그리고 도움을 바라는 듯한 손자국만 남아 있었다.

알파는 멈추지 않고 계속 걸어갔다.

감옥 안에서는 비슷비슷한 광경이 펼쳐졌다. 아이들이 고통스러워하고, 죽어갔다.

"지독해……."

로즈가 입을 막으면서 신음했다. 알렉시아도 내심 동감했다.

아이들의 죽음에는 하나의 공통점이 있었다. 여자아이는 〈악마 빙의〉 같은 형태로 죽었고, 남자아이는 〈악마 빙의〉는 되지 않았다.

"적응에 성공한 것은 극소수의 여자아이들뿐이었어."

알파가 멈춰 섰다.

감옥 안에는 조금 성장한 올리비에가 있었다. 올리비에는 다친 데도 없었고 괴로워하지도 않았다. 그저 가만히 무릎을 끌어안고 맞은편 감옥을 보고 있었다.

맞은편 감옥은 피투성이였다. 그 직후, 그곳은 장면이 바뀐 것처럼 깨끗이 청소되었고 그 안에 여자아이가 나타났다. 그리고 고통스러워하다가 죽어갔다. 금방 또 다른 아이가 안으로 들어갔다.

어린 올리비에는 내내 그 광경을 바라보고 있었다.

"도대체 왜, 이런 지독한 짓을……."

떨리는 음성으로 로즈가 말했다.

"왜 그랬나? 넬슨 대주교 대리."

알파가 넬슨에게 물었다.

넬슨은 고개를 돌리고 잠시 우물쭈물하다가 혼잣말하듯이 중얼거렸다.

"마인 디아볼로스에게 대항할 힘이 필요했기 때문이다……."

"그것이 교단의 주장이지. 진위야 어찌 됐든, 실제로 올리비에는 마인 디아볼로스의 왼팔을 잘라냈다. 올리비에는 『그것』에 적응한 몇 안 되는 아이들 중 하나였어."

알파는 그렇게 말하더니 걸음을 뗐다.

"아까부터 종종 『그것』을 언급하던데. 그게 대체 뭐야?"

알렉시아의 질문에 알파는 한순간 발을 멈추고 대답했다.

"디아볼로스 세포. 우리는 그렇게 부르고 있어. 마인 디아볼로스에게 대항하기 위해서 그들은 디아볼로스의 힘을 도입하는 길을 선택한 거야."

"마인 디아볼로스의 힘……? 그건 그냥 옛날이야기 아니었어?"

"우리가 실제로 본 것은 아니야. 역사에 그렇게 기록되어 있는 것을 알게 되었을 뿐이지. 당신이 한낱 옛날이야기라고 생각한다면 그래도 돼. 그것은 당신 자유야."

알파는 그렇게 말하고 걸어갔다.

"이제 와서 먼 옛날 사건의 진위를 논할 생각은 없어. 이 기억도 결국 어디까지가 진실인지는 알 수 없지. 기억은 시간과 더불어 퇴색되고, 본인이 원하는 형태로 변조되니까."

차례차례 감옥 앞을 지나쳐 갔다.

감옥 안은 점점 비어 있는 경우가 많아졌다. 올리비에는 성장하여 아름다운 소녀가 되었다. 그 얼굴은 역시 알파와 매우 흡사했다.

"성장하여 디아볼로스의 힘을 얻은 올리비에한테는 하나의 임무가 맡겨졌어."

"디아볼로스 토벌입니까……?"

로즈의 질문에 알파는 고개를 흔들었다.

"역사에는 그렇게 기록되어 있지만, 우리는 그것을 거짓이라고 판단했다. 아마 올리비에에게 주어진 임무는 새로운 디아볼로스 세포를 채취하는 것이었을 거야."

"헛소리하지 마!"

넬슨이 소리를 질렀다. 그는 벌게진 얼굴로 알파를 노려봤다. 검은 여자가 넬슨의 덜미를 콱 잡았다. 넬슨은 "꿱" 하고 개구리처럼 신음했다.

"올리비에는 힘을 얻은 다음에도 교단에 순종했어. 그 이유는 확실하진 않지만, 우리는 올리비에가 디아볼로스를 쓰러뜨려 세상이 평화로워지기를 진심으로 바랐기 때문일 거라고 생각해. 그래서 올리비에는 교단에 협력했던 거야."

올리비에가 감옥에서 나왔다.

갑옷을 입고, 허리에는 검을 차고 그곳을 떠났다. 그 얼굴을 본 알렉시아는 알파의 고찰에 동의했다.

올리비에는 틀림없이 진심으로 세계평화를 바라고 있었을 것이다. 그 표정에는 각오와 희망이 담겨 있었다.

끝없이 이어지는 하얀 복도를 걸어갔다. 그녀의 앞길이 눈부신 빛으로 물들었다.

"그러나 교단의 목적은 달랐다."

세계가 빛으로 가득 찼다.

"교단의 목적은 힘을 사유물로 만드는 것이었어⋯⋯."

빛으로 감싸인 세계는 거울 깨지듯이 산산조각 났다. 그 후 새로운 세계가 펼쳐졌다.

그곳은 전쟁터였다. 그러나 전사는 없었다.

무수한 시체가 겹겹이 쌓여 있는 황혼의 전쟁터에서 백의의 남자들이 검은 덩어리를 에워싸고 있었다.

올리비에의 모습도 보이지 않았다.

알렉시아 일행은 알파를 뒤따라 그 검은 덩어리 쪽으로 다가갔다.

"이게 뭐죠⋯⋯?"

로즈가 조그맣게 중얼거렸다.

그 검은 덩어리는 거대한 팔이었다. 검고, 굵고, 추악하게 비대해진 괴물의 팔. 날카로운 긴 손톱에는 생생한 살점이 들러붙어 있었다.

"디아볼로스의 왼팔이야. 디아볼로스의 팔은 절단된 다음에도 여전히 살아 있었어."

알파의 말대로 그 팔은 아직 살아 있었다.

부주의하게 다가간 백의의 남자가 그 손톱에 꿰뚫려 죽었다. 디아볼로스의 팔은 사슬과 말뚝으로 구속되었지만, 거기서 엄청난 마력이 새어나오고 있었다.

"고도의 아티팩트 덕분에 교단은 디아볼로스의 왼팔을 봉인하는 데 성공했어. 그러나 봉인은 완전하지 않았고, 이윽고 뒤틀림이 발생해 성역이 되었다. 뭐, 그건 또 별개의 이야기지만. 교단의 목적은 디아볼로스 세포의 경이적인 생명력이었어."

백의의 남자가 봉인된 왼팔에서 피를 뽑고 살을 잘라냈다.

뽑혀나간 피도, 깎여나간 살도 시간이 지나자 재생됐다.

"교단은 디아볼로스의 왼팔을 연구해서 인간을 강화하는 약품을 개발했어. 그것은 부작용도 있었지만, 지금까지와는 달리 남성도 사용할 수 있는 것이었어."

알파가 품속에서 알약을 꺼내더니 손톱으로 탁 튕겼다.

포물선을 그리며 떨어진 알약은 바닥을 굴러가서 넬슨의 구두에 부딪쳐 멈췄다. 그것은 알렉시아도 본 적 있는 것이었다. 붉은 알약.

"이것이 교단을 지탱하는 힘이 되었는데, 교단의 진정한 힘의 원천은 그게 아니었어. 교단은 디아볼로스의 육체를 봉인하고 오랜 세월에 걸쳐 연구함으로써 그 약을 만들어냈지."

장면이 바뀌었다.

그곳은 하얀 연구실이었다. 백의의 남자들은 테이블을 둘러싼 채 그것이 완성되기를 기다리고 있었다.

그리고 작은 용기에 뭔가가 한 방울 똑 떨어졌다.

"붉게 빛나는 그 액체는 마치 디아볼로스의 피와 같았다고 해."

그것은 아름답게 빛나면서 선명한 붉은색을 발하는 피 같은 액체였다.

남자들이 기뻐했다. 환호성을 질렀다. 그중 대표자가 그것을 핥았다.

"그 액체를 핥으면 막대한 힘과…… 불로의 육체를 얻을 수 있지. 역시 우리의 가설이 정확했나 보네."

알파는 넬슨을 보고 있었다. 넬슨은 자기 얼굴을 숨기듯이 고개 숙이고 침묵했다.

"자, 저기 있는 백의의 남자와."

그러면서 알파는 그 집단의 끄트머리에 있는 백의의 남자를 가리켰다.

"여기 있는 넬슨 대주교 대리. 무척 닮지 않았어?"

"……설마?!"

알렉시아는 황급히 넬슨의 얼굴을 봤다.

알파의 말처럼 넬슨의 얼굴과 그 백의의 남자의 얼굴은 똑같았다. 단순히 닮은 것이 아니라 진짜 본인이라고 생각할 수밖에 없었다.

"이 훌륭한 약의 이름은 뭐야?"

"……『디아볼로스의 물방울』이다."

넬슨이 중얼거렸다.

"알려줘서 고마워. 그런데 이 『디아볼로스의 물방울』은 완전하지는 않았어. 두 가지 커다란 결함이 있었지."

　결함 중 하나는 알렉시아도 이미 눈치챘다. 현재의 넬슨은 대머리다. 그러나 과거의 넬슨은……

"과거의 넬슨 대주교 대리는 머리카락이 있었어. 불로가 완전하지는 않았던 모양이네."

　알렉시아가 웃으며 말했다.

"아니야."

　알파가 부정했다.

"머리카락은 스트레스 때문에 빠진 거다."

　넬슨이 딱 잘라 말했다.

"실례했습니다."

　알렉시아는 사과했다.

"두 가지 결함 중 첫 번째는 『디아볼로스의 물방울』을 정기적으로 섭취하지 않으면 효과가 사라진다는 거야. 안 그래?"

"1년에 한 번씩이다."

"응, 그렇겠지. 그리고 두 번째 결함은 『디아볼로스의 물방울』은 한 번에 극소량밖에 생산하지 못한다는 거야."

"그래, 맞아. 1년에 열두 방울이다."

"열두 방울이구나. 그리고 보니 『나이츠 오브 라운즈』의 숫자도 열두 명이었지?"

"훗……"

　넬슨이 고개 숙인 채 웃었다.

"교단에는 차원이 다른 힘을 가진 『나이츠 오브 라운즈』라는 열두 명의 기사가 있어. 그리고 교단의 멤버들은 전부 다 라운즈가 되어서 그 힘과 영원한 생명을 얻고 싶어 해. 그렇지?"

넬슨은 목구멍을 울리며 쿡쿡 웃었다.

"교단은『디아볼로스의 물방울』을 완전한 것으로 만드는 연구에 힘을 쏟고 있어. 그리고 그 열쇠는 봉인된 디아볼로스의 육체와, 영웅의 피를 진하게 이어받은 자손이지. 나처럼 올리비에의 피를 진하게 이어받은 자손 말이야."

"그렇다. 내가『나이츠 오브 라운즈』의 서열 11위,『탐욕』의 넬슨이다."

넬슨이 고개를 들었다. 눈동자가 붉게 빛났다.

엄청난 마력이 소용돌이치는 것이 느껴져서 알렉시아는 이에 대비했다.

그 순간, 넬슨의 심장이 칠흑의 칼에 꿰뚫렸다. 넬슨을 구속하고 있던 여자가 순식간에 그의 목숨을 앗아간 것이다.

힘을 잃어버린 넬슨의 몸뚱이가 무너져 내렸다.

"알파 님 죄송합니다. 하지만 델타는 이 녀석을 사냥하는 편이 낫겠다고 생각했어요."

어쩐지 맥 빠지는 음성이었다.

"델타……."

"델타는 사냥이 특기예요. 얼마 전에도 산에서 멧돼지를……."

"조용히 해."

델타는 아차 하고 주위를 둘러보더니 입을 막았다.

"그리고 사냥감을 잘 봐야지."

죽은 넬슨의 시체가 깨지기 시작했다. 시체의 말단 부분부터 부스러지더니 허공 속으로 사라져갔다.

그것은 인간의 죽음이 아니었다.

마치 거울이 깨지는 듯한 그 모습은…….

"온다."

알파의 경고와 델타의 반응이 동시에 이루어졌다.

대검이 델타를 양단하기 직전, 델타는 바닥에 엎드려 그것을 피했다.

강한 풍압이 알렉시아에게도 느껴질 정도였다. 바닥에 엎드렸던 델타는 짐승처럼 적에게 덤벼들었다.

델타의 엄니와 대검이 교차했다.

"짐승이냐…….'"

"델타는 사냥이 특기예요."

넬슨이 중얼거리자, 델타는 짐승같이 웃었다.

델타의 송곳니는 피로 물들었고 넬슨의 뺨은 찢어져 있었다. 그러나 넬슨은 아랑곳하지 않고 뺨의 피를 닦았다. 그 상처는 벌써 아물어 있었다.

델타는 칠흑의 칼을 길게 뻗으면서 몸을 낮게 수그려 짐승 같은 임전태세를 갖췄다.

그 순간.

"델타, 잠깐만."

알파의 목소리에 델타가 흠칫했다.

"귀가 튀어나와 있어."

"앗……!"

델타의 동물 귀가 보디슈트 틈새로 튀어나와 있었다.

델타가 허둥지둥 그걸 감췄더니, 이번에는 하얀 엉덩이가 훤히 드러났다. 쫑긋 솟은 꼬리가 탐스럽게 흔들렸다.

"수인……."

로즈가 중얼거렸다.

"어라? 저기요, 알파 님. 왠지 마력을 빼앗기는 듯한 느낌이 들어요."

"성역의 중심에 가까이 왔으니까."

델타의 의문에 넬슨이 대답해줬다.

"성역은 우리의 영역이다. 성역에 가까워질수록 네놈들은 힘을 잃게 되지."

넬슨의 음성이 흔들렸다. 어느새 넬슨의 모습은 둘이 됐고, 그러다가 또 하나로 돌아왔다.

"좀 더 가까이 가서 시작하려고 했는데…… 뭐, 여기서 해도 충분할 테지. 다시 한 번 자기소개를 해볼까."

넬슨은 사람 키만큼이나 커다란 대검을 가볍게 어깨에 걸친 채 고개를 까딱 숙였다.

"나는 『나이츠 오브 라운즈』의 서열 11위 『탐욕』의 넬슨. 교단에 대항한 것을 뼈저리게 후회하도록 해라."

그것은 성직자의 얼굴이 아니었다. 흉맹한 전사의 얼굴이었다.

풍경이 바뀌었다.

그곳은 끝없이 펼쳐진 백색 공간이었다. 하늘도, 대지도, 지평선 끝도, 온통 밋밋한 흰색으로 쭉 뒤덮여 있었다.

알파와 델타와 넬슨이 대치하는 중이었다.

넬슨의 모습이 흔들리더니 두 명으로 늘었다.

델타는 몸을 숙인 채 슬금슬금 적에게 다가갔다.

알파는 무기조차 들지 않고 팔짱을 끼고 있었다. 단, 관찰하는 듯한 눈빛으로 두 명의 넬슨을 응시하면서.

"……쉬잇!"

숨을 내뱉는 소리와 더불어 델타가 움직였다.

몸을 낮게 숙인 그 자세는 마치 지면을 달리는 짐승 같았다.

델타는 질주의 기세를 유지하면서 칠흑의 칼을 휘둘렀다.

그것은 인간의 키보다도 훨씬 더 큰 칼이었다. 기술이나 감정 따위는 없는 순수한 폭력이었다.

엄청난 충격이 대기를 진동시켰다.

만물을 후려치는 폭력이 넬슨을 튕겨냈다. 넬슨은 휙 날아갔다.

가까스로 방어는 한 것 같았지만, 그의 얼굴에는 숨길 수 없는 경악이 드러나 있었다.

"뭐 이런, 괴물이……!"

델타가 웃었다.

추격하려는 델타를 막은 것은 두 번째 넬슨이었다. 달려가는 델타의 바로 옆에서 대검이 날아들었다.

그러나.

"우선 한 명."

"억……?"

대검을 치켜든 넬슨의 얼굴에서 칠흑의 칼날이 쑥 튀어나왔다.

그의 등 뒤에 홀연히 나타난 알파가 넬슨의 얼굴에 칼을 꽂아 넣은 것이다. 알파는 그대로 넬슨의 목을 땄다.

소리도 없이, 살기도 없이, 그저 담담하게. 넬슨의 머리가 날아갔다.

피가 솟구쳐 하얀 대지 위에 선명한 얼룩을 만들어냈다.

그러나 곧이어 그 시체는 거울 깨지듯이 산산조각 나서 어디론가 사라져버렸다.

"감촉은 인간이었어. 움직임도, 냄새도 인간이야. 이것도 성역의 방어기능인 걸까."

알파는 어느새 핏자국도 사라진 칼을 보면서 중얼거렸다.

"정답이다."

넬슨은 마음의 동요를 숨기고 자세를 바로잡았다. 그 모습이 두 명이 되었다. 더 나아가 네 명으로 늘어났다.

"내가 좀 방심했나 보군. 이번에는 넷이서 상대해주마."

한 명을 남기고 세 명의 넬슨이 앞으로 나섰다.

그들의 한가운데로 델타가 돌진했다.

수적 열세나 포위당할 위험성 따윈 신경 쓰지 않았다. 오로지 사냥감을 향해 맹진했다.

"역시 짐승은 짐승이구나……."

넬슨이 웃었다.

델타도 웃었다.

델타는 정면에 있는 넬슨을 그의 대검까지 통째로 쪼개버렸다.

그러나 델타를 포위하듯이 이동한 두 명의 넬슨이 델타를 덮쳤다.

가로로 휘둘러진 대검이 앞뒤에서 가위처럼 날아왔다.

퇴로가 차단된 델타는 앞에서 오는 대검을 자기 칼로 튕겨내고, 머리만 뒤로 돌렸다.

그리고.

뒤에서 날아오는 대검을 덥석 물었다.

델타의 송곳니가 콱 박혔다. 둔탁한 소리가 나면서 대검이 으스러졌다.

"허……?"

넬슨은 얼빠진 소리를 냈다.

그가 당황하여 눈을 비비는 사이에 나머지 두 명의 넬슨이 알파에게 살해됐다.

"이건, 말도 안 돼……."

지금 알파와 델타의 마력은 상당히 제한되고 있을 것이다. 성역의 힘에 의해 마력 제어도 불안정할 터. 제대로 싸우는 것은 불가능할 것이다.

그러나 그들은 이 제한된 상황에서 여러 명의 넬슨을 쓰러뜨렸다.

상식적으로는 말도 안 되는 일이었다.

"너희들, 진짜 자력으로 각성한 거냐······? 그 수법은 이미 사라졌을 텐데······."

넬슨의 말에 알파는 미소로 답했다.

델타는 슬라임 보디슈트를 제어하느라 고생하는 것 같았다. 슬라임을 손으로 덥석덥석 잡아다 가슴과 하반신에 붙여서 간이 비키니 갑옷을 만들고 있었다.

그렇게 해서 최저한으로나마 얼굴과 몸을 숨기는 데 성공하자 만족스레 고개를 끄덕였다.

"아, 아니 뭐, 이 정도는 상정 범위 안이니까······."

넬슨은 약간 떨리는 목소리로 말했다.

"보여주마. 이것이 전력이다."

그 말과 동시에 넬슨의 모습이 증가했다.

그 수는 지금까지와는 비교가 안 됐다. 열 명을 훌쩍 넘어 100명 가까이 되었다.

"사냥감이 잔~뜩 있네······."

델타는 매우 기쁘다는 듯이 웃었다. 그리고 또 그들의 한가운데로 돌진했다.

"수적 열세도 이해하지 못하는 것이냐, 이 짐승아!"

그러나 델타와 넬슨이 충돌하자, 넬슨의 얼굴이 굳어졌다.

넬슨 몇 명이 어이없게도 허공으로 날아갔다.

"아아아아아아아아아아아아아아아아!!"

델타의 포효가 마치 저열한 웃음소리처럼 울려 퍼졌다.

학살이 시작됐다.

델타의 칠흑의 칼이 선풍기같이 빙글빙글 돌아간다. 알렉시아는 좀 떨어진 곳에서 그 광경을 멍하니 바라봤다.

그 검술은 섀도우의 검술과는 달랐다. 알파나 입실론과도 달랐다.

형식이 없고, 기술도 없고, 그저 순수한 폭력만 있었다. 그것은 알렉시아가 생각하는 강한 힘과는 방향성이 다른 것이었다.

당신은 그걸로 만족해?

알렉시아는 그렇게 물어보고 싶었다.

하지만 강한 것은 사실이었다. 그것도 터무니없이 강했다.

거기에 알파까지 가세하자, 넬슨은 눈 깜짝할 사이에 퇴치되어 갔다.

"대체 왜, 왜 이렇게 쉽게……."

"당신은 분명히 연구자였을 테지."

알파가 어쩐지 동정하는 듯한 말투로 말했다.

"복제품이 아무리 많아져도 두뇌는 하나야. 인간은 복수의 몸을 제어할 수 있을 정도로 뛰어난 두뇌를 가지진 못했어. 그런 복제품이 100개나 되면, 그건 허수아비에 불과하지."

그때 델타가 마지막 복제품을 해치우고 꼬리를 흔들면서 걸어갔다.

"한 마리 남았다아……."

그 얼굴은 흉악하게 웃고 있었다. 피에 굶주린 짐승처럼.

"히익……!"

넬슨이 뒷걸음질 쳤다.

"무한히 복제품을 생산할 수 있는 것도 아닌가 보네."

그 모습을 본 알파가 담담하게 이야기했다.

실제로 넬슨에게는 더 이상 복제품을 생산할 능력이 없었다.

그래서…….

그는 성역을 지키는 최후의 파수꾼을 불러냈다.

"이리 와, 빨리……!"

그 한심한 부름에 응하여 공간이 갈라졌다.

그곳에서 빛이 흘러나오더니 한 여성의 형태를 이루었다. 알파
와 꼭 닮은 그 여성은…….

"올리비에……."

알렉시아가 중얼거렸다.

그것은 영웅 올리비에였다. 그러나 그 눈동자에는 힘이 없었
다. 유리구슬처럼 공허한 눈동자가 어쩐지 슬퍼 보였다.

올리비에는 넬슨을 지키려는 것처럼 델타 앞을 가로막았다.

델타는 웃었다.

그러나 신기하게도 당장 덤벼들지는 않았다. 가까이 다가가지
도 않았다.

단지 핏발 선 눈동자로 사냥감을 진득하게 관찰했다.

"영웅 올리비에…… 역시 당신은……."

알파가 입술을 깨물었다.

델타는 입술을 핥고 침을 닦았다.

그런데 그때.

"알파 님, 조사가 끝났습니다!"

풍만한 육체를 지닌 검은 여자가 등장했다. 어째서인지 그녀는 상당히 먼 곳에 있었다.

"입실론……. 그럼 사전조사는 끝났구나."

알파는 발길을 돌려 물러났다.

"도, 도망치는 것이냐……?!"

넬슨이 안도한 목소리로 말했다.

"피라미의 목숨에는 관심 없어. 우리의 목적은 힘의 근원을 차단하는 것. 성역의 방어가 어떤 것인지도 알았어. 다음에는 억지로 뚫으러 올게."

"도, 도망치게 놔둘 것 같아?!"

"어머, 쫓아와줄래?"

"흐익!"

넬슨은 올리비에 뒤에 숨었다.

"델타, 가자…… 델타!"

알파가 델타의 덜미를 붙잡자, 델타는 그 손을 확 뿌리치고 이를 드러냈다.

"크앙!!"

"……왜. 뭔데?"

움찔! 하고 정신을 차렸다.

"크응, 죄송합니다……."

"가자."

"네……."

귀가 축 처지고 꼬리가 동그랗게 말린 델타가 알파를 따라갔다.

"알파 님, 서두르세요! 출구는 이쪽입니다! 빨리, 빨리 오세요!"

입실론이 자꾸 빨리 오라고 하면서 손을 흔들었다. 두 개의 슬라임이 출렁출렁 흔들렸다.

입실론이 가리키는 빛의 갈라진 틈새로 전원이 들어가자, 성역에 평화가 찾아왔다.

넬슨은 바닥에 주저앉아 안도의 한숨을 쉬었다.

"그, 그래, 좋아. 알파인지 뭔지 하는 놈의 얼굴은 알았다. 그놈의 피를 얻으면 완성에 가까워질 거야. 이건 상정 범위 안이다."

중얼중얼 혼잣말을 했다.

"우, 우선 상부에 보고해야지. 성역으로 유인하고 함정에 빠뜨려 알파의 정체를 폭로했다. 그걸 내 공적으로 삼자."

자기를 보호할 궁리를 했다.

"그리고…… 으음?"

그때 넬슨은 성역의 위화감을 눈치챘다.

"설마…… 성역의 중심에 쥐새끼가 숨어든 건가?"

넬슨은 주위를 둘러보더니 사악한 미소를 지었다.

"흥, 좋아. 그놈이나 괴롭히면서 기분 전환을 해야겠다. 올리비에, 따라와."

넬슨과 올리비에도 모습을 감췄다.

3장

The Eminence in Shadow

그곳은 유적 같은 장소였다.

지금까지 존재했던 뭔가 꿈처럼 몽롱했던 감각은 사라지고, 약간 서늘한 공기가 나의 감각을 일깨웠다.

천장은 높았다. 마법의 빛이 주위를 비추고 있었다.

"여기가 중심이야."

바이올렛 씨는 빙글 돌아 주위를 둘러봤다.

"그래, 여기서 뭘 부수면 돼?"

마력의 핵인지 뭔지는 보이지 않았다. 단지 좀 떨어진 곳에 거대한 문만 있었다.

"문 너머에 있는 것 같아."

바이올렛 씨는 돌바닥 위를 걸어서 저 앞에 있는 거대한 문으로 향했다.

"그렇구나."

나도 그 뒤를 따랐다.

문은 굉장히 컸다. 100명은 동시에 들어갈 수 있을 정도였다. 아니, 그건 좀 과장인가.

아무튼 거대한 문이었다.

그 케케묵은 문에는 거무스름한 혈흔이 남아 있었고, 앞면에는 고대문자가 빼곡히 새겨져 있었다. 그리고 사람 몸통보다 굵은 쇠사슬이 몇 겹으로 둘둘 감겨서 문을 단단히 봉쇄하고 있었다.

"이 쇠사슬을 끊으면 되나?"

"그렇겠지?"

나는 쇠사슬의 고리를 잡고 당겨봤다.

안 움직인다.

"음. 안 되겠다."

아무리 내가 마력을 쓰지 못하는 인간들의 토너먼트의 우승자여도, 이건 너무 굵어서 물리적으로 불가능했다.

검으로 베어도 검이 부러질 것이다.

"저기, 아마 열쇠가 있을 거야."

"아, 하긴. 그럴 수도 있겠다."

3초 만에 찾았다.

문 옆의 대좌에 호화로운 검이 꽂혀 있었던 것이다.

"아무리 봐도 이거잖아?"

"아무리 봐도 이거네."

검의 대좌에도 고대문자가 빼곡히 새겨져 있었다.

"이 검으로는 사슬을 벨 수 있을 것 같아."

고대문자를 읽으면서 바이올렛 씨가 말했다.

그러나 나는 이미 알아버렸다. 대좌에 꽂혀 있는 검. 이 패턴은…… 익숙했다.

"하지만 이 검은 뽑을 수 없어……."

"뭐……?"

"나는 알아……."

그러면서 나는 검을 붙잡아 뽑으려고 했지만, 예상대로 검은 꼼짝도 안 했다.

"역시…… 그런 거였군……."

나는 의미심장하게 중얼거렸다.

"이 검은 선택받은 자만 뽑을 수 있는 거야……."

"뭐라고……?!"

바이올렛 씨는 허둥지둥 대좌의 고대문자를 손가락으로 훑었다.

나는 검에서 손을 뗐다.

"검이…… 거절하고 있어……."

분위기상 그런 말을 해봤지만, 실제로 거절당하는 느낌을 받지는 않았다.

그러나 대좌에 꽂힌 검은 선택받은 용사만 뽑을 수 있다는 것은 세계적인 상식, 오래전부터 애용되어온 기본 양식이다.

"성검은 영웅의 직계 자손만 뽑을 수 있다…… 정말 그렇게 적혀 있네. 용케 이 암호화된 마술문자를 한눈에 알아봤구나?"

"홋…… 기본 양식은 전부 망라하고 있거든……."

"마술문자의 암호 유형을 양식화해서 망라했다……는 뜻이구나?"

"응, 그런 뜻일 거야."

나는 만족스럽게 고개를 끄덕였다.

대좌에 꽂혀 있는 성검과, 성검으로 열 수 있는 봉인의 문. 진부하지만 내가 무척 좋아하는 장치다.

좋아, 좋아. 이세계란 느낌이 들어.

"난처하네……."

바이올렛 씨가 대좌에 걸터앉아 중얼거렸다.

"다른 방법은?"

나는 바이올렛 씨 옆에 앉았다.

"여기에는 안 적혀 있어."

"그래?"

우리는 잠시 말없이 생각에 잠겼다. 아마 서로 다른 것을 생각하고 있었을 것이다.

이윽고 내가 물어봤다.

"당신은 사라지고 싶어?"

"사라지다니?"

"핵을 파괴하면 사라질 거잖아."

"아, 그렇지. 그건 사라진다기보다는 해방되는 것에 가까워."

바이올렛 씨는 나를 보지 않고 미소를 지었다.

"그게 뭐가 달라?"

"이곳은 영원히 반복되는 기억의 감옥. 그게 나에게는 좀 괴롭거든……."

그녀는 사라질 듯 조그만 목소리로 중얼거렸다.

"그렇구나. 그럼 잠시 기다려보자."

"기다린다고……?"

"조금만 더 기다려주면 문은 어떻게든 될 것 같아. 그런데 그전에…… 손님이 오셨네."

문 앞쪽에 빛의 균열이 생겨났다.

균열이 점점 커지더니 거기서 대머리 아저씨와 엘프 미녀가 나타났다.

"어라……?"

"왜?"

"아니, 저 엘프 씨 얼굴이 내 친구와 비슷해서."

그러나 다른 사람이었다. 골격이 다르고, 걸음걸이가 다르고, 버릇도 달랐다.

"호…… 아우로라를 데리고 나온 건가?"

대머리 아저씨가 바이올렛 씨를 보고 말했다.

"아는 사람이야?"

"글쎄, 본 기억이 없지만. 내 기억은 완전하지 않으니까 어딘가에서 만났을지도 몰라."

우리는 속닥속닥 이야기했다.

"그러나 아쉽게 됐구나. 이 문은 네놈들의 능력으로는 열 수 없다."

대머리 아저씨가 웃었다.

"애송이. 너도 운이 없구나."

"응? 나?"

나는 자신을 가리키면서 말했다.

"어디서 길을 잃고 흘러들어왔는지는 몰라도, 너는 마녀에게 속아 넘어간 죄로 죽게 될 것이다. 여기 이 올리비에게 베여서."

대머리 아저씨가 명령하자, 엘프 미인이 앞으로 나섰다.

대머리 아저씨는 별것 아니지만 이 미인은 강했다.

"싸우면 안 돼, 이 여자는……."

"알아. 강하네."

"도망치자."

"왜?"

우리는 또다시 속닥속닥 이야기했다.

"원망하고 싶다면 나 말고 거기 그 마녀를 원망해라. 그리고 어리석은 자기 자신도……! 올리비에, 죽여!"

올리비에 씨가 성검과 똑같이 생긴 검을 똑바로 들었다.

나는 학교에서 정해준 싸구려 검을 뽑았다. 유리구슬 같은 그녀의 눈동자가 오직 나만 보고 있었다.

내 얼굴에 미소가 떠오르는 것을 느꼈다.

"잠깐만, 싸우면 안 돼!"

왜?

바이올렛 씨의 목소리가 뒤에서 들려왔다.

그 전투는 시드가 튕겨져 날아가면서 시작됐다.

그는 엄청난 기세로 석벽과 격돌하여 피를 토했다.

무너질 것 같은 시드. 올리비에는 그를 봐주지 않았다. 성검을 가로로 휘둘러 시드의 목을 치려고 했다.

목이 날아갔다——그런 착각이 드는 찰나의 공방전이었다.

올리비에의 가로 베기. 시드는 허리를 낮춰 그것을 간신히 피했다. 석벽에 깊은 한일자가 새겨졌다.

그러나 그는 금방 다음 공격이 날아오리란 것을 알았다. 그래서 한 발짝 앞으로 이동해 간격을 없앴다.

하지만 그의 그런 저항도 소용없었다.

시드가 한 발짝 앞으로 나가는 것보다도 올리비에가 반 발짝 뒤로 물러나는 것이 훨씬 빨랐으므로.

어중간하게 앞으로 나간 시드. 올리비에는 무방비한 그를 검으로 쳐서 날려버렸다.

쨍! 하고 날카로운 소리가 났다. 시드의 검이 부러졌다.

제때 방어하기는 했지만, 싸구려 검은 반으로 뚝 부러졌고 그의 몸뚱이는 돌바닥에 바운드되어 데굴데굴 굴러갔다.

더 이상 싸움이라고 부를 수도 없었다. 일방적인 폭력이었다.

그러나 이건 당연한 일이었다.

기술 운운할 상황이 아니었다. 힘, 속도, 체력, 단순한 능력의 차원이 근본적으로 달랐다.

성인과 갓난아이 사이에서는 싸움이 성립될 수 없듯이, 마력을 쓰지 못하는 소년과 마력을 쓸 수 있는 영웅이 싸운다면 당연히 이렇게 될 수밖에 없었다.

오히려 최초의 일격으로 결판이 나지 않은 것이 기적이었다.

"올리비에. 그런 애송이를 상대로 애먹지 마라."

넬슨이 불쾌하다는 듯이 혀를 차면서 말했다.

올리비에가 움직임을 멈춘 사이에 시드가 몸을 일으켰다. 코피가 얼굴을 적시고 있었다. 그는 퉤 하고 붉은 침을 뱉었다.

그리고 반쪽이 된 검을 보더니, 상태를 확인하듯이 휘둘러봤다. 마치 그 검을 아직 쓸 기회가 있기라도 한 것처럼.

"뭐 하는 거냐?"

"응?"

넬슨의 질문에 시드는 고개를 갸우뚱했다.

"그 부러진 검으로 뭐라도 할 수 있다고 생각하는 거냐?"

"글쎄. 뭐, 할 수 있는 일이 줄어들긴 했네."

"그 표정은 뭔데."

"응?"

"왜 웃고 있냐고."

그 질문에 시드는 자기 뺨을 만져봤다. 정말로 그는 웃고 있었다.

"자기 처지를 모르는 인간보다 더 불쾌한 것은 없어. 네놈이 지금까지 살아 있는 것은 단지 운이 좋아서 그런 거다."

넬슨이 손을 내젓자 올리비에가 움직였다.

그녀는 아주 쉽게 시드의 등 뒤로 이동해서 성검을 밑으로 휘둘렀다.

반격도, 방어도, 회피도 불가능. 뭘 해도 이미 늦었다.

그가 할 수 있었던 것은 그저 몸을 앞으로 숙이는 것이었다.

시드의 등에서 피가 튀어나와 흩어졌다.

살갗이 찢어지고 살도 베였지만, 그래도 치명상은 면했다. 그런 식으로 목숨만 부지할 수밖에 없었다.

무방비한 그에게 올리비에가 계속해서 공격을 가했다.

그것은 반격 따윈 허용치 않는 무자비한 공격이었다.

끊임없이 핏방울이 튀면서 시드의 몸에 얕지 않은 상처가 생겨났다.

그러나 그는 아직 살아 있었다.

"이럴 수가……."

넬슨이 중얼거렸다. 그 목소리에는 적잖은 놀라움이 배어 있었다.

"넌 도대체 뭐냐. 어떻게 아직도 살아 있는 거야?"

시드는 상대가 추격해오지 않는 것을 확인하고 피투성이 몸을 일으켰다.

"대화가 없는 전투는 단조롭지. 그래서 내가 아직 살아 있는 거다."

"그게 무슨 소리야?"

"저 여자에게는 마음이 없어. 내 질문에 그녀는 대답해주지 않아."

그는 좀 아쉽다는 듯이 웃었다. 입이 빨갛게 피로 물들어 있었다.

"흥, 됐어. 당장 죽여!"

넬슨은 마치 꺼림칙한 존재를 보는 듯한 눈빛으로 말했다.

올리비에가 움직이려는데, 그 직전에 누군가가 싸움에 끼어들었다.

"그만해."

새까만 머리카락과 보랏빛 눈동자를 지닌 미녀. 아우로라가 시드의 어깨를 안으면서 그를 받쳐줬다.

"어, 왜?"

"이제 그만하자."

아우로라는 타이르듯이 말했다.

처음부터 이렇게 될 줄 알고 있었다. 아우로라는 올리비에의 모습을 보자마자 한눈에 그 실력을 이해했다.

아우로라의 기억은 완전하지 않았다. 아우로라의 기억은 그녀 인생의 도중까지밖에 없었다. 그 기억 속에 올리비에의 모습은 없었지만, 어째서인지 위험하다는 것은 알았다. 기억은 없는데도 마치 알고 있는 것처럼 마음이 위축되었다.

그래서 필사적으로 제지하려고 했다.

그러나 예상과는 달리 시드는 싸우면서 저항했다.

혹시 시드라면……. 그런 실낱같은 기대감도 있어서, 그를 제때 막지 못했다.

하지만 이제는 충분했다.

내내 멸시를 당했던 아우로라의 인생에서 그녀를 위해 목숨까지 걸어준 사람은 없었다. 잊을 수 없는 추억이 생겼다. 그러니 이제 충분했다.

"당신이 죽을 필요는 없어. 뒷일은 내가 어떻게든 해볼게."

"마력을 쓰지 못하는 마녀가 뭘 할 수 있다고?"

넬슨이 웃었다.

"이 사람을 도망치게 해줄 수는 있지."

아우로라는 시드를 보호하듯이 앞으로 나섰다.

"마녀가 인간을 보호하는 거냐? 정말 웃기는 이야기군. 그러나 …… 만약에 네가 협력해준다면, 그 애송이의 목숨은 살려주마."

"협력?"

"그래, 협력. 네놈이 계속 거부하는 바람에 우리 작업이 많이 늦어졌거든."

"그게 무슨 소리야?"

"흥, 역시 불완전한 기억은 어쩔 수가 없군. 넌 그냥 우리에게 협력하겠다고 맹세만 하면 돼. 귀찮게 굴면 저 애송이를 죽여 버린다?"

아우로라는 한순간 고개를 돌려 시드의 얼굴을 봤다.

"알았어……."

"저기, 마음대로 이야기를 진행시키지 말아줄래?"

시드의 태평한 목소리가 두 사람의 대화에 끼어들었다. 아우로라는 고개를 홱 돌려 그를 쏘아봤다.

"뭐야, 난 당신을 위해서……."

"그럴 필요 없어."

시드는 아우로라 앞에 가서 섰다.

"아까부터 들어보니까 내가 질 것처럼 이야기하던데. 그러지 말아줬으면 좋겠어. 몹시 불쾌하거든."

"참으로 불쌍한 애송이구나. 상황을 전혀 이해하지 못하다니.

고분고분 말을 잘 들으면 네놈은 봐주겠다는 건데.”

“아니, 그럴 필요 없다니까.”

시드는 고개를 돌려 아우로라를 봤다.

“당신은 거기서 지켜보기나 해.”

“흥, 됐다. 죽여.”

“안 돼!!”

아우로라가 뻗친 손은 닿지 않았다.

시드는 발을 내디뎠다. 올리비에와 충돌했다.

올리비에는 우직하게 앞으로 나오는 그에게 성검으로 반격했다.

그녀가 선택한 공격은 찌르기였다.

가장 빠른 그 일격이 공기를 가르고 그의 복부를 푹 찔렀다.

무자비하게 관통했다.

“잡았다.”

그는 칼에 찔린 채 피투성이 얼굴로 웃었다.

올리비에의 팔을 붙잡아 전력으로 끌어당겼다. 근육이 툭툭 불거지더니 한계를 넘어 비명을 질렀다.

딱 한순간. 올리비에의 움직임이 멈췄다.

그들의 거리는, 반쪽이 된 검이 닿는 거리였다.

시드의 검이 경동맥을 노리고 날아오자, 올리비에는 상체를 비틀어 그것을 피했다.

올리비에의 균형이 무너졌다.

시드는 검을 버리고 올리비에를 와락 껴안더니 그대로 쓰러뜨렸다.

 그리고 경동맥을 물어뜯었다.

 그 가느다란 목에 이를 박아 넣고 동맥을 깨물어 잘라냈다.

 꽉 끌어안고, 버둥대는 상대의 팔을 누르고, 잘근잘근 씹었다. 그 이빨이 가녀린 목을 물어뜯을 때마다 올리비에의 육체가 경련했다.

 그리고 마침내 올리비에가 산산조각이 났다. 거울 깨지듯이 부서져 사라졌다.

 그 자리에는 피투성이가 된 시드만 남았다.

 "이, 이럴 수가, 올리비에가⋯⋯! 이 자식, 넌 어떻게 배에 구멍이 뚫렸는데도 살아 있는 거냐?!"

 복부를 관통당한 시드의 상처는 아무리 봐도 치명상이었다.

 살아 있는 것이 이상할 정도인데, 그런 부상을 당한 채 올리비에를 쓰러뜨리다니. 인간이 해낼 만한 일이 아니었다.

 "인간은 쉽게 죽어. 후두부를 가볍게 부딪치기만 했는데 죽는 경우도 드물지 않지. 나도 마찬가지야. 퍽 하고 머리를 한 대 맞으면 죽을지도 몰라."

 그는 일어나서 자기 몸을 확인하는 것처럼 다친 곳을 쓰다듬었다.

 "하지만 급소만 잘 지키면 인간은 튼튼한 편이거든. 복부를 관통당해도, 동맥과 주요 장기만 보호하면 죽지는 않아. 그건 정말 멋지다고 생각하는데, 안 그래?"

 "멋지다고⋯⋯?"

"응. '공격을 피하고 반격한다'는 수고를 안 해도 되니까. 얼굴을 가격당하면서 상대의 안면을 가격할 수 있지. 복부를 관통당하면서 상대의 목을 물어뜯을 수 있고. 공격과 방어가 하나가 되어, 반격 속도가 극도로 빨라지는 거야. 불가피에 가까운 반격이 가능해지는 거지."

"넌…… 제정신이냐."

기괴한 존재를 보는 것처럼 넬슨의 얼굴이 일그러졌다.

"당신, 무사한 거지……?"

걱정하는 아우로라. 시드는 고개를 끄덕여 대답했다.

"자, 이제 엘프 씨는 사라졌고. 다음 상대는 아저씨인가?"

윽. 넬슨은 당황했다.

"아, 아니, 그래. 설마 올리비에가 질 줄은 몰랐어! 넌 정말 강한 것 같구나. 내가 잘못했다. 사과하마!!"

넬슨은 고개를 숙였다. 그리고 킥킥 웃었다.

"……라고 할 줄 알았느냐? 아, 물론 마력을 쓰지도 못하는 애송이가 올리비에를 쓰러뜨린 것에는 나도 놀랐어. 대단한 애송이야. 단순히 운이 좋았던 거겠지만. 그래도 이긴 것은 이긴 거다. 축하해."

넬슨은 고개를 들고 손뼉을 짝짝 쳤다.

"그러나 질 낮은 복제품을 하나 쓰러뜨렸다고 너무 우쭐거리면 안 돼. 성역에는 무궁무진한 마력이 잠들어 있거든. 그러니까 이런 일도 가능한 거야."

넬슨이 팔을 휘두르자 그 일대에 빛이 흘러넘쳤다.

빛이 사라진 후. 그곳에는 올리비에가 있었다.

한 명이 아니었다.

유적을 뒤덮을 정도로 셀 수 없이 많은 올리비에가 출현했다.

"맙소사……!"

아우로라가 비통한 소리를 냈다.

시드의 부상은 치명상은 아니어도 중상이었다. 더 이상 싸울 수 있는 몸 상태는 아닐 것이다.

"이것이 성역의 힘이다!!"

무수한 올리비에가 시드를 향해 쇄도했다.

시드는 희미하게 웃었다.

"유감이지만――타임 오버다."

사방팔방에서 덮쳐오는 올리비에를, 그는…… 날려버렸다.

"엇?!"

그의 손에는 어느새 칠흑의 칼이 들려 있었다.

"그 칼은 대체 어디서…… 아니, 잠깐만. 설마 마력을 쓸 수 있는 거냐?!"

시드의 몸에서는 청보라색 마력이 넘쳐흐르고 있었다.

매우 농도가 짙은 가시화된 마력. 상상을 초월할 정도로 날카롭게 벼려진 마력은 한없이 아름답게 빛나고 있었다.

"내가 모은 마력이 밖으로 빨려나간다면, 빨려나가지 않을 정도로 단단하게 모으면 돼. 시간은 좀 걸렸지만. 간단한 원리지."

아니, 간단하지 않았다. 그것은 마녀라고 불린 아우로라에게도 불가능한 기예였다.

"마, 말도 안 돼……!! 그런 게 가능할 리 없잖아!! 다, 당장 이
놈을 죽여!!"

넬슨이 공포에 질려 굳어버린 얼굴로 소리쳤다.

또다시 무수한 올리비에가 시드에게 다가갔다.

그러나 시드는 칠흑의 칼을 길게 늘여서 올리비에 무리를 일소
했다.

"올리비에가, 올리비에 같은 실력자가?!"

"말했잖아. 타임 오버라고."

올리비에들이 줄줄이 시드에게 다가왔다.

그들은 칠흑의 가로 베기에 의해 튕겨져 날아갔지만, 그래도
사라지는 자는 거의 없었다. 성검으로 방어하고 계속해서 시드
를 향해 다가왔다.

"역시 강하네. 끝이 없어."

올리비에가 모여들고, 시드가 그들을 물리친다. 그 동작이 매
우 빠르게 반복되었다.

그때마다 시드의 다친 곳에서 피가 흘러나왔다. 그의 얼굴이
고통으로 일그러졌다.

이 균형도 그리 오래 유지하지는 못할 것이다. 모두가 그 사실
을 이해했다.

"하하, 그래 잘한다, 계속해!!"

넬슨이 경직된 얼굴로 웃었다.

아우로라는 궁지에 몰린 시드를 보면서 눈에 눈물을 머금었다.

"제발…… 죽지 마……."

오로지 그가 무사하기만을 빌었다.

그 순간.

"아까 분명히——성검을 뽑아 쇠사슬을 자르고, 핵을 파괴하면 된다고 했지?"

절망적인 전투를 하는 와중에 그가 아우로라에게 말을 걸었다.

"응? 으, 응……."

아우로라는 어리둥절하면서 대답했다.

"귀찮은 절차는 밟지 않아도, 그냥 모조리 파괴해버리면 되는 거지?"

"응, 그래도 되지만…… 뭐야. 농담이지?"

시드는 웃었다. 그리고 사방팔방으로 칼을 휘둘렀다.

올리비에가 일제히 튕겨져 날아가면서 빈틈이 생겼다.

시드는 칼을 거꾸로 쥐더니 똑바로 들어 올렸다.

청보라색 마력이 회오리치면서 칠흑의 도신에 집약되어 갔다.

"아이 엠……."

"자, 잠깐, 그 마력은 뭐냐?! 그, 그만해!!"

올리비에가 질주했다.

맨 앞에 있는 한 명이 성검으로 그를 찔렀다.

혼신의 일격이 무방비한 그의 가슴에 닿았다.

그녀는 정확히 심장이 있는 곳을 찔렀다. 피로 물든 칼끝이 그의 등을 뚫고 나왔다.

아우로라가 비명을 지르며 손을 뻗었다.

그러나.

"……올 레인지 아토믹."

그는 가슴을 꿰뚫린 채 칼을 내리쳐서 대지를 푹 찔렀다.

"안 돼애애애애애애애애애애애애애애애애애!!"

청보라색 마력이 순식간에 세계를 물들였다.

올리비에는 지워지고, 넬슨은 증발하고, 성검은 용해된다.

청보라색 마력은 주변 일대 전체를 삼켜버렸다.

그가 선보인 일격은 단거리 전방위 섬멸형 오의『아이 엠 올 레인지 아토믹』.

그날 성역은 소멸했다.

정신 차려 보니 시드는 암흑 속에 있었다.

눈을 부릅떠도 아무것도 보이지 않는 끝없는 칠흑.

상하도, 좌우도, 자기 자신조차도 애매해질 듯한 암흑 속에서 뭔가가 떠올랐다.

그것은 사슬에 구속된 추악한 왼팔이었다.

아주 멀리 있는 것처럼 보였지만, 손을 뻗으면 닿을 수 있을 만큼 가깝게 느껴지기도 했다.

돌연 사슬이 파괴됐다.

산산이 부서져 낙하하는 파편.

자유로워진 왼팔은 시드를 붙잡으려는 것처럼 이쪽으로 손을 뻗었다.

　시드는 칠흑의 칼을 고쳐 들었고, 그 순간 세계는──빛으로 뒤덮였다.

　시드는 이른 아침의 숲에 서 있었다. 그가 문을 열고 들어왔던 곳과 같은 장소였다.

　주위를 둘러봤지만 그 왼팔은 어디에도 보이지 않았다. 눈부신 아침 햇빛이 눈을 찌르자 그는 눈을 가늘게 떴다.

"심장을 찔렸는데도 무사하구나."

　뒤에서 누가 말을 걸었다. 돌아봤더니 그곳에는 어쩐지 아련해 보이는 아우로라가 서 있었다.

"심장을 옆으로 치웠거든. 아무튼 좀 피곤하다……."

　그는 아침 하늘을 향해 한숨을 내쉬었다. 그리고 나무에 기대어 스르르 앉았다.

"정말 놀라운 사람이야. 나 같은 것보다 훨씬 더……."

　아우로라는 그 옆에 앉아서 그의 가슴에 난 상처를 만져보려고 했다.

　아우로라의 손에는 피가 묻지 않았다. 그녀의 손은 그를 만지지 못하고 통과해버렸다.

"사라지는 거구나."

"응, 그런가 봐."

　두 사람은 앉아서 아름다운 아침 해를 바라봤다.

"당신을 부른 것은 나야. 거짓말쟁이라서 미안해."

"괜찮아."

"그것 말고도 거짓말을 했어."

"괜찮아."

작은 새의 지저귐이 들렸다. 아침이슬이 반짝반짝 빛났다.

"지금까지 늘 생각했어. 빨리 사라지고 싶다고. 모든 것을 잊어버리고 싶었어."

"응."

"하지만 잊고 싶지 않은 기억이 딱 하나 생겼어. 설령 내가 사라지더라도, 이 기억만은 잊어버리고 싶지 않아."

그러더니 아우로라는 미소 지었다.

"소중한 기억을 선물해줘서 고마워."

그리고 사라져갔다. 애써 만들어낸 억지웃음이 서글퍼 보였다.

"나도 즐거웠어. 고마워."

"혹시, 당신이 진짜 나를 발견한다면……."

아우로라가 시드의 뺨에 손을 대고 말했다. 그러나 그에게는 더 이상 그녀의 모습이 보이지 않았다.

그곳에는 아무도 없는 고요한 아침만 쭉 자리 잡고 있었다.

"나를 죽여줘, 라고……."

그는 아우로라가 남긴 말을 중얼거리면서 자기 뺨을 만졌다. 그녀의 온기가 아직 그곳에 남아 있는 것 같았다.

알파와 입실론은 산꼭대기에서 린드블룸을 내려다봤다.

알파의 드레스가 바람에 휘날려 하얀 다리가 드러났다.

"성역은 소멸했습니다."

"그러네."

알파는 눈구석을 꾹 눌렀다.

"성검 회수는?"

"성검은 증발했습니다."

알파는 한숨을 쉬었다.

"핵의 샘플은?"

"핵도 증발했습니다."

알파는 고개를 설레설레 저었다.

"가장 단순하고 가장 확실한 해결책. 그 사람답네."

"그걸 해내는 분이 섀도우 님이시지요."

입실론이 자랑스럽다는 듯이 말했다.

"그가 걷는 길은, 우리가 걷는 길이기도 해."

알파의 아름다운 금발이 아침 햇빛을 반사하여 빛났다. 그녀는 저 멀리 있는 린드블룸 시가지를 바라보면서 눈을 가늘게 떴다.

"그래, 베타는 어떻게 됐어?"

"왕녀들을 유도하고 있습니다. 잘하면 숨어들 수 있을 겁니다."

"그렇군. 성역 조사는?"

"현시점에서 가능한 조사는 전부 완료했습니다."

"말해봐."

알파는 눈을 감고 입실론의 보고를 들었다.

그 명석한 두뇌는 순식간에 정보를 정리해나갔다.

"좋아, 이제 충분해. 그 건은 어떻게 됐어?"

"가설이 옳았던 것 같습니다."

입실론은 약간 망설이더니, 더없이 간결하게 대답했다.

"『재액의 마녀』 아우로라…… 또 다른 이름은, 『마인 디아볼로스』."

알파는 푸른 눈동자로 머나먼 아침 해를 바라봤다.

"그래……. 그래서, 그는……."

퍼즐 조각이 딱 소리를 내며 맞춰졌다.

성역을 탈출해서 나온 곳은 숲속이었다.

알렉시아가 주위를 둘러봤더니, 로즈와 나쓰메가 옆에 서 있었다.

성역을 탈출할 때 근처에 있었던 세 사람이다.

"여긴 어디죠……?"

로즈가 고개를 갸웃거렸다.

"린드블룸의 숲속인 것 같아요. 저 멀리 도시가 보이네요."

나쓰메가 대답했다. 그러고 보니 정말로 저 먼 곳에 있는 도시가 보였다.

나무들 사이로 언뜻 보이는 것뿐인데 용케 알아봤구나.

"도시로 돌아갈까요?"

"네, 그러죠."

걸음을 떼는 두 사람. 그러나 알렉시아가 그들을 불러 세웠다.

"잠깐만."

"어, 알렉시아 씨?"

"왜 그러세요?"

두 사람은 걸음을 멈추고 알렉시아를 쳐다봤다.

"당신들은 분하지 않아?"

"분하다니요……?"

"무슨 말인지 모르겠는데요."

알렉시아는 두 사람의 눈을 번갈아 응시했다.

"우리는 아무것도 못했어. 물론 능력이 없는 것은 알아. 하지만 그게 전부가 아니야. 누가 옳고 누가 그른지, 선악의 판단조차 하지 못하고 그저 그 자리에 존재하기만 하는 방관자였어……."

"알렉시아 씨……."

"이대로 아무것도 모르는 상태로 있으면, 언젠가는 틀림없이 우리의 소중한 것을 빼앗기게 될 거야. 나는 그렇게 생각하는데. 설마 나만 그런 거야……?"

"알렉시아 씨. 실은 저도…… 나름대로 생각한 것이 있어요.

얼마 전 학교 습격 사건 때부터, 저희가 모르는 커다란 조직이 뒤에서 은밀하게 활동하고 있는 거죠. 『섀도우 가든』에 대해서도, 또 그들과 대립하는 조직에 대해서도, 저희는 아무것도 몰라요…….."

"그 심정은 이해가 가요. 그래서 어떻게 하실 생각인가요? 알렉시아 님."

알렉시아는 팔짱을 끼고 고개를 끄덕였다.

"우리는 힘도 없고 아무것도 몰라. 하지만 세 명이 모이면, 뭔가 할 수 있는 일도 있을 거야. 나는 미드갈 왕국의 왕녀고. 로즈 선배는 오리아나 왕국의 왕녀잖아. 그리고 당신도 작가로서 인맥이 있고. 그러니까 셋이서 정보를 수집해 공유하면 어떨까?"

"──우선 그렇게 한다는 것은, 그다음 계획도 있는 건가요?"

"수집한 정보가 뭐냐에 따라 달라지겠지만, 셋이서 협력해서 싸울 수는 없을까? 동료도 좀 더 모아서…….."

"구체성이라곤 전혀 없네요."

나쓰메의 지적에 알렉시아는 그쪽을 날카롭게 째려봤다.

"그, 그러니까 우선 정보를 모으고, 그 정보를 검증해서 결정하자는 거야!"

"정보를 검증할 수 있는 지능이 있으면 좋으련만…….."

나쓰메가 조그맣게 중얼거렸다.

"방금 무슨 말 했어?"

"아뇨, 안 했습니다."

알렉시아는 째려보고 나쓰메는 미소 지었다. 그렇게 둘이서 한

동안 마주 보고 있었다.

"그래서 결론은 뭐야? 같이할래? 안 할래?"

"협력할게요. 저는 오리아나 왕국 쪽에서 정보를 모아보겠습니다."

먼저 로즈가 손을 내밀었다.

"저도 작가로서의 인맥을 활용해 조사해볼게요."

이어서 나쓰메가 로즈의 손 위에 자기 손을 올려놨다.

"그럼 정해졌네. 이제 우리는 동료야. 국적도 입장도 다르고, 속으로는 무슨 생각을 하는지 알 수 없지만. 그래도 나는 동료라고 믿을 거야."

마지막으로 두 사람의 손 위에 알렉시아가 자기 손을 겹쳐 올렸다.

"좋네요. 세계의 진실을 파헤치는 동료들…… 전설의 도입부 같아요."

로즈가 미소 지었다.

"용사와 현자와 민폐 캐릭터가 다 모였네요."

나쓰메가 알렉시아를 보고 웃었다.

"민폐 캐릭터는 당신이지?"

알렉시아는 나쓰메를 보고 웃었다.

그리고 세 사람은 옆으로 나란히 서서 걸음을 뗐다.

아침 해가 저 멀리 린드블룸 시가지를 비추고 있었다.

감마의 업무는 대부분 미쓰고시 상회와 관련된 공적인 일이었다.

그것은 감마 본인이 납득을 했든지 안 했든지 간에, 전투능력이 부족하기 때문에 어쩔 수 없는 일이었다.

실은 멋지게 주인님과 함께 싸우고 싶다고 생각하는 것은 감마 혼자만의 비밀이었다.

오늘도 감마는 열심히 미쓰고시 상회의 업무를 보고 있었다.

현재 감마는 베가르타 제국 변경의 마드리란 곳에 와 있었다.

이곳에 미쓰고시 상회의 신규 점포를 개점하기 위해 영주와 교섭하는 중이었다.

"루나 씨, 이건 제가 추천하는 매물입니다."

화사한 미소를 지으며 감마를 안내해주는 사람은 영주의 장남인 루드였다.

루나. 그것은 감마가 공식적으로 사용하는 이름이었다. 미쓰고시 상회 회장으로서의 이름.

"큰길에 면해서 입지도 좋고, 채광도 좋고, 건물 폭도 넓거든요. 토지까지 포함해 1억 4,000만 제니인데 특별히 1억 2,000만 제니만 받고 양보하겠습니다. 부디 이곳에 미쓰고시 상회를 개점해주시면 좋겠습니다."

"흠, 그렇군요."

실제로 입지는 최고였다. 그리고 건물도 나쁘지 않았다. 좀 낡았지만 3층이고, 넓기도 하고, 구조도 탄탄해 보였다.

리뉴얼을 하면 상회로서 충분히 쓸 만할 것이다. 아니면 건물은 부수고 새로 만들어도 상관없다. 매물의 가치는 대부분 입지에 의해 결정되니까.

그러나 이 최고의 입지를 자랑하는 매물이 고작 1억 2,000만 제니밖에 안 한다는 것이 문제였다.

미드갈 왕국의 왕도라면 가격이 족히 열 배는 될 테고, 이곳과 규모가 비슷한 지방도시여도 다섯 배는 될 것이다.

이토록 헐값에 판매되는 인기 없는 매물에는 당연히 이유가 있었다.

그것은 이 매물 자체의 문제라기보다는 애초에 이 도시의 문제였다.

베가르타 제국의 변방도시 마드리는 사실 인구가 꾸준히 감소하고 있는 도시였다. 이유는 여러 가지인데 핵심적인 것은 두 가지였다.

첫째. 도시의 입지가 안 좋다.

마드리에서 가장 가까운 도시까지 짐마차로 가려면 한 달 이상이나 걸린다. 그 시간과 비용을 생각한다면, 장사하기 좋은 동네가 아니란 것은 알 수 있었다.

둘째. 베가르타 제국의 제도가 호경기라서 젊은이나 상인은 모두 제도로 가버린다.

뭐, 사실 미쓰고시 상회의 베가르타 제도 지점이 생기면서 재개발이 이루어진 덕분에 제도가 호경기를 누리게 된 거지만. 서로 그 점은 언급하지 않았다.

이상의 두 가지 이유 때문에 마드리라는 도시는 매력이 없는 것이다.

이런 큰길에 있는 거대한 건물을 사들일 만한 사람은 아마 상회밖에 없을 것이다. 비슷한 매물이 사방에 널려 있었다.

요컨대 이 도시에서 신규 점포를 낸다는 것은, 근본적인 문제를 해결하지 않는 한 자살행위나 마찬가지였다.

"부디 이곳에 미쓰고시 상회 신규 점포를 내주세요!"

영주의 아들 루드도 필사적이었다. 그도 당연히 제도에 출점한 미쓰고시 상회의 소문은 들었을 것이다.

마드리에 미쓰고시 상회가 출점하면 인구 감소 현상도 사라지고, 악화 일로를 걷던 재정이 극적으로 회복될지도 모른다──고 희망적인 관측을 하는 것이리라.

당연히 그럴 리는 없었다.

문제가 해결되지 않는 한, 미쓰고시 상회가 출점해봤자 언 발에 오줌 누기일 뿐이다.

"글쎄요. 어쩌면 좋을까요……."

"아, 그, 그럼, 좋습니다. 특별히 1억 제니로 해드리겠습니다!"

감마가 미적지근하게 굴자, 루드는 좀 더 가격을 낮췄다.

그러나 겨우 2,000만 제니 깎아줬다고 해서 감마로서는 확답을 줄 마음은 추호도 없었다. 그녀는 벌써 일주일 넘게 이 동네의 매물을 구경하고 다니면서, 미적지근한 태도를 유지한 채 확답을 주지 않았던 것이다.

 볼 만한 매물은 이미 다 봤다.

 감마는 그저 기다리고 있었다.

 "──루나 님."

 그때 뒤쪽에서 미쓰고시 상회의 제복을 입은 미녀가 감마에게 다가와 귓속말을 했다.

 "조사가 끝났습니다."

 "결과는?"

 "가능합니다."

 "예의 그것은?"

 "틀림없어요──석유입니다."

 "──알았어."

 그리고 감마는 그날 처음으로 루드에게 미소를 보여줬다.

 "사겠습니다."

 "오, 사주시는 겁니까?! 네, 그럼──."

 "이 거리의 매물들을 모조리 사겠습니다."

 "──네?"

 "그쪽에서 우리의 조건을 받아들이신다면, 우리가 이 도시를 재개발해서 베가르타 제국 최고의 도시로 만들어드리겠습니다."

 "──네?"

 "나르 강 지류를 확장해서 운하를 건설해볼 용의는 있으신 가요?"

 "아…… 네."

"좋습니다. 그럼 설계를 실시하겠습니다."

이어서 감마는 부하에게 지시를 내렸다.

"나르 강 하류의 주요 매물들을 사들여. 이제 시작되는 거야. 부동산 버블이⋯⋯."

그들은 발 빠르게 움직이기 시작했다. 잠시 후 그곳에는 어안이 벙벙해진 루드만 홀로 남겨졌다.

그는 두리번두리번 주위를 둘러보더니.

"아, 그래⋯⋯. 아버지한테 보고해야지⋯⋯."

그렇게 중얼거렸다.

──약한 자는 가치가 없다.

수인으로 태어나 자라온 그녀는 일족 내에서 그렇게 교육받으면서 성장했다.

그녀의 부족은 갯과 일족 중에서도 큰 편이었다. 그녀의 아버지가 일족의 우두머리였고 그 밑에 100명이 넘는 자식이 있었다. 그녀는 일족 내에서도 지위가 낮은 첩의 자식이라서 그다지 기대 받지 못하는 존재였다.

식사의 양도 적었다. 늘 배고프고 야윈 상태였다.

그리고 그녀가 세 살이 되었을 때, 마침내 식사 제공이 중단됐다.

　뼈와 가죽만 남을 정도로 말라비틀어진 그녀는 비틀비틀 숲속으로 들어가 난생처음으로 자기 손으로 먹이를 사냥했다. 자기 키보다 두 배는 더 큰 멧돼지의 정수리를 박살낸 뒤, 그 생피를 빨고 내장을 게걸스럽게 먹었다.

　그녀는 자기 손으로 식량을 구하는 기술을 익혔고, 그게 의외로 쉽다는 사실을 깨달았다.

　그리고 그것이 『살아간다』는 것임을 알게 되었다.

　남이 주는 식사는 가치가 없다.

　스스로 사냥하는 것이야말로 가치가 있는 것이다.

　사냥감의 피를 뒤집어쓴 그녀가 마을로 돌아오자, 그 소문은 삽시간에 퍼졌다.

　아무리 수인이어도 세 살 난 여자애가 멧돼지를 죽인다는 것은 비상식적인 일이었다.

　그런데 그녀는 그것을 해냈다.

　그녀는 보기 드물게 탁월한 신체능력과 오감을 가지고 있었고, 아무에게도 배우지 않았는데도 마력을 다룰 줄 알았다.

　그녀는 동년배 어린애가 시비를 걸면 한 방에 날려버리고, 배가 고프면 스스로 먹이를 사냥해 먹었다.

　바짝 말랐던 몸은 금방 쑥쑥 성장했다. 탄력적인 근육이 붙은 아름다운 여자아이로 자라났다.

　그녀가 열두 살이 됐을 무렵에는 이미 그 일족 내에서 그녀를 이길 수 있는 존재는 우두머리밖에 없었다.

앞으로 몇 년…… 아니, 딱 1년만 더 있었어도 그녀라면 우두머리를 능가할 수 있었을지도 모른다.

하지만 그런 일은 일어나지 않았다.

그녀의 온몸에 검은 반점이 퍼져나갔기 때문이다.

그녀는──〈악마 빙의〉였다.

〈악마 빙의〉는 무리에서 쫓아낸다. 그것이 일족의 철칙이었다.

그녀는 그 병에 걸린 몸으로 어떻게든 도망쳐서, 숲속에서 사냥을 하면서 정처 없이 방황했다.

그녀는 사냥을 좋아했다.

사냥을 함으로써 그녀는 살아갈 수 있었다. 본능적으로 자신은 사냥을 하기 위해 태어났다는 사실을 깨달았다.

그러니까 무리에서 쫓겨난 것은 전혀 신경 쓰지 않았다.

이대로 사냥을 하면서 살 수 있다면 그걸로 족하다고 생각했던 것이다.

그러나 병은 그녀를 좀먹었다. 몸이 썩어 들어가면서 점점 사냥도 불가능할 정도로 쇠약해졌다.

그녀는 숲속의 어느 물가에서 쓰러졌다. 하늘을 향해 벌렁 드러누웠다.

"난 아직…… 사냥할 수…… 있어요……."

짐승 냄새가 난다. 발소리가 난다. 울음소리가 들린다.

광대한 숲속에서 저 멀리 남아 있는 사냥감의 흔적이 그녀에게는 생생하게 느껴졌다. 몸만 마음대로 움직인다면, 지금 당장 저놈들을 몽땅 사냥할 수 있을 텐데.

"사냥감……이…… 나를…… 부르고…… 있어요."

검게 썩어버린 손을 내밀어 봐도, 그 손으로는 허공밖에 잡지 못했다.

"아직…… 사냥할 수…… 있는데……."

눈앞도 점차 흐려졌다.

그녀는 자기 목숨이 얼마 남지 않았다는 사실을 알았다. 늑대 울음소리가 가까이에서 들렸다. 그러자 그녀는 웃었다.

늑대가 자기를 사냥하러 온 것이다.

이건 기회였다.

나는 더 이상 움직이지 못한다. 그럼 사냥감이 알아서 이쪽으로 와주면 된다.

늑대가 나를 물어뜯으려고 할 때 반대로 내가 그놈의 목을 물어뜯어야지.

그녀는 숨죽이고 늑대가 다가오기를 기다렸다.

그러나 늑대는 오지 않았다.

"어…… 왜……?"

늑대의 기척이 멀어져갔다. 그 대신 등장한 것은 아름다운 금발 엘프였다.

"꽤 많이 진행된 것 같네……. 이런 상태에서도 의식을 잃지 않다니, 굉장한 정신력이야."

그러더니 엘프 소녀는 손을 내밀었다. 그 직후, 황급히 손을 도로 거뒀다.

딱! 하고.

수인 소녀의 이빨이 허공을 깨물었다.

그녀는 꺼멓게 문드러진 얼굴로 엘프 소녀를 쏘아보면서 웃었다.

"엄청난 대어가…… 등장……했네요……!"

그리고 마지막 기력을 쥐어짜내서 일어났다.

그녀에게 사냥감이란 비단 짐승뿐만이 아니었다. 수인 세계에서는 부족 간의 항쟁도 자주 발생했는데, 거기서 사냥하는 것도 그녀의 삶의 보람이었다.

그녀는 척 보고 알았다. 이 엘프 소녀는 그녀의 피를 끓어오르게 만드는 엄청난 사냥감이란 것을.

"세상에…… 아직도 일어날 힘이 남아 있어……?!"

엘프 소녀가 뒷걸음질 쳤다.

"크아앙!!"

그 직후 수인 소녀가 놀라운 속도로 덤벼들었다. 도저히 환자 같지 않은 움직임이었다.

"──?!"

엘프 소녀는 그 이빨을 피해서 멀리 후퇴했는데, 수인 소녀는 비틀거리면서도 자세를 바로잡고 추격해왔다.

"그만해, 나는 당신을 도와주러──! 더 이상 말해봤자 소용없겠네. 내가 직접 하면 다치게 할 텐데. 그 사람에게 부탁할 수밖에 없나……."

엘프 소녀는 그렇게 중얼거리더니 뒤돌아서 어디론가 뛰어갔다.

"거, 거기…… 서……세요……, 으윽……."

수인 소녀는 몇 발짝 그 뒤를 쫓아가다가 그대로 흐느적거리면서 풀썩 엎어졌다.

더 이상 쫓아갈 만한 체력이 없었다.

방금 그 전투로 완전히 바닥나버렸다.

운 좋게 마지막 순간에 엄청난 대어를 사냥할 수 있을 줄 알았는데…….

낙담하면서 그녀는 눈을 감았다.

한동안 고요한 숲의 소리에 귀를 기울였다. 그런데 돌연 바로 옆에서 발소리가 났다. 깜짝 놀라 눈을 떴다.

그곳에는 온통 까만색인 검은 머리 소년이 서 있었다. 기척은 전혀 느끼지 못했다.

"내 이름은 섀도우……."

그렇게 말하면서 내려다보는 그 소년의 눈동자를 본 순간, 그녀의 온몸에 전율이 일었다.

──못 이긴다.

내가 아무리 애써도 이 소년은 절대로 이기지 못한다.

이성이 아닌 본능으로 그녀는 순식간에 그 사실을 이해하고 말았다.

그녀에게 자기보다 더 대단한 존재는 부족의 우두머리인 아버지밖에 없었다. 사실 그녀는 그 아버지조차도 두려워한 적이 없었다.

그러나──이 소년은 달랐다.

근본적으로, 생물로서의 힘이 달랐다.

그 완벽하게 단련된 육체를 보면, 오직 싸우기 위해 만들어진 것임을 알 수 있었다.

그 철저하게 연마된 마력을 보면, 주변 일대를 통째로 날려버릴 만한 밀도로 정제되어 있음을 알 수 있었다.

그 날카로운 눈동자를 보면, 이미 그녀의 실력을 다 파악하고 있음을 알 수 있었다.

격이 달랐다. 싸울 마음조차 들지 않을 정도로.

그 소년의 힘에 그녀는 겁먹었다. 그리고 격이 높은 생물을 본능적으로 따랐다.

다시 말해──복종했다.

"우우~~."

벌러덩 드러누운 자세로 배를 보여주면서 꼬리를 파닥파닥 흔들었다.

"상당히 순종적인데……?"

"나를 만났을 때에는 광포했어."

소년은 의심하는 태도로 엘프 소녀와 이야기를 나눴다.

"뭐, 아무튼. 치료나 하자."

"응, 도와줄게."

소년은 청보라색 마력으로 수인 소녀를 감쌌다. 엘프 소녀도 다소 어설프게나마 그것을 도왔다.

"우우~~."

그동안 수인 소녀는 내내 배를 드러내고 꼬리를 흔들었다.

얼마 후 치료가 일단락되었다. 그때는 주위에 은발 엘프와 남색 머리카락을 지닌 엘프도 와 있었다.

그녀는 아직 완전하진 않아도 평범하게 움직일 수 있을 정도로는 회복됐다.

"나는 알파야. 좀 갑작스럽지만, 우리 조직과 당신의 몸에 관해서 설명……."

알파라고 이름을 밝힌 엘프 소녀가 뭔가 이해할 수 없는 말을 하는 동안에 수인 소녀는 자기 몸을 확인하고 있었다.

스스로 섀도우라고 말한 그 소년의 마력 덕분에 몸이 이 정도로 회복되었다.

힘차고 따뜻한 마력. 그녀는 결코 그것을 잊지 못할 것이다.

이제 또다시 사냥을 할 수 있다.

"──그런 이유로, 우리는 교단과 싸우고 있어."

뭐가 뭔지는 잘 몰라도, 이 집단이 그녀에게는 새로운 무리가 되리란 것은 이해했다.

이견은 없었다.

이 무리의 우두머리인 섀도우는 그녀에게는 최강의 존재이므로. 최강의 존재를 따른다는 것은 수인의 자랑거리다.

섀도우만 있으면 이 무리는 세계 최고의 무리가 될 것이다.

세계 제패!!

그녀의 머릿속에서 그 네 글자가 번쩍번쩍 빛났다.

"델타. 그것이 오늘부터 네 이름이다."

"델타…… 보스가 붙여준 이름…….'

예전 이름보다 훨씬 마음에 들었다. 왜냐하면 보스가 붙여준 이름이니까.

보스는 굉장하다. 최강이다. 그녀에게 보스는 세계 최고였다.

그렇기 때문에 그녀가 해야 할 일이 있었다.

그녀는 주위에 있는 세 명의 엘프를 둘러봤다. 남색 머리는 논외. 은색 머리는 그럭저럭. 금색 머리는 역시 꽤 강하다.

이 무리는 섀도우가 단독 1등이고, 2등이 알파인 듯했다.

고로 델타가 해야 할 일은──.

"이봐요, 거기 금발!"

델타는 알파를 손가락질하면서 쏘아봤다.

"오늘부터 델타가 이 무리의 2인자예요!"

무리 내에서의 서열 다툼. 그건 수인에게는 무척 중요했다.

"당장 배를 보이고 복종하세요!"

"──뭐야?"

알파의 마력이 폭발했다.

입실론의 아침은 일찍 시작된다.

아침 해가 뜨기도 전에 일어나서 네글리제 차림으로 커다란 거울 앞에 선다.

수면시간은 세 시간. 그러나 마력에 의한 피로회복과 수면을 동시에 행하는 기술을 주인님께 배웠으므로, 세 시간으로도 충분했다.

물론 미용에도 영향은 가지 않았다.

수면시간을 세 시간으로 줄임으로써 하루에 스물한 시간을 유효하게 활용할 수 있게 되었다.

수련이나 임무는 물론이고, 입실론에게는 자신을 가꾸는 시간이 무엇보다도 중요했다.

그래서 입실론은 아침 일찍 커다란 거울 앞에 섰다.

제일 먼저 확인해야 할 것이 있었다. 슬라임으로 한껏 부풀려 놓은 가슴 점검이다.

입실론은 거울 앞에서 그 커다란 슬라임을 주물럭거리며 확인했다.

크고 아름다운 형태인지.

감촉은 부드럽고 탄력적인지.

그리고 가장 중요한 점. 자연스러운지.

아무에게도 이 뽕의 비밀은 들키면 안 된다.

진짜 자연물보다 더 자연스럽게, 천연보다 더 천연같이. 그런 철칙을 가슴에 새기고 입실론은 슬라임을 점검하느라 여념이 없었다.

거울 앞에서 꽉꽉 주무르고 빙글빙글 돌렸다. 그렇게 약 한 시간에 걸쳐서 겨우 가슴 점검 및 미조정을 끝냈다.

그리고 이번에는 전신의 균형감 점검 작업으로 넘어갔다.

슬라임으로 꽉 조인 가느다란 허리의 실루엣은 적절한지.

슬라임으로 부풀려놓은 엉덩이 볼륨은 아름다운지.

허벅지의 가늘기와 포동포동함은 어떤지. 장딴지 형태는……
다리 길이는…….

모든 것을 점검하고 조정하는 작업이 끝날 무렵에는 어느새 아
침 해가 떠 있었다.

입실론은 네글리제를 벗어버리고 캐주얼한 드레스를 슬라임
위에 걸쳐 입었다. 화장을 하고 헤어스타일을 정돈했다.

그리하여 입실론은 간신히 남들 앞에 나설 수 있는 모습이 되
는 것이다.

끝으로 다시 한 번 커다란 거울 앞에 서서, 빙글 돌면서 입실
론식 오의『섀도우 님 뇌쇄 섹시 포즈』를 완벽하게 취했다.

"——오늘도 나는 아름다워."

자신감 넘치는 미소를 지으며 중얼거렸다.

——모든 것은 주인님을 위해서. 여기까지가 입실론의 일과
였다.

그런데 오늘은 유난히『섀도우 님 뇌쇄 섹시 포즈』를 취하는
시간이 길었다. 가슴의 슬라임을 강조한 포즈를 취한 채, 기괴
한 미소를 짓고 있었다.

"후후…… 우후후후후…… 우후후후후후후후후후후후후……."

그것은——과거를 회상하고 웃는 것이었다.

입실론은 얼마 전 성지 린드블룸에서 오랜만에 주인님과 재회했던 일을 회상했다.

　교단의 자객을 아름답게 처리하면서 주인인 섀도우 앞에 나타난 미녀 입실론.

　오랜만에 주인님과 재회해서 평소보다 더 가슴이 두근거렸다. 그때 주인님도 입실론을 바라보고 있었다.

　뜨거운 시선으로 가만히 입실론의 가슴을 응시하고 있었던 것이다!

　입실론의 아름다움이, 매력이, 노력이 주인님의 시선을 사로잡은 것이다.

　입실론은 얼굴을 붉히면서도 일부러 주인의 시선을 눈치채지 못한 척했다. 그리고 주인이 떠난 순간, 그 감정이 폭발해서 큰소리로 승리를 선언했다.

　"이겼다! 내가 천연을 이긴 거야!!"

　그렇게 외치자마자 퍼뜩 정신을 차렸다.

　이곳은 성지 린드블룸이 아니었다. 입실론의 침실이었다.

　그러나 입실론에게는 그날의 기억이 선명하게 새겨져 있었다.

　입실론의 가슴을 바라보던 주인의 뜨거운 시선이──.

　"후후, 후후후후후……."

　입실론은 드디어 『섀도우 님 뇌쇄 섹시 포즈』를 그만뒀다. 그러나 기괴한 미소는 여전히 얼굴에 남아 있었다.

　그날 그 순간, 그녀는 틀림없이 인생의 절정에 올랐었다.

　그리고 그날을 회상하기만 하면 즉시 인생의 절정으로 돌아갈 수 있었다.

　마치 불사조처럼──몇 번이든 되풀이해서…….

　그리하여 입실론의 하루는 오늘도 인생의 절정에서 시작되
었다.

　침실을 빠져나온 입실론은 복도에서 오랜만에 베타와 마주
쳤다.

　두 여자는 겉으로는 온화하게 인사를 나눴다.

　"베타, 안녕?"

　"응. 입실론, 안녕?"

　평범한 아침 인사. 그러나 서로의 시선은 서로의 얼굴을 전혀
보지 않았다.

　시선의 끝에 있는 것은──가슴.

　로켓처럼 튀어나온 상대의 가슴을 마치 부모의 원수 보듯이 뚫
어져라 보았다.

　그리고 서로 자기 가슴을 활짝 폈다.

　숨을 한껏 깊이 들이쉬어 가슴을 크게 부풀려 한계까지 쑥 내
밀었다.

　그것은 지고 싶지 않은 여자들끼리의 싸움이었다.

　앞으로 내민 가슴과 슬라임이 부딪쳐서 탄력 있게 진동했다.

　"후후후……."

　"윽…….."

　오늘도 입실론이 우세했다. 왜냐하면 입실론의 슬라임은 언제

나 베타를 이길 수 있도록 만들어져 있으므로.

이 싸움은 과거에는 입실론의 일방적인 적대시에서 시작됐다.

그러나 입실론이 슬라임 뿡을 마구 늘려가는 과정에서 저절로 베타의 가슴속에서도 라이벌 의식이 싹텄다. 그래서 지금은 둘 다 가슴속에 어두운 감정을 품게 되었다.

하지만 그들은 동료였다.

가혹한 수행을 이겨내고, 많은 임무를 수행하면서 같이 싸웠다. 그들의 가슴속에는 동료 의식도 틀림없이 자리 잡고 있었다.

서로를 신뢰하고 소중히 여겼다.

그러니까 기본적으로는 그들은 싸우지 않고 원만하게 지냈다.

그래——기본적으로는.

평소 같으면 인사하고 그냥 지나쳐 갔을 것이다. 어릴 때부터 오랜 시간을 함께 보내온 두 여자에게는 이제 와서 길게 할 만한 이야기도 없었다.

그러나 이날은 달랐다.

한껏 강해진 입실론의 자존심이 그냥 지나쳐 가는 것을 허락하지 않았던 것이다.

"아, 맞다. 최근에 놀라운 일이 있었는데……."

"놀라운 일?"

입실론은 베타를 불러 세워놓고 가슴과 슬라임을 맞붙인 채 이야기했다.

"얼마 전에 성지에서 임무를 수행하다가 주인님과 만났는데…… 그때 그분의 뜨거운 시선이 느껴졌어……."

"뭐라고?!"

"나의, **여기**에, 주인님의 뜨거운 시선이⋯⋯."

입실론은 뺨을 붉히고 머뭇머뭇하면서 말했다.

"그, 그그, 그그그게 무슨, 그, 그럴 리 없어! 차, 착각이겠지!"

"아니, 착각은 아니야. 베타도 알잖아? 우리는 그런 시선에 남들보다 훨씬 민감하니까."

"으윽, 그, 그건 그렇지만⋯⋯."

글래머인 두 여자는 당연히 남자들의 시선도 많이 받았다. 그러다 보니 저절로 시선에는 민감해진 것이다.

"그래서 깜짝 놀랐어. 설마 주인님이 나 같은 녀석을 뜨거운 시선으로 봐주실 줄은⋯⋯."

"으⋯⋯ 주인님이⋯⋯ 설마, 그럴 리가⋯⋯."

분하다는 듯이 베타가 입실론을 째려봤다.

"그런데~ 나 같은 녀석이 주인님의 마음을 사로잡아버려도 되는 걸까⋯⋯?"

후후후 하고 웃으면서 '나 같은 녀석'을 강조하는 입실론.

"왜냐하면, 그게 그렇잖아? 나 같은 녀석보다는 베타가 훨씬 더 몸매도 좋고 예쁘니까!"

"──뭐어?!"

저 높은 곳에서 입실론이 베타를 내려다보고 있었다.

그 의기양양한 얼굴을 보면 '나 같은 녀석'이란 생각 따윈 눈곱만큼도 안 한다는 사실을 쉽게 알 수 있었다.

그것은 바로 승자의 여유──.

몸매로 이기고, 미모로 이기고, 주인님의 마음을 사로잡은 자의 승리 선언이자──서열 과시 행위였다.

입실론은 위에서 내려다보는 태도를 취했다. 자존심이 너무 강한 나머지 언제나 상대를 내려다보는 것이다.

"베타가 나보다 더 가슴도 크고……."

"윽."

"허리도 잘록하고……."

"으윽."

"다리도 길고……."

"크으윽."

"이렇게나 예쁘잖아!"

"크ㅇㅇㅇㅇㅇㅇㅇㅇㅇㅇㅇ윽!"

그리고 입실론은 결정타를 날리듯이 오의『섀도우 님 뇌쇄 섹시 포즈』를 선보였다. 베타 앞에서 압도적인 실력을 보여준 것이다.

베타의 눈에 순식간에 눈물이 고였다.

"그러니까 베타. 너도 주인님의 뜨거운 시선을 느껴본 적, 있지?"

"나, 나나나나나, 나는……."

"어머나? 설마. 없니?"

"나, 나나나나나……."

"에이, 설마 그럴 리 없을 텐데……."

"나나나나나…… 나는, 나느은…… 으, 으허어어어어어엉!"

베타는 울면서 멀리 뛰어가버렸다.

"우후후…… 천연? 그딴 것은 이 세상에서 도태되어버려라…….
언제나 주인님의 총애를 받는 것은 나야……."

패주하는 베타의 뒷모습을 보면서 입실론은 미소 지었다.

과거에 그녀가 경애하는 주인님은 아무도 없는 곳에서 이런 혼
잣말을 중얼거렸었다.

"입실론의 강한 자존심, 그 녀석이 붙인 슬라임의 양을 보면
알 수 있지."

그 말이 정답이었다. 입실론은 자존심이 미친 듯이 강했는
데, 그 강한 자존심만 없으면 사실 친절하고 솔직하고 착한 아
이였다.

그래, 그 강한 자존심만 없으면──.

「저 놈은 도대체 뭐지!?」 란 소리를 듣고 싶어!

4장

빗소리가 들린다.

밖에서 울려 퍼지는 물소리에 로즈의 집중력이 떨어졌다.

로즈는 호흡을 가다듬으면서 연습용 세검을 밑으로 내렸다.

얼굴에 흐르는 땀을 한 손으로 닦았다. 흐트러진 머리카락을 정리했다.

어두운 도장에는 오직 빗소리만 울려 퍼지고 있었다.

로즈는 한동안 눈을 감고 그 소리에 귀를 기울였다. 눅눅한 공기를 가슴속 깊숙이 빨아들였다.

물소리는 언제 들어도 아름답다.

로즈는 예술의 나라 오리아나의 왕녀로 태어났다. 어린 시절부터 온갖 예술을 접했으므로 차원이 높은 미의식을 가지게 되었다. 오리아나의 왕족은 저마다 평생에 걸쳐 한 가지 예술에 철저히 매진한다. 그것은 회화일 수도 있고, 음악일 수도 있고, 연극일 수도 있다. 각자 좋아하는 분야를 선택하는 것이다.

어린 로즈는 예술에 큰 관심을 보였지만, 그중에서 뭔가 하나를 선택하지는 못했다. 그녀에게 예술이란 모두 다 아름답고 멋진 것이었다.

회화도, 음악도, 연극도, 복식도, 조각도, 전부 다 아름다웠다. 그중 하나를 선택하는 것은 로즈에게는 불가능한 일이었다. 그래서 전부 다 배웠다. 그리고 모든 분야에서 좋은 평가를 받았다.

과연 로즈는 장래에 어떤 길을 걸어갈까. 오리아나 왕국의 모든 예술가들이 주목했다.

그런데 로즈가 선택한 것은 검의 길이었다.

그것도 어느 날 갑자기, 지금까지 배우던 예술을 전부 버리고 오로지 검술에만 집중하기 시작했다.

모두가 로즈에게 물어봤다. 왜 검을 선택했냐고.

로즈는 자세히 설명하지 않았다.

단지 검술의 아름다움을 느꼈다고 대답했다.

그런데 오리아나 왕국에서 검술은 야만적인 것으로서 무시당하고 있었다. 검술을 예술이라고 인정해주는 사람은 하나도 없었다.

로즈는 가족들의 만류를 뿌리치고 미드갈 마검사 학교로 유학을 갔다.

로즈의 마음속에는 어느 아름다운 검술이 새겨져 있었다.

그것은 아무에게도 말한 적 없는 로즈 혼자만의 소중한 추억이었다. 로즈가 검의 길로 나아가기로 결심한 이유는 한 검사에 대한 아련한 동경심 때문이었다.

로즈는 그날 본 검술의 아름다움을 잊지 못했다.

언젠가는 그 아름다움을 자신의 검술에 깃들게 하리라. 그것이 로즈의 평생의 예술이다.

로즈의 예술은 자기 나라에서는 아무에게도 인정받지 못했다. 하지만 그녀는 개의치 않았다. 누군가에게 인정받고 싶어서 아름다움을 추구하는 것이 아니기 때문에.

아무도 인정해주지 않아도 나는 내 길을 간다. 그렇게 결심했다.

로즈는 그걸로 만족했다.

그런데 얼마 전에 로즈에게 한 통의 편지가 왔다.

"아바마마께서, 올해『무신제(祭)』에 참석하신다니……."

로즈는 벚꽃 같은 입술로 중얼거렸다. 검술을 무시하는 국왕이 『무신제』를 관전하러 오는 것은 이례적인 일이다. 틀림없이 로즈를 데리러 오는 것이리라.

세상 사람들은 온갖 억측을 해댔다. 그중에는 신경 쓰이는 소문도 있었다.

로즈의 혼약자가 내정됐다는 소문이었다.

로즈는 그 소문을 듣고 그날 당장 집에 편지를 보내 캐물었다. 그러나 답장은 아직 오지 않았다.

로즈는 이미 마음에 두고 있는 사람이 있었다. 죽음조차 두려워하지 않는 열정적이고 아름다운 마음의 소유자인 그 사람. 그가 바로 인생을 함께할 파트너였다.

그러므로『무신제』에서 로즈는 아버지를 납득시켜야만 한다.

우선 로즈 자신의 검술로.

그리고 가능하다면, 그 사람도…….

로즈는 찰싹 하고 자기 뺨을 때렸다.

"집중하자."

그렇게 혼잣말을 하고, 땀에 젖어 무거워진 상의를 확 벗어던졌다.

 땀으로 번들거리는 피부가 드러났다. 미쓰고시 상회의 스포츠 브라로 풍만한 가슴만 가린 상태였다.

 다소 부끄러운 모습이었지만, 어차피 이곳에는 로즈 말고 다른 사람은 들어오지 않으니까 신경 쓸 필요 없었다.

 로즈는 연습용 세검을 들고 떠올렸다.

 먼저 자신이 휘두른 최고의 검을. 학교에서 사건이 터졌을 때 휘둘렀던 검. 그것이 인생 최고의 검이었다.

 이제 곧 『무신제』가 시작될 것이다. 그때까지 그 감각을 되살려야 한다.

 로즈의 세검이 허공을 갈랐고 땀방울이 튀었다. 벌꿀색 아름다운 머리카락이 흩어졌다.

 얼굴에 닿는 머리카락을 쳐내고 세검을 계속 휘둘렀다.

 바깥에서는 끊임없이 빗소리가 들려왔다.

 그 감각은 되살아나지 않았다.

 『무신제』의 계절이 왔다.

 나는 시끌벅적한 왕도의 거리를 걸었다. 마주치는 사람들이 평소와는 달랐다.

길을 오가는 사람들은 인종도 국적도 직업도 각양각색인데, 딱 하나 『무신제』를 즐기겠다는 목적만은 일치했다. 그동안 대화해 본 적도 없고 앞으로도 대화할 일 없는 사람들 사이에서 기묘한 일체감이 생겨나 있었다.

　축제란 본디 그런 것이다.

　그리고 나는 이런 분위기를 싫어하지 않았다. 왜냐하면 그것이 가능해지니까.

　모든 이들의 관심이 하나로 집중되는 그곳에는 최고의 무대가 마련될 것이다.

　『무신제』.

　"올라타지 않을 수 없지. 이 커다란 파도에는."

　나의 버킷리스트 내에서도 상위권을 차지하고 있는 그것을 해낼 것이다.

　정체불명의 실력자가 대회에 등장해서 "헉, 뭐야, 저 녀석? 죽겠는데?" "아니, 잠깐만. 저놈 강하잖아?!" "저놈은 도대체 뭐지?!" 어쩌고저쩌고하는 그것을!

　그러려면 모두의 협조가 필요하다.

　나는 인파를 헤치고 가서 미쓰고시 상회 왕도 지점에 도착했다.

　친구네 가게니까 괜찮겠지? 하는 정신으로 대기 줄을 무시하고 무작정 안으로 들어갔다.

　성수기 특유의 정신없는 가게 분위기. 그러나 즉시 이곳의 점

원인 아름다운 누님이 나를 발견하고 연행해갔다.

"어, 거짓말처럼 들릴 수도 있지만, 나는 여기 사장님의 친구인데."

"네. 압니다."

정말로 아는 걸까 하고 걱정했는데 정말로 알고 있었나 보다.

나는 저번에도 갔던 호화로운 의자가 있는 방으로 안내되었다. 이어서 호화로운 의자에 앉았다.

흠, 역시 이 의자는 왕이 된 기분을 맛보게 해주는군.

얼음을 넣은 과즙 100퍼센트 사과주스가 준비되었다.

뭘 좀 아네. 나는 오렌지주스보다 사과주스를 더 좋아한다. 더운 여름에 차가운 주스가 기분 좋게 느껴졌다.

딸랑, 딸랑. 여름 바람의 소리가 났다.

"풍경인가……."

창을 보니 풍경이 매달려 있었다. 풍경 너머로 파란 하늘과 커다란 뭉게구름이 보였다.

"잠시 기다려주세요."

나는 고개를 끄덕였다. 누님은 감마를 부르러 갔고, 또 다른 누님이 큼직한 부채로 나를 향해 부채질해줬다. 맨살이 많이 드러난 여름 원피스를 입고 있었다.

"뭔가 좀 먹고 싶은데."

"당장 준비해오라고 하겠습니다."

나는 뭉게구름을 바라보면서 결심했다. 앞으로 밥 먹기 힘들 때에는 여기 기생해야지.

경애하는 주인님께서 내방하셨다는 소식을 들은 감마는 업무를 부하들에게 맡기고 서둘러『어둠의 방』으로 향했다.

　무릎까지 내려오는 얇은 검은색 드레스. 거기에 여름 느낌이 나는 하얀색 구두를 매치했다. 상쾌한 향수를 뿌리고 드디어『어둠의 방』안으로 들어갔다.

　"실례합니다."

　주인님은 어둠의 왕좌에 앉아 다리를 꼬고 하늘을 쳐다보고 계셨다. 예리한 그 시선이 바라보는 대상은 뭉게구름인가, 아니면 또 다른『무언가』인가.

　감마로선 아직 알 수 없었다.

　"부탁이 하나 있어."

　주인님은 그 시선을 감마에게 돌리고 그렇게 말씀하셨다.

　변함없이 당당한 그 눈빛을 보자 감마의 심장이 두근거렸다. 헤어스타일을 바꿨는데, 혹시 알아봐주시려나? 하고 좀 엉뚱한 생각을 했다.

　"뭐든지 말씀해보세요."

　"『무신제』에 정체를 숨기고 출전하고 싶어."

　주인님이 그렇게 말씀하셨다.

그 순간 감마의 총명한 두뇌가 엄청난 속도로 작동하기 시작했다.

주인님의 의도를 파악하고, 더 나아가 숨은 의도까지 알아내려고 맹렬하게 생각해봤다.

그러나…… 답을 알아내진 못했다.

왜 그런 일을 해야 하는 걸까?

그 수수께끼를 도저히 풀 수 없었다. 그래서 감마는 부끄러움을 무릅쓰고 물어봤다.

"저, 이유가 뭔가요?"

주인님은 감마에게서 시선을 떼고 하늘을 쳐다봤다.

주인님의 시선이 떠난 순간, 주인님의 관심도 자신에게서 떠난 것 같아서 감마의 동공이 흔들렸다.

"이유는…… 묻지 말아줬으면 좋겠는데."

주인님은 아련한 눈빛으로 그렇게 말씀하셨다.

감마는 눈을 내리깔고 입술을 깨물었다.

주인님이 『재액의 마녀』 아우로라와 싸웠다는 소식을 들었을 때 감마는 생각했었다. 과연 자신이 그곳에 있었다면 주인님의 의도를 파악할 수 있었을까.

자신이 없었다.

그 자리에 있었던 『섀도우 가든』의 멤버들은 그 누구도 주인님의 의도를 파악하지 못했다. 그러나 결과적으로는 주인님의 선택이 최선이었다. 결국 아무도 주인님과 같은 영역에는 도달하지 못했던 것이다. 그런데 만약 감마가 그곳에 있었다면, 그녀는 주인님의 의도를 파악해야만 했을 것이다.

감마는 『섀도우 가든』의 두뇌니까. 감마는 그것을 위해 존재하는 것이다.

그것을 해내지 못한다면, 감마는 『섀도우 가든』에서 존재 의의를 잃어버린다.

그럼에도 불구하고——자신은 또다시 실수하고 말았다.

"미안……. 이건 아무에게도 할 수 없는 이야기야."

감마는 주인의 의도도, 그 심정도, 무엇 하나 파악하지 못했다. 끔찍한 실수였다.

차라리 아무 생각 없이 시키는 대로 움직이는 게 훨씬 더 나았을 것이다.

"아무것도 묻지 않겠습니다. 그저 주인님의 뜻에 따르겠습니다."

감마는 무릎 꿇고 고개를 숙였다. 눈꼬리에서 떨어지는 자책의 눈물을 감추기 위해.

그녀는 눈물을 닦고, 얼른 부하에게 지시를 내려서 어떤 물건을 가져오게 했다.

"그건 뭐지?"

주인님은 감마가 들고 있는 물건을 보고 물어보셨다.

"『어둠의 지혜』를 참고해서 개량한 슬라임입니다. 마력을 주입하면 진짜 피부와 흡사한 질감으로 바뀝니다."

"오……."

감마는 살색 슬라임을 주인님에게 내밀었다.

"얼굴에 붙이면 되나?"

"네."

주인님은 슬라임을 얼굴에 붙이고 얇게 펴 발랐다.

"그냥 얼굴에 점토를 붙인 것 같네."

주인님이 거울을 보고 말씀하셨다.

"여기서부터는 뉴가 활약할 겁니다."

"실례할게요."

뉴가 주인님 앞에 서서 조각도처럼 섬세한 나이프를 꺼냈다.

"슬라임을 깎아내겠습니다."

"아하."

"어떤 얼굴로 해드릴까요?"

"어…… 약해 보이는 얼굴."

"약해 보이는 얼굴이요…….'"

뉴는 잠시 생각에 잠겼다.

"이 남자는 어때?"

감마가 자료를 펼치더니 어느 청년의 호적을 뉴에게 보여줬다.

"지미나 세넨. 알테나 제국의 귀족, 22세. 나태하고 마검사로서의 실력도 별로여서 5년 전에 의절을 당했어. 그 후 용병이나 호위병으로 일하면서 이리저리 떠돌아다녔고. 그의 마지막 임무는 〈악마 빙의〉를 태운 마차를 호위하는 것이었어."

그는 단지 나태했을 뿐이지 죄인은 아니었다. 아무것도 모르고 〈악마 빙의〉를 태운 마차를 호위했었다. 그저 운이 없었던 것이다.

"골격도 비슷해서 괜찮을 것 같네요. 신분증도 있죠?"

"있어. 위조하는 것보다 안전하지. 주인님, 괜찮으시겠어요?"

"응, 그 지미나란 사람으로 하자."

"그럼 시작할게요."

뉴가 나이프를 들고 슬라임을 깎아내기 시작했다.

화장이 특기인 뉴는 『섀도우 가든』의 특수 분장사였다.

눈 깜짝할 사이에 슬라임이 깎여 나가면서 점점 수수해 보이는 청년의 얼굴이 드러났다.

"우와, 이건……."

거울을 본 주인님이 탄성을 발했다.

"어떠세요?"

"어, 마음에 들어. 무지무지 약해 보여."

특징 있는 얼굴은 아닌데 정말로 수수했다. 건강함과는 거리가 먼 다크서클과 지저분한 수염이 아무리 봐도 못 미더워 보였다. 입꼬리는 축 처졌고 피부색도 칙칙했다.

만족하신 듯한 주인님. 그 모습에 감마의 마음이 따뜻해졌다.

"마력을 주입하면 얼굴 형태가 고정됩니다. 그다음부터는 마음대로 썼다 벗었다 하실 수 있어요."

"흠, 그렇군."

"결점은 일반 슬라임 보디슈트보다 신축성이 부족하다는 것과, 방어력이 거의 없다는 것입니다."

"아하, 그래. 얼굴 전용이구나. 보디슈트에는 적합하지 않단 말이지."

"네. 그리고……."

뉴의 설명을 일단 다 듣고 나서 주인님은 몸을 일으켰다.

"구부정한 자세가 어울릴 것 같지?"

그러더니 등을 구부리고 걷기 시작했다.

"잘하시네요."

감마는 손뼉을 치면서 미소 지었다.

자세와 걸음걸이를 보면, 그 사람이 얼마나 몸을 잘 쓰는지 알 수 있다. 힘이란 것은 대부분 다리에서 나오는 것이다. 몸을 잘 쓰는 사람은 평소에도 다리의 힘을 효율적으로 온몸에 보낼 수 있는 자세를 취하고 있다. 물론 그것만 가지고 실력을 전부 파악할 수 있는 것은 아니지만. 그래도 참고는 되었다.

감마는 예전에 주인님께 그렇게 배웠고, 그 가르침을 완벽하게 이해했다. 그러나 완벽하게 이해했어도 완벽하게 실천하지는 못했다. 감마의 자세는 아름답지만 그걸로 끝이다. 자세의 아름다움과 실력이 동떨어져 있는 전형적인 예였다.

"어깨는 처진 어깨. 이렇게 하면 될까? 아, 골반 위치는 바꾸고 싶지 않은데. 이상한 습관이 몸에 배면 안 되니까."

약해 보이는 걸음걸이를 연습하는 주인님. 감마는 훈훈한 기분으로 그 모습을 지켜보다가 부하에게 지시를 내렸다.

"의복과 싸구려 검을 준비했습니다."

"오, 눈치 빠르네."

그 한마디에 감마는 뿌듯함을 느꼈다.

"좋아. 이렇게 해야겠다.『무신제』에 선수 등록을 하고 올게."

주인님이 성대를 조작하셨나 보다. 낮고 허스키하게 바꾼 음색으로 그렇게 말씀하셨다.

"신분증은 여기 있습니다. 조심하세요."

감마는 머리를 수그리고 떠나는 주인님을 배웅했다.

"응, 고마워. 아, 맞다."

문 앞에서 주인님이 멈춰 섰다.

"그 헤어스타일 잘 어울려."

감마의 사고가 중단됐다.

탁. 문이 닫혔고.

"끼약!"

감마의 구두 굽이 부러졌다.

"감마 님?!"

바닥에 얼굴이 쾅 부딪쳐 코피를 흘리는 감마. 그 얼굴은 행복해 보였다.

『무신제』 선수 등록은 투기장 접수처에서 진행되고 있었다.

나는 마검사들의 대기 줄 맨 끝에 서서 주위를 관찰했다.

앞에 있는 전사는 키도 크고 근육도 발달해서 언뜻 보면 강한 느낌이 들었지만, 무게중심이 안정적이지 못했다.

으~음. 좀 애매하지만, 근소한 차이로 내가 더 약해 보일 것 같았다.

내 뒤에도 전사가 줄을 섰다.

그는 무게중심은 안정적인데 배에 지방이 붙어 있었다. 실은 그 지방 덕분에 무게중심이 안정된 것이었다. 술을 너무 많이 드셨네.

음, 그래도 괜찮아. 얼굴이 험상궂잖아. 틀림없이 내가 더 약해 보일 거야.

나는 그런 식으로 주위를 둘러보면서 '누가 제일 약해 보이나 토너먼트'를 내 마음대로 개최했다.

나는 "헉, 뭐야, 저 녀석? 죽겠는데?"에서 "저놈은 도대체 뭐지?!"로 넘어가는 그것을 하고 싶으니까. 일단 겉모습만 봐서는 이중에서 가장 약한 부류에 속해야 한다.

저놈은 잔챙이, 저기 있는 저놈도 잔챙이, 저 멀리 있는 저놈도 잔챙이, 저쪽에 있는 저놈은 피라미…… 우와 큰일이네. 순 잔챙이밖에 없어.

아냐, 그래도 괜찮아. 지금 나는 지미나 세넨이니까.

엄정한 심사 끝에 결론을 내렸다. 아마 나는 이중에서 가장 약해 보이는 녀석일 것이다.

나는 스스로 납득하듯이 고개를 끄덕였다. 그런데 그때.

"이봐, 당신. 그만둬."

"응?"

"그러다 죽어."

고개를 돌려보니 그곳에는 마검사 소녀가 서 있었다.

내 심장이 쿵 뛰었다. 이건, 설마…… 그 이벤트가 아닐까?

"넌 누군데?"

"나는 안네로제야. 별생각 없이 가볍게 등록하는 짓은 그만둬."

안네로제가 날카롭게 나를 쳐다봤다.

그 순간 나는 속으로 아싸! 하고 기쁨의 주먹을 휘둘렀다.

그래, 이건…… 약해 보이는 녀석이 대회에 참가하려고 할 때 반드시 발생하는 그 이벤트였다.

"당신은 아마추어잖아? 척 보면 알아."

안네로제는 이쪽으로 걸어오더니 손 뻗으면 닿을 만한 곳에서 멈춰 섰다.

기가 세 보이는 물색 눈동자. 같은 색깔의 머리카락은 어깨 위까지 오는 단발이었다.

"싸구려 검과 빈약한 몸."

안네로제는 내 검과 몸을 집게손가락으로 톡 때렸다.

"대회에서는 날이 없는 검을 사용하지만, 그래도 만만하게 보다간 죽어."

그리고 또다시 나를 날카롭게 노려봤다.

나는 상대의 눈동자를 똑바로 보면서 잠시 생각해봤다. 여기서 내가 보여줘야 할 반응은…….

"사람을 겉만 보고 판단하지 마라."

나는 그렇게 말하고 안네로제에게서 시선을 뗐다.

그렇다. 나는 겉모습은 약해도 실은 강하다는 설정이니까. 여기서 나약한 태도로 대응하는 것은 멍청한 짓이다.

'이 녀석은 약해 보이는 주제에 건방지네?'라는 인상을 심어주는 것이 최고다.

"뭐야, 당신. 무슨 태도가 그래? 남이 걱정해줬더니……."

"나한테는 필요 없다. 그딴 거."

일부러 거친 말투를 선택했다.

"당신 진짜, 적당히……!"

"이봐, 형씨. 충고는 순순히 듣는 게 좋아."

그때 우리의 대화에 한 남자가 불쑥 끼어들었다.

마치 껄렁껄렁한 프로레슬러처럼 생긴 남자였다. 그러나 허리에 찬 대검은 오래 사용한 티가 났고, 얼굴에 새겨진 상흔은 역전의 용사 같은 분위기를 자아내고 있었다.

실제로 이 부근에 있는 사람들 중에서는 나와 안네로제 다음으로는 강할 것 같았다.

"나는 퀸튼이다. 『무신제』에는 여러 번 출전했는데, 매번 너처럼 약한 녀석이 끼어들어서 분위기에 찬물을 끼얹는단 말이지. 제발 부탁이니 집에 가서 엄마 젖이나 먹어라, 응?"

퀸튼의 노골적인 조롱에 주변 사람들도 동조하면서 천박한 웃음소리를 흘렸다.

그러나 나는 힐끗 퀸튼의 얼굴을 보고 입꼬리를 비틀어 웃었다.

"내가 적어도 너보다는 강해."

퀸튼의 얼굴이 붉어졌다.

"크하하! 야, 퀸튼. 쟤가 너를 깔보는데?"

"퀸튼, 잔챙이한테 저런 소리 듣고도 가만있을 거냐?!"

주변 사람들의 야유에 퀸튼은 눈썹을 찡그리더니 내 멱살을 확 잡았다.

"야, 말조심해. 누가 나보다 더 강하다고?"

나는 대답하지 않았다.

그저 입꼬리를 비틀면서 비웃었다.

"이거, 버르장머리를…… 고쳐줘야겠는데?!"

그 말과 동시에 퀸튼은 나를 확 던져버렸다.

나는 다른 사람에게 부딪쳐 바닥을 굴렀다.

"잘한다, 밟아버려!!"

"크하핫, 야, 그래도 살살 해!!"

나와 퀸튼을 중심으로 사람들이 빙 둘러섰다. 역시 난폭한 싸움꾼들다워. 대처가 참 능숙하시네.

"사과할 거면 지금 해라."

퀸튼이 목을 뚝뚝 꺾으면서 말했다.

"나 참, 진짜 수준 낮네."

나는 고개를 설레설레 저었다.

"죽을래?!"

퀸튼이 주먹을 치켜들고 덤벼들었다.

완전히 생초보 같은 모습이었다.

까놓고 말해서 이 세계에서는 무기 없는 싸움이 전혀 발전하지 못했다. 아니 뭐, 사실 인간은 무기를 사용할 때 더 강해지니까, 어지간히 여유가 넘치거나 반대로 절박한 사정이 없는 한 맨손 격투는 그다지 발전하지 않는 것이다.

맨손인 인간들의 토너먼트가 있다면 틀림없이 내가 우승할 거다. 그 정도로 자신 있었다.

이 상황에서 골라야 할 선택지들이 내 머릿속에 몇 개나 떠올랐다.

라이트 스트레이트 또는 레프트 훅으로 카운터펀치를 날리는 것이 단순하게 강한데. 잽이나 앞차기로 막아내고 상황을 지켜보는 것이 안전한 방법이고. 더 안전한 방법은 아예 손대지 않고 지켜보는 것이다. 그 외에 무릎이나 팔꿈치를 쓰는 것도 강력하고, 태클 후 *파운딩을 해도 좋고.

만약 이것이 강적과의 진짜 싸움이었다면 나는 잽을 날렸을 것이다. 단, 주먹을 쥐는 대신 손바닥을 펼치고 사정거리를 늘려서 다섯 손가락으로 눈을 찌를 것이다.

하지만 이 남자를 상대로 그렇게까지 할 필요는 없을 테고, 애초에 나는…… 아직 싸울 마음이 없었다.

"으쌰아앗!!"

퀸튼의 주먹이 내 뺨에 파고들었다.

나는 화려하게 날아가 관중의 벽에 부딪쳤다.

"끝나려면 아직 멀었다, 인마!!"

퀸튼의 주먹이 나를 덮쳤다.

왼쪽, 오른쪽, 왼쪽, 오른쪽, 오른쪽, 오른쪽.

나는 한 번도 저항하지 않고 그냥 계속 얻어맞았다. 그러다가 적당한 타이밍에 털썩 쓰러졌다.

*격투기에서 상위 포지션을 차지하고 펀치를 퍼붓는 것

"이놈 약하네! 엄청 약해!"

"으하하, 진짜 잔챙이잖아?!"

관중이 비웃는 소리가 기분 좋게 들렸다.

"뭐야, 쫄아서 꼼짝도 못하냐? 이 겁쟁이야."

퀸튼이 나를 내려다보면서 웃었다.

"내 주먹은 이런 데서 휘두를 만한 싸구려 물건이 아니거든."

나는 퀸튼을 쳐다보고 웃었다.

"아직도 덜 맞았나 보네!"

"그만해!!"

퀸튼이 주먹을 치켜들자, 안네로제의 목소리가 그것을 말렸다.

"이건 너무하잖아. 더 이상 계속한다면, 내가 당신을 상대할 거야."

안네로제가 눈을 치켜뜨고 퀸튼을 쏘아봤다.

"이야~ 뭐냐? 누님이 상대해 주신다는데?!"

"으하하, 누님, 나도 좀 상대해줘!!"

구경꾼들의 야유와는 달리 퀸튼의 표정은 험악했다. 그는 쳇하고 혀를 차더니 돌아섰다.

"야, 퀸튼. 뭐 해? 화장실 가냐?"

"아~ 재미없어. 벌써 끝났어?"

퀸튼이 떠나가자 구경꾼들도 서서히 흩어졌다.

"미안해. 설마 이렇게 될 줄은 몰랐어."

안네로제가 손을 내밀었다.

나는 그 손을 무시하고 몸을 일으켰다.

"막으려고 했으면 언제든지 막을 수 있었을 거다. 안 그래?"

내 질문에 안네로제는 찔끔했다.

"『무신제』에서 돌이킬 수 없는 일이 벌어지는 것보다는, 차라리 당신이 여기서 현실의 쓴맛을 보는 게 나을 거라고 생각했거든. 하지만 이건 너무 심했어. 다친 데는 괜찮아?"

안네로제가 이쪽으로 손을 뻗었다. 나는 그것을 한 손으로 막았다.

"괜찮아."

"아니, 저기…… 어?"

안네로제는 눈치챈 듯했다. 내가 그토록 심하게 얻어맞았는데도 눈에 띄는 대미지가 없다는 사실을.

단지 입가가 조금 찢어졌을 뿐이다.

나는 입가에 묻은 피를 엄지로 쓱 닦아내고 몸을 돌렸다.

"피 맛은…… 오랜만에 느껴보는군……."

안네로제에게 들릴 정도의 목소리로 중얼거렸다.

"……! 잠깐만! 당신 이름은 뭐야?!"

안네로제의 강렬한 시선이 내 등에서 느껴졌다.

"……지미나."

나는 그대로 인파 속으로 사라져갔다.

그리고 주먹을 불끈! 쥐었다.

아싸, 해냈다!

나는 성공한 것이다.

『모두가 무시하는 잔챙이, 그러나 몇몇 사람들은 그의 특별함을 눈치챘다?!』

내가 무척 좋아하는 패턴이다.

내 생각에는 대회가 열리기 전에 실력을 보여주는 것은 삼류나 하는 짓이다.

그러면 재미가 하나도 없잖아. 나 참, 제일 재미없는 장면에서 실력을 드러내서 뭘 어쩌자는 거야.

대회가 시작되기 전에는 대부분의 인간들에게 무시당하는 것이 딱 좋다. 그리고 대회가 시작된 다음부터 슬슬 '저놈, 강하지 않아?'라는 인식을 심어주고, 분위기가 가장 무르익었을 때 '우와, 저놈 무지무지 강하잖아?!' 하고 경악하게 만드는 것이 일류다.

언젠가는 다가올 그 순간까지 관객의 인식을 꾸준히 컨트롤하는 것이 『무신제』에서 나에게 주어진 사명이다.

나는 한동안 홀로 자기 검토를 하면서 건물 그늘 속에 숨어 있었다.

그리고 안네로제와 다른 사람들이 떠나간 것을 확인한 뒤, 슬그머니 줄을 서서 『무신제』 선수 등록을 마쳤다.

『무신제』 예선은 다음 주부터 시작된다. 나는 시드의 모습으로 돌아와서 투기장을 미리 살펴보고 다양한 연출 패턴을 망상해 봤다. 그 후『맘스참치』의 샌드위치를 두 개 사 먹으면서 기숙사로 돌아갔다.

저녁 햇살을 받으며 걷다가 문득 뭔가를 떠올렸다. 그러고 보니 알파에게『맘스참치』에서 밥 사준다고 약속했었는데.

알파가 항상 바빠 보이기도 해서 그냥 넘어갔었다. 음, 뭐 괜찮겠지. 언젠가는 사주면 되잖아. 알파는 엘프라서 300년은 족히 살 테고, 나도 마력 파워로 앞으로 200년은 더 살 예정이니까. 죽기 전까지만 밥을 사주면 된다. 느긋하게 생각하자.

학교가 가까워지자 매미 소리가 한층 커졌다. 여름날 저녁은 매미의 시간이다. 나의 개인적인 이미지지만.

석양빛에 물든 학교는 화재 복구공사가 많이 진행된 상태였다. 이러면 예정대로 여름방학이 끝날 무렵에는 완공될 것 같았다. 전에 효로가 "이왕이면 다 타버리지" 하고 투덜거렸는데, 나도 동감이었다. 여름방학이 연장되길 바라는 학생들 모두가 그렇게 생각할 것이다.

나는 교사 옆을 지나 기숙사로 이어지는 길을 걸었다.

사람은 적었다.

대부분의 학생들은 집으로 돌아갔기 때문이다. 그러고 보니 누나가 "너도 같이 귀성하자"면서 정색했었는데. 나는 그걸 무시하고 성지로 갔었지. 그 후에는 어떻게 됐을까?『무신제』 본선이 시작될 무렵에는 돌아오려나?

　그런 생각을 하면서 첫 번째 샌드위치의 마지막 한 조각을 먹어치웠다.

　그런데 그때.

　"방심은 금물입니다."

·내 어깨에 연습용 세검의 칼집이 톡 닿았다. 살기가 전혀 느껴지지 않았으므로 나는 반응조차 하지 않았다.

　칼집의 주인은 피식 웃으며 검을 거뒀다. 벌꿀처럼 노란 머리카락을 지닌 온화한 얼굴의 미인. 로즈였다.

　"안녕? 연습했어?"

　"네. 시간이 좀 나서 검을 휘둘렀어요. 시드 군은 『맘스참치』에 들렀나 봐요?"

　"어, 거기 점장과 아는 사이라서. 최근에 알게 된 거지만."

　"저도 얼마 전에 셋이서 갔었습니다. 정말 맛있었어요."

　"셋이서?"

　"네. 저와 나쓰메 선생님과 알렉시아 씨 셋이서요."

　그 세 사람의 연결고리가 뭔지 알 수가 없었다. 아, 맞다. 성지에서 같이 있었나.

　"친해?"

　"나쓰메 선생님과는 굉장히 친해졌어요. 알렉시아 씨도 정말 좋은 사람이니까 금방 친해질 수 있을 거예요."

　알렉시아를 좋은 사람이라고 생각하는 동안에는 절대로 친해지지 못할 텐데.

"다만 알렉시아 씨와 나쓰메 선생님은 서로 좀 어색해하는 것 같아요."

로즈는 조금 슬픈 듯이 말했다.

베타와 알렉시아의 조합이라. 어떨까. 둘 다 비슷한 타입이라고 생각하는데.

"뭐, 조만간 어떻게든 되지 않을까?"

"그러면 좋을 텐데요……. 혹시나 제가 사라졌을 때 둘이서 사이좋게 잘 지낼 수 있을지 걱정이 돼서요. 앞으로는 다 함께 협력할 거예요. 저희들 힘으로 무엇을 할 수 있을지는 몰라도, 조금이라도 이 세상이 좋은 방향으로 나아갈 수 있도록 힘내야지요."

"응, 세계평화는 중요하지."

"네."

로즈는 기분 좋은 미소를 지으며 말했다.

"미안해요. 슬슬 시간이 다 돼서 가봐야겠어요."

주위가 서서히 어두워지고 있었다.

"응, 다음에 봐."

"……저기요."

로즈는 간다고 하더니 무슨 할 말이 있는 듯했다.

"응, 왜?"

로즈는 조금 망설이다가 입을 열었다.

"지금부터 아바마마를 뵐 겁니다. 그 자리에서 혼약자를 소개받을 거예요."

"그렇구나."

"네."

"축하해……라는 말은 안 할게."

로즈의 표정은 그런 말을 원하지 않는 표정이었다.

"저는 오리아나 왕국의 왕녀입니다. 왕녀로서 많은 기대를 짊어지고 살아왔습니다. 그러나 저는 개인적인 이기심 때문에 그것을 배반했습니다."

"응."

"어쩌면 저는 또다시 많은 사람들의 기대를 배반할지도 모릅니다."

로즈는 슬픈 얼굴로 미소 지었다.

"그러나 이번에는 한낱 이기심이 아닙니다. 저의 기우였으면 좋겠네요. 하지만…… 만약에…… 무슨 일이 생기면, 저를 믿어 주시겠어요?"

"응, 알았어."

"시드 군이 믿어준다면 저는 더 이상 바랄 것이 없습니다. 다음에 또 이렇게 이야기할 수 있으면 좋겠네요."

로즈는 얼굴을 숨기듯이 고개를 숙이고 얼른 떠나려고 했다.

"어, 잠깐만."

나는 로즈를 불러 세웠다. 그리고 하나 남은 『맘스참치』 샌드위치를 던졌다.

"그거 줄게. 어깨 힘 좀 빼."

"고마워요."

로즈는 부드러운 미소를 지었다.

다음 날, 나는 효로의 절규를 듣고 강제로 기상했다.

"로즈 학생회장이 혼약자를 찌르고 도망쳤대!!"

나는 침대 속에서 고개를 갸웃거렸다. 로즈는 대체 뭐 때문에 그런 짓을 한 걸까?

"그 인간 뭐야? 도대체 뭐 하는 짓인지……."

알렉시아는 자기 방에서 혀를 차면서 그런 말을 뱉었다.

"로즈 님은 왕도의 북쪽으로 도망친 것 같습니다. 아직 왕도 밖으로 나가지는 않았어요."

사무적으로 그렇게 말한 것은 소파에 앉아 있는 나쓰메였다.

알렉시아는 불쾌한 얼굴로 나쓰메를 보더니 또 한 번 혀를 찼다.

로즈의 혼약자 살인 미수 사건. 그 자세한 내용이 알렉시아의 귀에 들어온 것은 나쓰메 덕분이었다. 정체를 알 수 없는 여자지만 그녀의 정보망은 도움이 되었다. 디아볼로스 교단의 소문도 많이 제공해주기도 했고.

"오리아나 국왕은 이번 일을 오리아나 국가의 문제로서 처리하고 싶은가 봅니다. 미드갈 왕국에는 간섭하지 말아달라고 요청했어요."

"수상하네."

"네. 미드갈 왕국의 법으로 처리하는 것도 가능한데, 그러면 양국 관계에 영향을 주게 되니까요. 아마 개입은 자제할 겁니다."

"맞아, 아바마마는 사태를 관망하려고 하실 거야."

알렉시아는 무사안일주의인 아버지의 얼굴을 떠올리고 또다시 혀를 찼다.

"로즈 님의 혼약자는 오리아나 왕국의 공작가 차남 도엠 케츠해트입니다. 붙잡히면 엄벌에 처해질 거예요."

"왕족이니까 사형까지는 아니어도, 유폐나 유배를 당할 테지……. 일단 오리아나 왕국보다 우리가 먼저 로즈 선배를 찾아서 이야기를 들어보자."

"잠깐만요. 이번 일에 관해서 로즈 님은 우리에게 아무 말도 하지 않았습니다. 우리가 개입함으로써 양국의 문제가 되는 것을 피하려고 했던 거겠죠."

"그래서, 뭐?"

알렉시아의 눈동자가 나쓰메를 똑바로 응시했다.

"안이한 행동은 자제하는 것이 좋다고 생각합니다."

"그럼 못 본 척 내버려두라는 거야?"

"그런 말은 한 적 없습니다. 잘 생각해서 행동해야 한다는 거죠."

"뭐야, 내가 아무 생각이 없다는 거야?"

"그런 말은 한 적 없습니다. 좀 더 시간을 들여서 생각하는 것이 좋다는 뜻입니다."

"뭐야, 결국 내가 바보란 말이 하고 싶은 거야?"

"그런 말은 한 적 없습니다. 사람들은 저마다 잘하는 것과 못하는 것이 있다고 생각할 뿐입니다."

"뭐야, 할 말 있으면 똑바로 해주지 않을래?"

"아뇨, 감히 그럴 수는……."

나쓰메는 불안한 듯이 눈을 굴렸다.

알렉시아는 성큼성큼 다가가 나쓰메의 멱살을 확 잡아 올렸다. 훤히 드러난 가슴팍에서 두 개의 물체가 출렁거렸다.

"내숭 떨지 마."

코앞에서 알렉시아가 노려봤다.

"흐앗, 사, 살려주세요……!"

나쓰메가 도망치려고 발버둥 치자, 가슴팍의 천이 당겨지면서 가슴이 출렁거렸다. 알렉시아는 그 출렁이에 점이 있는 것을 발견했다. 괜히 부아가 치밀었다.

"아, 진짜 가식적이야."

"흐에엣……."

"죽고 싶냐?"

"하으윽……."

눈물을 글썽이며 쳐다보는 나쓰메. 알렉시아는 혀를 차면서 상대를 놓아줬다.

풀썩. 나쓰메는 소파 위에 쓰러졌다.

"로즈 선배는 뭔가 이유가 있어서 그랬을 거야. 우리를 말려들게 하고 싶지 않아서 그랬다는 것도 이해해. 그래서 화가 난다는 거야."

"어, 네?"

"하지 말라고 하면 하고 싶어지고, 말려들게 하고 싶지 않다고 하면 말려들고 싶어진단 말이야."

"어, 저기……."

나쓰메는 어떻게 반응하면 좋을지 모르겠다는 듯이 묘한 표정으로 알렉시아를 쳐다봤다.

"우리는 동료야. 속으로는 무슨 생각을 하는지 몰라도 어쨌든 동료가 되기로 했어. 그렇잖아?"

"그, 그렇죠."

"그러니까 위험해진 동료를 못 본 척할 수는 없어. 물론 나는 당신도 못 본 척하지는 않을 거야. 알았어?"

"……네."

나쓰메는 고개 숙이고 일어났다.

"그러면 저는 로즈 님에 관한 정보를 모아보겠습니다. 혼약자도 좋지 않은 소문이 있으니까 그쪽도 한번 조사해볼게요."

"어머, 그래. 순순해서 좋네. 난 우선 언니와 상담해볼게."

"그럼 오늘 밤에 다시 한 번 정보를 교환합시다."

"그런데 당신, 회복 속도가 참 빠르네?"

"이따가 뵙겠습니다."

"일단 몸조심해."

"네, 알렉시아 님도요."

나쓰메는 꾸벅 인사하고 떠나갔다.

알렉시아는 그 뒷모습을 지켜보고 나서 한숨을 푹 쉬었다.

"휴, 그래. 어떻게든 해봐야지……."

다소 흐트러진 옷매무새를 정돈한 후 알렉시아도 방 밖으로 나갔다.

...but the existence intervenes in a story and shows off his power.
I had admired the one like that; what's more,
and hoped to be.
Like a hero, everyone wished to be in childhood.
"The Eminence in Shadow" was the one for me.
That's all about it.

The Eminence
in Shadow

I can't remember the moment anymore.
Yet, I had desired to become "The Eminence in Shadow"
ever since I could remember.
A anime, manga, or movies? No, whatever's fine.
If I could become 'em all behind the scenes.
I didn't care what type I would be.
Not a hero, not an arch enemy.
But the existence in between, in a story and tipes off his power.

오직 강자들만 주목하는 시합을 하고 싶어!

5장

다음 주가 되어 『무신제』 예선이 시작됐다.

나는 효로와 함께 투기장 관객석에서 시합을 구경했다. 아직은 해가 높이 떠 있었고 손님도 띄엄띄엄 앉아 있었다. 뭐, 예선은 원래 이런 거지. 오히려 이 정도면 양호한 편이었다.

사실 어제 나는 두 번의 시합에 출전했다. 투기장이 아니라 근처의 초원에서. 음, 그래. 예선 1회전과 2회전은 왕도 바깥에 있는 초원에서 실시되는 것이다. 관객은 없다. 시합 상대의 수준도 형편없다. 나는 두 번 다 적당히 *래리어트로 상대를 실신시키고 이겼다. 허무했다.

3회전부터는 드디어 투기장 안으로 들어온다. 여기까지 오면 시합의 수준도 아슬아슬하게 합격점은 줄 만한 레벨이 된다. 관객은 적긴 해도, 그나마 있는 게 다행일 것이다. 사실 진정한 『무신제』는 본선부터 시작되는 거니까.

"아 참, 쟈가는 어디 있어?"

나는 옆에서 뭔가 메모하고 있는 효로에게 물어봤다.

"걔는 고향에서 농사짓고 있대."

"아, 그렇구나."

효로는 시합을 보면서 열심히 메모를 했다. 그의 목에는 성검 목걸이가 걸려 있었다. 내가 성지에서 사다 준 선물이었다. 선

---

*상대의 목이나 뒤통수를 팔로 후려치는 격투 기술

물을 잘 써줘서 기쁘긴 한데. 그 기쁨보다도 저 패션 센스에 대한 의혹이 더 컸다.

"뭐 해?"

"배틀 데이터를 모으는 중이야. 아마추어는 대충 찍어서 내기에 참가하지만, 나는 달라. 데이터를 집계하고 통계를 내서 확률을 바탕으로 베팅할 거야."

"흐음……."

나는 효로의 메모를 훔쳐봤다.

『강한 듯?』『약한 듯?』『모르겠다』라고 적혀 있었다.

"내기라는 건 말이지, 종합적으로 이겨야 하는 거야."

효로가 메모를 하면서 의기양양하게 말했다.

"그렇구나."

"아마추어는 한 시합의 승패를 가지고 도박을 하지. 그러나 나는 달라. 한 시합의 승패에는 집착하지 않아. 시행횟수를 늘리고 확률을 집약시켜서, 열 시합 단위로 이기는 거야."

"흐음……."

"왜냐하면 나는 종합적으로 이기는 남자니까……."

"굉장하네."

나는 하품을 했다.

"그것 참 흥미로운 이야기구나."

그때 내 등 뒤에서 한 청년이 나타났다.

"방금 뭐 흥미로운 이야기가 있었나요?"

"있었지."

내 질문에 반짝반짝한 금발을 지닌 화려한 미남이 싱긋 웃으며 답했다.

"다, 당신은……!"

"효로, 아는 사람이야?"

"불패 신화 골드 킨메키 씨. 맞죠?!"

효로가 반짝반짝 빛나는 눈으로 쳐다보자, 골드 씨는 머리카락을 쓸어 올리며 대답했다.

"그 별명은 좀 부끄러운걸. 필승 금룡 골드 킨메키라고 불러주지 않을래?"

"아, 네! 필승 금룡 골드 씨!"

나는 불패 신화가 더 좋은데.

"너는 배틀 데이터를 집계하고 있니?"

"네!"

"장래성이 있네. 나도 배틀 데이터 집계는 빠뜨리지 않고 하거든."

"그, 그래요?!"

"응. 항상 이기기 위해서…… 말이지."

"와, 멋있다~! 자세히 이야기해주시면 안 돼요?"

"하하, 어쩔 수 없네. 그럼 조금만 해줄게."

이야기가 길어질 것 같았다.

내 차례도 거의 다 됐으니까 마침 잘됐다.

"화장실 다녀올게."

"빨리 갔다 와."

나는 화장실에서 변장하고 선수 대기실로 갔다.

효로는 필승 금룡 골드 킨메키의 필승 이론을 경청하고 있었다.

"이를테면. 다음 시합을 예로 들어보자."

"네!"

투기장에서는 마침 다음 시합의 선수가 호명되고 있었다.

"3회전 제12시합! 곤잘레스 대 지미나 세넨!"

두 명의 마검사가 서로 대치했다.

"나의 이론에 의하면 대부분의 실력은 싸우기 전부터 알 수 있어. 우선 저 곤잘레스. 육체적인 능력은 그의 근육 균형을 보면 해석할 수 있어. 안광과 불손한 표정에서는 역전의 용사라는 오라가 뿜어져 나오지. 척 봤을 때 그의 배틀 파워는 1,364다."

"배, 배틀 파워요?! 그게 뭡니까?!"

"집계한 배틀 데이터를 해석해서 전투력을 수치화한 거야. 배틀 파워 1,364는 나쁘지 않은 수치지."

"우와, 굉장하다~!"

"그에 비해 지미나 세넨은⋯⋯ 흐음."

필승 금룡 골드 킨메키는 예리한 눈빛으로 지미나를 쏘아보더니 입을 다물었다.

"저, 저기, 왜 그러세요?"

"아니, 이건…… 아무리 그래도. 하지만…… 이것은…….”

"고, 골드 선생님?"

"아, 미안. 나답지 않게 당황했군.”

"설마 저 지미나란 남자가 그 정도로……?!"

"그래, 저 남자…… 지미나 세넨은…… 엄청난 잔챙이다!"

필승 금룡 골드 킨메키는 픕 하고 웃음을 터뜨렸다.

"네……? 잔챙이요?"

"그래! 어떻게 3회전까지 살아남았는지 모르겠군! 기적이라도 일어난 건가?"

"화, 확실히 약해 보이지만…….”

"약해 보이는 얼굴, 약해 보이는 몸뚱이, 약해 보이는 오라! 지미나의 배틀 파워는 33이다! 하하, 마검사로서는 최저 수준이야.”

"그럼 곤잘레스가 이길까요?"

"응, 순식간에 이길 거야. 이 시합은 볼 만한 구석이 없어.”

그리고 시합이 시작됐다.

맨 처음 움직인 사람은 곤잘레스였다.

근육질 거구에 어울리지 않는 민첩함을 발휘해 지미나에게 접근하더니 칼로 베려고 했다.

그 움직임은 3회전 참가자들 중에서는 발군이었다. 역전의 용사라는 골드의 평가도 틀린 말은 아닌 듯했다.

곤잘레스의 참격에 지미나는 제대로 반응조차 하지 못했다.

모두가 지미나의 패배를 확신했는데. 그 직후.

곤잘레스가 넘어졌다.

지미나의 코앞에서 비틀거리다 넘어진 것이다.

그대로 머리가 바닥에 쿵 부딪쳐 기절했다.

투기장 전체가 고요해졌다. 에이, 설마. 금방 일어나겠지? 하고 모두가 생각했다.

그러나 곤잘레스는 꼼짝도 하지 않았다.

지미나가 검을 거두고 돌아서자, 심판은 그제야 반응했다.

"스, 승자, 지미나 세넨!"

"자…… 장난하냐?!"

"야 이 새끼야, 돈 다시 내놔!!"

기절한 곤잘레스를 향해 야유가 터져 나왔다.

효로는 어쩔 줄 모르고 필승 금룡 골드 킨메키의 얼굴을 쳐다봤다.

"가, 가끔은, 이런 경우도 있지."

필승 금룡 골드 킨메키는 다소 경직된 표정으로 말했다.

"배틀 데이터로 승패는 예상할 수 있어. 그러나 승부의 세계에서 절대적인 것은 없다. 어때, 교훈이 되었나?"

"서, 설마, 선생님은 이런 결과까지 예측하신 건가요……?"

"훗…….."

필승 금룡 골드 킨메키는 말을 아꼈다.

"좋은 것을 가르쳐줄게."

"네……?"

"내기에서 이기는 방법은 두 가지야. 하나는 강자를 찾아내서 강자에게 베팅하는 것. 또 하나는 약자를 찾아내서 그의 시합 상대에게 베팅하는 것."

필승 금룡 골드 킨메키는 일어나서 몸을 돌렸다.

"내일 4회전, 제6시합은 필승 금룡 골드 킨메키 대 지미나 세 넨이다."

"그…… 그렇다면!"

필승 금룡 골드 킨메키는 뒤돌아보면서 효로를 콕 집어 가리 켰다.

"그래, 너도…… 승리의 방정식을 풀었니?"

그리고 그는 반짝반짝한 금빛 머리카락을 쓸어 올리더니 떠나 갔다.

"머, 멋있다……."

효로는 사라져가는 필승 금룡 골드 킨메키의 뒷모습을 멍하니 바라봤다.

"화장실 다녀왔어."

검은 머리 소년이 자리로 돌아왔다.

"야, 시드! 내일 꼭 이길 수 있는 시합이 있으니까, 거기에 모 든 것을 걸어보자!"

"응? 싫은데."

"아, 그러지 말고. 속은 셈 치고 한번 해봐!"

"싫어."

"치, 알았어. 나중에 후회하지나 마!"

그 후 두 사람은 한동안 시합을 관전하다가 기숙사로 돌아갔다.

『무신제』 4회전이 시작됐다.

안네로제는 관객석의 맨 앞줄에 앉아서 관심 가는 시합이 시작되기를 기다리고 있었다.

물빛 머리카락이 바람에 휘날리고, 같은 색깔의 눈동자는 투기장을 응시하고 있었다. 관객의 숫자는 어제보다는 많아졌지만 그래도 아직 객석을 반도 채우지 못했다.

"아가씨도 그놈의 시합을 보러 온 건가?"

누가 말을 걸었다. 안네로제는 그쪽을 돌아봤다.

"아, 당신은⋯⋯."

"퀸튼이다."

악역 프로레슬러처럼 생긴 퀸튼이 안네로제 옆에 털썩 앉았다.

"아가씨도 어제 3회전 경기를 봤지?"

"응. 그러는 당신도?"

"나는 일부러 볼 생각은 없었지만 그게 우연히 눈에 띄어서. 지미나 세넨의 3회전. 당신은 어떻게 생각해?"

퀸튼은 다리를 대충 앞으로 내뻗고 안네로제에게 질문했다.

"시합 상대가 넘어져서 운 좋게 이긴 것처럼 보이진 않았어."

"그렇지. 그 녀석이 뭔가 한 거야. 나는 그게 뭔지 알아내지 못했지만, 아가씨는 아마 알았을 것 같은데. 어때?『베가르타 칠무검(七武劍)』인 안네로제 씨."

퀸튼의 불손한 눈빛과 안네로제의 날카로운 안광이 일순 부딪쳤다.

그러나 곧 안네로제는 얼굴을 반대쪽으로 돌리고 다리를 꼬았다. 스커트 슬릿을 통해 하얀 다리가 드러났다.

"그 이름은 버렸어. 지금은 평범한 안네로제야."

"아, 그래. 미안해. 늦었지만『여신의 시련』에 합격한 것을 축하해."

"고마워."

"그런데 아가씨 같은 실력자조차 알아내지 못한 거야? 그놈이 무슨 짓을 했는지."

"그, 그래. 몰라."

안네로제는 약간 발끈하면서 말했다.

"나도 내가 놓칠 줄은 몰랐어. 방심했어. 다만…… 그때 지미나 군의 오른손이 움직이는 것처럼 보였어."

"아. 오른손이?"

"오른손으로 무슨 짓을 했는지는 몰라. 딱 하나 말할 수 있는 것은, 엄청나게 빠른 속도였다는 거야."

"흥. 그럼 내 예상은 빗나갔나 보군."

퀸튼은 재미없다는 듯이 콧방귀를 뀌었다.

"예상이라니?"

"나는 사용이 금지된 아티팩트 같은 것을 사용한 줄 알았거든."

"아하…… 뭐, 그랬을 가능성도 없지는 않지."

"어쨌든 오늘 시합을 보면 알 수 있을 거야."

"맞아. 시합 상대는 불패 신화 골드 킨메키야."

"나는 잘 모르지만 유명한 것 같던데? 한 번도 진 적이 없다면서."

"좋은 의미에서나 나쁜 의미에서나 유명하지."

안네로제가 쓴웃음을 지었다.

"강해?"

"글쎄……. 나는 그동안 여러 나라를 전전하며 싸워왔거든. 실전도 경험하고, 투기장에서 대회에 참가하기도 하고. 그런데 과거의 대회에서 나는 골드 킨메키와 세 번 붙었었어."

"흠. 골드는 한 번도 진 적이 없다……는 것은, 아가씨가 졌다는 뜻인가?"

안네로제는 퀸튼을 슬쩍 째려봤다.

"말도 안 되는 소리 하지 마. 애초에 싸우지를 못했어. 그 사람은 상대가 강하면 도망쳐버리거든."

"뭐? 아니, 그게 뭐야?"

"그 남자는 자기가 질 가능성이 있는 상대와는 절대로 싸우지 않아. 이길 수 있는 상대하고만 싸우다가, 강한 상대를 만난 순간 기권하는 거야. 그래서 별명이 불패 신화가 되었지. 아무도 그 사람은 이기지 못해. 그는 그 별명이 싫어서 스스로 필승 금룡이라고 하고 다니는 모양이지만."

"필승과 불패. 비슷하면서도 전혀 다른 의미군."

퀸튼이 킥킥 하고 웃었다.

"뭐, 요컨대 불패 신화 씨는 별 볼 일 없는 놈이란 말이지?"

"글쎄."

안네로제는 입꼬리를 비틀며 웃었다.

"응? 뭐야, 뭔데?"

"불패 신화는 반드시 이길 수 있는 상대하고만 싸우면서 대회 상위권에 드는 사람이야. 소규모 대회에서는 우승한 적도 있어."

"흠…… 그럼 약하진 않겠군."

퀸튼의 눈빛이 날카로워졌다.

"응. 실력 차이를 정확히 파악하는 것이 그의 강점이야. 그런 그가 지미나를 상대로 도망치지 않았다. 그렇다는 것은……."

"아하, 그래."

퀸튼은 사나운 얼굴로 웃었다.

"지미나의 실력은 저 불패 신화조차도 꿰뚫어 보지 못할 정도란 뜻이거나."

"아니면 지미나란 놈이 아티팩트의 힘을 빌린, 비겁한 인간이란 뜻이지."

"참고로 그동안 불패 신화는 반드시 이길 수 있는 상대하고만 싸워왔어. 그는 아직 한 번도 진짜 실력을 발휘한 적이 없어."

"재미있어지겠군."

"맞아. 재미있어질 거야."

퀸튼이 짐승처럼 웃었고, 안네로제가 자기 입술을 핥았다.

그리고 두 사람의 시선이 투기장 한가운데로 향했다.

관중이 환성과 야유를 퍼붓는 가운데 지미나 세넨과 골드 킨메키가 마주 보고 있었다.

이 시합의 의미를 정확히 이해하고 있는 관객은 아직 두 사람밖에 없었다.

"4회전 제6시합, 골드 킨메키 대 지미나 세넨! 시합 개시!!"

먼저 움직인 사람은 골드였다.

그는 시합이 개시되자마자 단숨에 거리를 좁혔다.

그리고 장식이 과다한 양손검을 휘둘러 지미나의 목을 치려고 했다.

공격당하는 지미나는 아직 검을 뽑지도 않았다. 뻣뻣하게 선 채로 반응조차 하지 못했다.

승리를 확신한 골드가 하얀 이를 드러냈다.

그 순간, 뚝 소리가 났다.

"어라?"

그렇게 중얼거린 사람은 골드였다. 그런데 그뿐만 아니라 투기장에 있는 사람들 전원이 눈을 의심했다.

골드의 검이 지미나의 목을 그냥 지나쳐서 허공을 가른 것이다.

어느새 골드는 무방비하게 몸통을 노출시키고 있었다.

"쳇!"

골드의 얼굴이 굳어졌다.

이 치명적인 빈틈 앞에서 지미나가 움직였다.

그리고.

지미나는 그저 천천히 칼집에서 칼을 뽑았다.

그걸로 끝이었다.

골드가 무방비해진 순간을 완전히 놓쳐버린, 아니, 애초에 눈치조차 못 챈 듯한 느릿한 움직임이었다.

골드는 얼른 물러나더니 지미나를 쏘아보면서 한마디 했다.

"야, 너. 나 무시하는 거냐?"

골드의 음성에는 짜증이 섞여 있었다.

"봤어?"

관객석에서는 퀸튼이 안네로제에게 그렇게 물어보고 있었다.

"간신히."

안네로제는 맹금류 같은 눈으로 지미나를 뚫어져라 보면서 퀸튼의 질문에 대답했다.

　"역시 대단하군. 나한테는 안 보였어. 불패 신화의 검이 지미나의 목을 제대로 치는 줄 알았는데."

　"맞아. 보통은 피할 수 있는 타이밍이 아니었지. 그러나…… 지미나는, 검이 명중하기 직전에 목을 꺾었어."

　안네로제의 음성에는 숨길 수 없는 놀라움이 배어 있었다.

　"목을 꺾었다고? 뭔 뜻인지 모르겠는데."

　"그냥 평범하게 목을 꺾은 거야. 뚝, 뚝 하고."

　안네로제는 그렇게 말하면서 고개를 기울여 뚝뚝 소리를 냈다.

　"아니, 잠깐만. 더더욱 뭔 뜻인지 모르겠거든?"

　"나도 모르겠어. 저 사람이 고개를 기울인 순간, 뚝 소리가 나면서 골드의 검을 피했단 말이야."

　"아니아니, 저기요. 그건 말이 안 되잖아. 목을 꺾으려고 고개를 기울였더니 운 좋게 검을 피하게 됐다고?"

　"그런 것 같아."

　"장난하지 마! 그런 우연이 어디 있어?!"

　"글쎄. 우연이 아니라면?"

　안네로제의 눈이 날카로워졌다.

　"뭐라고?"

　"저 사람은 나조차도 자세히 주시하지 않으면 못 볼 만큼 빠른 속도로 목을 꺾은 거야. 평범한 인간이 그런 짓을 할 수 있을까?"

눈으로 보기도 어려운 초고속 목 꺾기, 보통은 불가능하잖아? 이론.

"윽! 그건, 그렇지⋯⋯."

"저 사람 입장에서는 칼을 피하는 것은 그냥 **겸사겸사** 해본 일일지도 몰라. 우선 목을 꺾고 싶었다. 그런데 때마침 칼이 날아와서, 목을 꺾으면서 겸사겸사 칼도 피한 걸지도 몰라."

"뭐라고?! 아니, 그건 진짜 말도 안 돼! 골드의 칼질이 그렇게 빨랐는데! 그걸 겸사겸사 피했다고?!"

"나도 반신반의 상태야. 정말로 단순한 우연이었을지도 몰라. 하지만 만약 우연이 아니었다면⋯⋯."

"윽! 쳇, 난 절대로 인정 못 해!!"

골드는 지미나를 계속 노려보면서 말했다.

"마음에 안 들어. 넌 지금 천재일우의 기회를 놓쳤다. 너 같은 놈이 나를 이길 수 있을지도 모르는 인생에 단 한 번뿐인 기회를 놓쳤다고. 그런데 너는 왜 그렇게 태연한 거냐?"

뿌득. 골드가 이를 갈았다.

"좀 더 원통해해야지, 응? 좀 더 안타까워하라고. 좀 더 꼴사납게 발버둥 치란 말이야. 그러지 않는 것은 나에 대한 모독이다."

지미나는 그저 조용히 골드의 말을 듣고 있었다.

"설마 좋은 기회를 놓쳤다는 것조차 눈치채지 못한 거냐? 그럼 어쩔 수 없지. 하긴, 배틀 파워가 33밖에 안 되는 잔챙이니까."

골드는 쿡쿡 하고 소리 죽여 웃었다.

"잔챙이 따위가 감히 나를 욕보이다니. 내가 온 힘을 다해 너를 박살내주마. 죽어도 원망하지 마라, 응?"

골드는 검을 똑바로 쥐고 거기에 마력을 주입했다.

대기가 진동했다. 대량의 마력이 점점 모여들었다.

관중이 술렁거렸다.

"작별 선물로 하나만 알려주마. 나의 배틀 파워는 4,300이다."

그는 단숨에 거리를 좁히더니 검을 휘둘렀다.

"사신(邪神) 즉살(卽殺) 금룡검!!"

황금색 마력의 분류. 황금의 용이 꿈틀거리는 환상이 떠올랐다.

황금의 용이 지미나를 잡아먹는다.

그래야 할 터였다.

그런데 갑자기 쿨럭 소리가 나더니, 황금의 용이 소실됐다.

"꾸에엑!!"

이어서 골드가 빙글빙글 회전하면서 허공으로 날아갔다.

관중의 술렁거림이 뚝 그쳤다.

털썩. 바닥에 떨어져 꼼짝도 안 하는 골드. 그곳에 있는 모든 이들이 멍하니 그를 바라보고 있었다.

"스, 승자, 지미나 세넨!!"

떠나가는 지미나의 등 뒤에서 승자 선언이 이루어졌다.

"골드 킨메키. 잔챙이는 아니었군……."

시합 후, 퀸튼의 첫마디는 그것이었다.

퀸튼은 안네로제의 이야기를 듣고 골드를 은근히 얕보고 있었다.

설마 그가 저토록 선명하게 마력을 가시화할 수 있을 거라고는 생각하지 못했다.

마지막에 보여준 골드의 일격. 그것은 『무신제』 예선을 충분히 통과하고도 남을 만큼 위력적인 일격이었다.

"생각보다 더 실력이 있네. 저 남자가 높은 곳을 목표로 하면서 강자들과 싸우려고 했다면 지금보다 더 뛰어난 마검사가 될 수 있었을 거야."

"어, 아무튼. 지미나는 마지막에 뭔 짓을 한 거야?"

그러자 안네로제는 팔짱을 끼고 한숨 쉬듯이 입을 열었다.

"내가 잘못 본 게 아니라면…… 재채기를 했을 거야."

"뭐?"

"아마도 황금의 용이 너무 눈부셔서 놀랐던 게 아닐까? 재채기

와 동시에 지미나의 검이 밑으로 내려갔고, 거기로 골드가 뛰어들어가는 바람에 충돌사고가 난 거야."

"아니아니, 그게 말이 돼? 용과 재채기가 부딪쳐서 재채기가 이겼다고?"

"그게 사실인 걸 어쩌겠어. 골드는 천재일우의 기회를 놓쳤다고 말했지만, 지미나에게는 그것은 기회도 뭣도 아니었을지도 몰라. 지미나는 골드를 언제든지 쓰러뜨릴 수 있었다. 그래서 상대의 빈틈을 노릴 필요가 없었다……. 아니, 지미나에게는 모든 순간에 상대가 빈틈을 노출시키는 것처럼 보였다……?"

안네로제는 자신의 고찰에 놀랐다. 등골이 서늘해졌다.

말도 안 돼.

그래, 이것은 한낱 가설…… 지미나의 실력을 극도로 과대평가한 거야.

"웃기지도 않아."

퀸튼은 코웃음을 치고 난폭하게 자리에서 일어났다.

"진지하게 들은 내가 바보였다. 나는 이런 엉터리 같은 놈은 인정할 수 없어. 만약에 지미나가 계속 이겨서 올라온다면, 예선 결승전에서 나와 맞붙을 거다. 그때 저놈의 실체를 까발려주마."

퀸튼은 지미나가 사라진 투기장을 한 번 쏘아보더니 떠나갔다.

안네로제는 여전히 그 자리에 남아서 지미나의 움직임을 떠올려봤다.

"나는 그 사람처럼 움직일 수 있을까……?"

자리에 앉은 채 목을 꺾어보고 재채기를 해봤다.

몇 번이나 반복했다. 빠르게, 최소한의 동작으로.

뚝, 쿨럭, 뚝, 쿨럭, 뚝!

"쿠륵, 앗……."
그러다가 주변 사람들의 기묘한 시선을 눈치챘다. 안네로제는
얼굴을 붉히고 도망쳤다.

불패 신화가 드디어 무너졌다.
그 소식이 투기장 마니아들 사이에 퍼졌다.
아직 예선이긴 하지만 불패 신화 골드는 그럭저럭 주목받는 마
검사였다. 그런데 전혀 주목받지 못하던 지미나가 그런 인물을
쓰러뜨린 것이다. 그걸 알고 깜짝 놀란 사람도 많았지만, 시합
내용을 듣고 다들 납득했다.
우연히 운 좋게 이겼나 보다.
그것이 투기장 마니아들의 솔직한 감상이었다.
그러나 일부 마니아들과, 실제로 시합을 관전한 관객들 중에서
는 지미나에 대한 평가에 의문을 가진 사람도 있었다.
그들은 지미나의 시합을 직접 보러 가서 지미나의 실력을 알아

내려고 했다.

그러나.

"아앗~!! 퀸튼 선수, 다운~!! 못 일어납니다! 지미나 선수, 이번에도 일격에 승리!!"

『무신제』예선 B조 결승전. 이 시합도 지미나의 승리로 끝났다.

이번에도 일격이었다.

투기장 마니아들도 지미나의 실력을 아직 완전히 파악하지 못했다. 오늘 이 승리로 지미나의 본선 출전이 결정됐는데, 그가 어떻게 여기까지 이기고 올라왔는지는 아무도 몰랐다.

우연이라기엔 너무나 굉장했다. 아마 실력은 있을 것이다.

예선 결승 상대인 퀸튼은 안정적인 실력으로 투기장 마니아들에게도 높이 평가받는 마검사였다. 그런 퀸튼이 속수무책으로 당했으니, 지미나의 실력은 인정하지 않을 수 없었다.

그러나 지미나가 어떤 방법으로 이겼는지 모르는 이상, 그의 구체적인 실력은 알 수가 없었다.

퀸튼보다는 강할 텐데. 과연 지미나는 본선 무대에 설 만한 실력을 가지고 있는 걸까?

설령 실력이 있더라도, 지미나는『무신제』의 역대 입상자들과 어깨를 겨눌 수 있는 걸까.

투기장 마니아들 사이에서는 의견이 분분했다.

그중 상당수는 '지미나의 실력은 본선 출전 전사들 중에서는 하위권에 속할 것이다'라고 예상했다.

그의 실적을 생각해본다면 그것도 어쩔 수 없는 일이었다.

다른 본선 출전자들은 다들 어떤 대회나 전장에서 좋은 결과를 얻어 유명해진 사람들이었다. 그에 비해 지미나에게는 그런 실적이 없었다.

객관적으로 지미나의 실력을 증명해주는 자료는 하나도 없었다.

그래서 평가는 저절로 낮아졌다.

그러나 일부 마니아들은 지미나를 다크호스로 밀고 있었다.

본선에 출전하는 사람들의 명단을 보면, 올해 『무신제』에서도 십중팔구 아이리스가 우승할 것이다. 하지만 혹시나 그런 예상을 뒤엎을 만한 사람이 있다면…… 그건 아직 실력이 정확히 밝혀지지 않은 기묘한 청년밖에 없을 것이다.

그런 기대 섞인 시선을 등으로 받아내면서 지미나는 퇴장했다.

본선은 다음 주부터 시작된다.

1회전은 지미나 세넨 대 안네로제.

열에 아홉 명은 안네로제가 승리할 거라고 예상했다.

오늘 대결 상대였던 아저씨는 왠지 유난히 기운이 넘치는 사람이었지. 그런 생각을 하면서 나는 투기장에서 퇴장했다. 이름은 퀸…… 뭐시기였나. 적의를 노골적으로 드러내는 그 느낌이 신선해서 좋았다.

이로써 나는『무신제』본선에 진출하게 되었다. 시합은 다음 주.

지금까지는 관객의 반응도 그럭저럭 괜찮고, 본선에서부터 실력을 발휘할 예정이니까. 다음 주까지는 이미지 트레이닝을 해야겠다.

그런 생각을 하면서 선수 출입구의 긴 복도를 따라 걷고 있는데, 물빛 머리카락을 지닌 여성이 내 앞을 가로막았다. 안네로제였다.

"왜. 볼일 있어……?"

"설마 본선까지 진출할 줄은 몰랐어. 대단해."

안네로제의 고집 센 눈동자가 나를 쳐다봤다.

"당연한 결과다."

"그래. 내가 미처 당신의 실력을 알아보지 못했던 거겠지. 그래도 충고는 하나 해둘게."

"충고……?"

"당신의 움직임은 다 파악했어. 지금까지와 같은 방식으로 이길 수 있을 거라고 생각하지 않는 편이 나을 거야."

안네로제는 자신만만한 미소를 지었다.

"훗……."

나는 입꼬리를 비틀어 웃었다. 더 이상 할 말은 없다는 듯이 무심하게 안네로제의 옆을 스쳐 지나갔다.

부탁이야, 말을 걸어줘!

나는 속으로 절규했다.

"뭐가 우스워?!"

안네로제가 나를 노려봤다.

고마워!

나는 고개만 돌려서 안네로제를 힐끗 봤다.

"나도 충고를 하나 해두지……."

그리고 혹시나 이런 일이 있을까 봐 미리 준비해놨던 손목 밴드를 풀어서 안네로제의 발치에 툭 던졌다.

쿵. 하고.

바닥에 떨어진 손목 밴드가 묵직한 소리를 냈다.

"이, 이건…… 설마, 이런 무게 추를 달고 싸웠던 거야……?!"

"이 무게 추는 나를 봉인하는 사슬…… 이제 장난은 끝났다……."

쿵, 쿵, 쿵.

나는 두 손목과 두 발목의 무게 추를 떼어내고 걸음을 옮겼다.

"윽…… 자, 잠깐 기다려!"

그러나 나는 더 이상 멈추지 않았다.

"기다리라니까!"

안네로제가 허둥지둥 내 앞에 끼어들었다.

"이걸로 이겼다고 생각하지 마. 두고 봐……."

이어서 안네로제는 뚝 하고 목을 꺾었다.

쓸데없이 빠른 동작이었다.

"나도 이 정도는 할 수 있거든……?"

"……그렇구나."

영문을 모르겠지만, 어쨌든 나는 의기양양해진 안네로제의 옆을 지나쳐 갔다.

이 여자는 뭘 하고 싶었던 걸까.

6장

여름날 아침은 상쾌하다.

나는 창밖에 펼쳐진 파란 하늘을 바라보면서 늘어지게 기지개를 켰다.

침대에 벌렁 누워서 빈둥빈둥 멍하니 시간을 보냈다.

여름방학은 얼마 남지 않았다.

다음 주부터는 『무신제』 본선도 시작되니까 이미지 트레이닝을 해야 한다.

하지만 이렇게 아무것도 안 하고 멍하니 있는 시간은 인간에게 필요한 것이다.

아, 미안. 거짓말일지도 몰라.

아무튼 적어도 나한테는 필요하다.

"야, 시드! 고급 정보 가져왔으니까 문 열어!"

갑자기 쾅쾅 하고 문을 두드리면서 효로가 소리를 질렀다.

인간과 인간이 어울려 지내는 이상, 귀찮은 일이 발생할 수밖에 없다. 인간은 왜 귀찮음을 느끼면서도 인간을 만나려고 할까. 얼마 안 남은 여름방학의 아침이 나에게 그런 생각을 하게 만들었다.

흠, 이거 좋네. 인간과 일정한 거리를 두고 한심해하는 실력자 같아서.

"어, 알았어. 열어줄게."

나는 문을 열고 효로를 안으로 들였다.

"이거 봐, 로즈 학생회장의 수배 전단이야. 산 채로 붙잡으면 1,000만 제니. 유력한 정보는 50만 제니 이상을 준대."

"흐음……."

나는 효로한테서 수배 전단을 건네받아 읽어봤다.

"우리가 붙잡자."

"아니, 왜?"

"돈이 없으니까."

효로는 필사적인 얼굴로 말했다.

"꼭 이길 수 있는 시합이 있다고 하지 않았어?"

"그 이야기는 하지 마."

"그때 돈 번 거 아니었어?"

"시끄러워, 입 다물어. 이유는 굳이 밝히지 않겠지만, 현재 나는 돈이 없어. 그래서 돈이 필요해."

"그렇구나."

"그러니까 너도 협조해라."

"싫어. 너 혼자 해."

"아니아니, 생각을 좀 해봐. 혼자서 찾는 것보다는 둘이서 찾는 게 낫잖아? 왜냐하면 찾아낼 확률이 두 배가 되는 거니까."

"흐음."

나는 효로에게 어깨를 붙잡힌 채 '아~ 귀찮네'라고 생각했다.

애초에 나는 혼약자를 찌른 로즈의 반골 정신을 높이 평가하고 있었다. 에너지가 넘쳐서 정말 좋지 않아?

즉, 군이 따지자면 도망치고 있는 로즈를 응원하는 입장이었다.

"아, 제발 좀 도와줘. 부탁이다!"

웬일로 고개까지 숙이는 효로.

"으음⋯⋯."

그런데 그때.

"시드 군, 너희 누나가 왔어."

기숙사 관리인이 문틈으로 얼굴을 쏙 내밀고 말했다.

"누나요?"

"응, 시드 군의 누나. 기숙사 앞에서 기다리고 있으니까. 빨리 가봐."

관리인은 그 말만 남기고 퇴장했다.

"클레어 누나가⋯⋯ 돌아왔구나."

불길한 예감이 들었다.

나는 즉시 판단했다. 둘 중 뭐가 더 귀찮은지.

"좋아, 로즈 포획 작전을 개시하자."

"시드! 난 널 믿었어! 역시 넌 나의 절친이야!"

나는 효로의 덜미를 확 붙잡고 창문을 열었다.

"야, 시드. 뭐 하는 거야?"

"시간 없어. 창문으로 나가자."

"뭐? 무슨 소리야?! 어, 야, 잠깐만?!"

"얍!"

그대로 훌쩍 뛰어내렸다.

"정보를 제공해줘서 고맙다고 아이리스 언니가 말했어. 앞으로도 계속 협력해주기를 바란대."

"영광이네요."

베타는 앞장서서 걸어가는 알렉시아의 뒷모습을 보면서 그렇게 말했다.

알렉시아는 마법 램프를 들고 어두운 나선계단을 내려가고 있었다.

이미 꽤 오랫동안 걸어 내려왔다. 서늘하고 눅눅한 공기가 이곳이 지하임을 가르쳐줬다.

"역시 도엠 케츠해트는 교단과 관련된 인물이라고 봐야겠지?"

"네."

"문제는 증거가 없다는 거야."

"그렇죠. 이것은 국가와 종교가 관련된 문제니까요. 평범한 증거로는 안 됩니다."

"나도 알아. 아바마마가 엄하게 말씀하셨거든. 디아볼로스 교단과 성교를 관련지으려면, 국민과 주변 국가가 납득할 만한 이유가 필요하다고."

"이단으로 낙인찍히면 끝장이니까요."

"성교의 모든 신자들이 디아볼로스 교단과 관련이 있지는 않을 거야. 상층부의 극히 일부만 관련되어 있을 테지."

"그래서 골치 아픈 거죠."

"맞아."

자박, 자박. 두 사람의 발소리가 계단에 울려 퍼졌다.

"아바마마는 무조건 성교하고는 싸우지 말라는 말씀만 하셔. 그럼 디아볼로스 교단은 어쩌자는 거야?"

"지금까지 그랬듯이 계속 방치하시려는 거겠죠."

"지금까지 그랬듯이……?"

알렉시아의 발소리가 한 박자 늦게 들렸다.

"개인적인 추측입니다. 잊어주세요."

"……그래, 지금은 넘어갈게. 그런데 언니가 신경 쓰이는 말을 했어. 오리아나 국왕이 어쩐지 멍해 보였다고."

"멍해 보여요……?"

"나는 이번에 처음 뵈었기 때문에 그건 잘 모르겠지만. 어쩐지 달콤한 냄새도 났어."

달콤한 냄새——베타의 머릿속에 떠오르는 약품이 있었다.

"이미 늦었을지도 모르겠네요……."

"교단은 움직이기 시작했어. 아바마마의 방식대로 하면, 언젠가는 이 나라도……."

그 후 두 사람은 말없이 계단을 내려갔다.

"다 왔어."

알렉시아가 멈춰 섰다. 그곳에는 세로로 뚫린 깊은 구멍과 사다리가 있었다.

"왕도의 지하도 입구 중 하나야. 알지?"

"아, 네. 먼 옛날에 왕족 탈출용으로 만들어진 통로. 왕도 전역에 펼쳐져 있는 지하도잖아요."

"맞아. 지도와 열쇠와 암호 등 이것저것 분실해서 이제는 미궁이 되어버렸지만."

"네, 그래서 여기에는 왜 온 건가요?"

"당신을 처리하러 왔지."

알렉시아는 허리의 검에 손을 대더니…… 웃었다.

"농담이야. 그런데 전혀 겁먹질 않네?"

"흐앗, 살려주세요……!"

"로즈 선배가 이 지하도로 도망쳤을 가능성이 있어."

베타는 자신의 열연이 무시당하자 뾰로통해졌다.

"지금부터 찾으러 갈 거야."

당장 사다리를 타고 내려가려는 알렉시아.

"저, 잠깐만요."

"응?"

"이 사실을 누군가에게 말은 해놨나요?"

"그걸 왜 말해? 말릴 게 뻔한데."

"미궁이 되었다고 하셨잖아요. 탈출할 수 있다는 보장은 있어요?"

"탈출? 그거야 쉽지. 왔던 길로 되돌아가면 되잖아."

"저기요, 이런 말씀 드리기 뭐하지만. 즉흥적인 계획에 남을 끌어들이지 말아주실래요?"

"응? 싫은데."

두 사람은 한동안 눈싸움을 했다.

"불만 있으면 혼자 돌아가."

알렉시아는 베타를 놔두고 사다리를 타고 내려갔다.

베타는 그냥 내버려두고 돌아갈까? 했지만, 아직은 알렉시아
가 죽으면 곤란했다.

"아이 돌보기도 업무 중 하나야. 베타."

작게 혼잣말을 중얼거리고는 알렉시아의 뒤를 따랐다.

나는 이른 아침의 왕도를 걷고 있었다.

효로는 탐문을 하고 온다면서 어디론가 가버렸다.

이 세계에서는 사람들은 해가 뜨면 즉시 움직인다.

거리는 벌써부터 활기를 띠기 시작했다.

로즈를 찾겠다고 말은 했어도 진지하게 찾을 마음은 별로 없었
다. 로즈가 무사히 도망쳐주기를 바라는 마음은 지금도 변함없
었다. 적당히 찾는 시늉만 하면서 시간을 때워야겠다.

아, 하지만 혼약자를 찌른다는 반골 정신 넘치는 이 사건의 동
기가 뭔지는 한번 들어보고 싶은데. 가능하다면 로즈 본인의 입
으로.

아무튼 나는 시간만 때울 수 있다면 뭐든지 상관없지만.

분노는 시간이 흐르면 점점 약해지는 법이다. 누나에게는 틀림없이 머리를 식힐 시간이 필요할 것이다.

내가 그런 생각을 하면서 멍하니 있는데 어딘가에서 피아노 선율이 들려왔다.

"흠……."

사실 나는 피아노가 특기였다.

전생에는 『어둠의 실력자』가 되기 위해 피아노를 연습했었다. 아니, 그건 거짓말. 우리 집 교육방침인지 뭔지 때문에 억지로 배웠다.

솔직히 말해서 피아노 연습 따위에 시간을 투자하는 것보다는 『어둠의 실력자』가 되기 위한 수행에 시간을 투자하고 싶었다. 그래서 나는 의욕이 전혀 없었지만, 그런 내 마음은 교육방침 앞에서는 무력했다.

어쩔 수 없이 피아노를 치기 시작했는데. 계속 치다보니 피아노도 나쁘지 않다는 생각이 들었다.

우선 '이 녀석은 피아노가 특기다'라는 인식이 퍼지면, 사람들은 그것만으로도 제멋대로 상상을 해준다.

이 녀석은 집에 가면 피아노 연습을 하느라 바쁘겠구나 하고. 『어둠의 실력자』가 되기 위해서 친구들과의 사귐은 최소한으로 줄였던 나에게는 이런 남들의 오해가 매우 고마울 따름이었다.

또 하나. 단순히 피아노가 멋있다는 사실을 깨달았기 때문이다. 『어둠의 실력자』가 달빛 아래에서 연주하는 피아노…… 좋잖아?

단순히 전투력이 강할 뿐만 아니라 '예술 방면에도 능통하다……'는 어필.

멋있잖아…….

정신 차려 보니 나는 꽤 열심히 피아노를 치고 있었다.

물론『어둠의 실력자』가 되기 위한 수행이 가장 우선순위가 높은 것은 여전했지만, 피아노를 연주해 그럴싸한 분위기를 만들고서 싸우는 연출은 포기하기 어려웠다.

음, 그래서 내 입으로 이런 말 하긴 뭐하지만, 나는 피아노를 상당히 잘 친다.

"제법 잘하네……."

나는 혼잣말을 했다.

지금 피아노를 치고 있는 사람도 제법 솜씨가 훌륭했다.

베토벤 피아노 소나타 14번『월광』…….

나도 좋아하는 곡이다. 아니, 사실『어둠의 실력자』에게 가장 잘 어울리는 곡은 이것밖에 없으니까. 엄청나게 좋아하는 곡이다.

그러니까『월광』으로 남한테 질 생각은 전혀 없는데, 이 연주자의 표현에서도 독특한 센스가 느껴졌다.

"나쁘지 않아……. 머릿속에 달빛이 보이는 것 같아……. 지금은 아침이지만……."

그런 식으로 '이놈 제법이다……'란 어필을 하다가 문득 깨달았다.

베토벤의 곡이 이 세계에 있다고? 이상하지 않아?

나는 정색했다. 인파를 헤치면서 피아노 소리가 나는 곳으로 향했다.

솔직히 말해서.

이게 무슨 상황인지는 이미 짐작이 갔다.

나도 바보는 아니니까.

피아노 소리는 왕도에 있는 초일류 호텔 1층 카페에서 들려오고 있었다.

보안이 철저해 일반인은 들어갈 수 없는 곳. 그러나 나는 얼굴만 보여줘도 통과다.

거침없이 가게 안으로 들어갔더니 때마침 그 사람의 연주도 끝났다.

"입실론……."

맑은 호수처럼 아름다운 머리카락을 지닌 미녀. 여름에 어울리는 민소매 드레스를 입었는데, 가슴팍은 완벽하게 가려서 슬라임이 안 보이게 해놓은 것이 입실론다웠다.

다리도 타이츠를 신어서 맨살을 가리고, 키높이 구두의 존재를 숨겼다.

훌륭해.

내가 가까이 다가가자, 입실론도 나의 존재를 눈치챈 듯했다.

손님에게 인사한 다음에 나를 대기실로 안내했다.

문을 닫고. 입실론은 미소 지었다.

"주인님, 듣고 계셨어요? 어휴, 부끄럽네요……."

살짝 뺨을 붉히면서 귀엽게 나를 쳐다보는 입실론. 하지만 나
는 그런 것에 속지 않는다.

"입실론, 아까 그 곡은『월광』이었지?"

"네. 주인님께서 가르쳐주신 많은 곡들 중에서 제가 제일 좋아
하는 곡이에요."

"아, 그래? 나도 제일 좋아해."

가르쳐줄 생각은 전혀 없었지만, 내가 좋아하는 대상을 다른
사람도 좋아해주면 괜히 기뻐지는 게 인지상정이다.

"주인님 덕분에 피아니스트로서, 또 작곡가로서 유력자와 관
계를 맺을 수 있었어요."

"응? 작곡가……?"

"네. 우선『월광』이 있고요.『터키 행진곡』『강아지 왈츠』그리
고……."

입실론은 현대와 과거의 온갖 명곡들을 언급하면서 귀족에게
호평을 얻었다느니, 상을 받았다느니, 예술의 나라에 초대되었
다느니 하는 이야기를 의기양양하게 늘어놨다.

미안해요. 베토벤, 쇼팽…… 또 위대한 작곡가 여러분.

이 세계에서 당신들의 곡은 입실론이 작곡한 곡이 되어버렸습
니다.

"……지난번 콘서트가 크게 호평을 받아서요. 오리아나 왕국
에 일하러 갔다 올게요. 아시다시피 오리아나 왕국은 현재 일하

는 보람이 넘치는 나라라서……."

"응. 예술의 나라니까."

"네, 예술의 나라니까…… 그리고 이번에는 특히 훌륭한 『일』을 해낼 수 있을 테지요."

입실론은 야릇한 미소를 지었다.

"잘해봐."

"주인님께서 가르쳐주신 지고의 명곡에 잘 어울리는 연주와 『일』을 하고 오겠습니다."

입실론은 우아하게 고개 숙여 인사했다.

"아 참, 갑자기 딴 이야기 해서 미안한데. 로즈 왕녀의 행방은 혹시 알아?"

"로즈 왕녀요. 그 일은 베타가 담당하고 있어서 저도 자세한 것은……. 다만 왕도의 지하로 도망쳤다는 이야기는 들었습니다. 자세한 내용은 베타에게 물어보면 알 수 있을 텐데요……?"

"아, 됐어. 그 정도만 알면 충분해."

운 좋게 로즈를 발견하면 이야기 정도는 들어보자.

"고마워. 어, 저기……."

나는 미소 짓는 입실론을 쳐다보면서 감사 인사에 덧붙일 말을 생각해봤다.

내가 『월광』을 좋아한다는 말을 듣고 기뻐했던 것처럼, 입실론도 틀림없이 자기가 원하는 말을 들으면 기뻐할 것이다.

"입실론. 넌 언제 봐도 몸매가 좋구나."

"그, 그, 그, 그건 아니에요 입실론은 아직 멀었어요……!"

나는 입실론의 얼굴을 차마 못 보고 창밖으로 시선을 돌렸다.

푸르른 여름 하늘이 끝없이 펼쳐져 있었다. 세상은 이렇게 굴러가는구나 하고 생각했다.

로즈는 어두운 지하도를 걷고 있었다.

도망칠 때 등을 다쳤다. 그 상처 부위에서는 아직도 피가 배어 나오고 있었다. 깊지는 않아도 결코 얕지도 않은 자상이었다.

빨리 치료를 해야 할 텐데, 추격자를 피해 도망치느라 그럴 여유가 없었다.

마력을 상처에 집중시켜서 최저한의 응급처치는 했다. 그러나 시간이 지날수록 점점 고통은 심해지고 체력도 떨어졌다.

호흡이 거칠었다.

로즈는 추격자를 경계하면서도 내내 생각을 하고 있었다.

그때는 무엇이 옳았던 걸까?

무엇이 최선이었던 걸까?

해답을 알 수 없는 그 질문이 머릿속에서 끊임없이 맴돌았다.

로즈가 혼약자인 도엠을 찌른 것은 즉각적인 판단이었다. 그러나 충동적인 행동은 아니었다. 제한된 시간 내에서 로즈는 최선의 방법을 생각하고 선택했다……고, 스스로는 그렇게 믿었다.

그러나 실패했다.

도엠은 살아남았고, 로즈는 쫓기는 신세가 되었다.

사실 실패는 결과론이다. 도엠의 실력을 정확히 파악하지 못한 로즈의 실수였고, 도엠을 제거하려고 했던 그 선택 자체가 꼭 잘못됐다고 할 수는 없을 것이다.

그때는 그럴 수밖에 없었다. 완전히 변해버린 아버지…… 오리아나 국왕의 눈을 본 순간, 로즈는 도엠을 제거하는 것을 선택했다. 도엠과 교단의 관계도, 그리고 자아를 잃고 꼭두각시로 변해버린 아버지도. 소문이 전부 확신으로 바뀌었기 때문이다.

그래서 칼을 뽑았다.

그때 자신은 충동적이었던 걸까.

성급했던 걸까.

초조함과 분노에 사로잡혀 행동했던 게 아닐까.

로즈는 스스로 냉정하게 판단했다고 생각했다.

알렉시아나 나쓰메에게 의지하고 싶지 않았다. 이것은 어디까지나 오리아나 왕국 내부의 문제로서 처리해야 한다. 직감적으로 로즈는 그렇게 판단했다.

그 정치적 감각은 틀리지 않았다.

결과적으로는 실패했지만, 이것은 로즈의 실수이고 오리아나 왕국의 문제이다. 아직 미드갈 왕국에는 불똥이 튀지 않았다. 최악의 결과만은 무의식중에 피한 것이다.

하지만 그것도 이제는 시간문제다.

떠날 때 도엠이 소리쳤던 내용이 머릿속에서 되살아났다.

"『무신제』가 끝나기 전에 투항해라! 안 그러면 오리아나 국왕을 시켜서 내빈을 살해할 테다!"

만약 도엠이 말한 대로 오리아나 국왕이 『무신제』의 내빈을 살해한다면…… 전쟁이 터질 것이다. 도엠이 얼마나 진지하게 그런 말을 했는지는 몰라도, 교단은 오리아나 왕국을 단지 하찮은 장기말로만 여기고 있을지도 모른다.

만약에 그렇다면…….

뿌득. 로즈는 이를 갈았다. 분하다는 듯이 얼굴이 일그러졌다.

아버지는 명군은 아니었고 오리아나 왕국은 대국이 아니었다.

그러나 로즈에게는 단 하나뿐인 아버지이고 단 하나뿐인 조국이었다.

그래서 꼭 지키고 싶었다.

그 감정이 초조함으로 변한 것이다.

로즈는 지하도의 벽을 쾅 때렸다.

결국 자신은 감정에 휘둘려 충동적으로 행동한 것이었다. 도엠을 제거하면 모든 것이 해결된다. 그렇게 착각했었다.

그러나 도엠도 따지고 보면 일회용 장기말에 불과했다. 교단은 이미 오리아나 왕국 깊숙한 곳까지 뿌리를 뻗었다고 봐야 한다. 도엠을 제거해봤자 아무것도 해결되지 않는 것이다.

뭔가 다른 선택지가 있었을 것이다.

모든 것이 한꺼번에 해결되는 마법 같은 선택지가, 분명히…….

로즈는 축축한 지하도에 주저앉았다.

만약 자신이 최선의 선택을 해서 모든 일이 잘됐더라면…….
그런 존재하지도 않는 가능성을 생각하면서 자조했다.

이미 다 끝난 일이다. 자신이 왜 도망치고 있는지, 그것조차
알 수 없었다.

도망쳐서 뭘 어쩌려는 거야?

도망친다고 뭐가 달라져?

투항해야 하지 않을까.

그래…… 틀림없이 그러는 게 좋을 거야.

"그렇구나…… 투항하면 되는 거였어."

그때 내가 어떻게 하면 좋았을지는 아직도 모르겠다. 그러나
지금 내가 무엇을 해야 할지는 쉽게 알 수 있었다.

투항하면 적어도 전쟁은 피할 수 있다.

조금이나마 마음이 편해졌다. 그와 동시에 뭔가 소중한 것을
잃어버린 듯한 상실감과 슬픔이 그녀를 덮쳤다.

로즈는 주머니 속에서 『맘스참치』 포장지를 꺼냈다. 내용물은
이미 먹어버렸지만 거기서는 희미한 빵 냄새가 났다.

검은 머리 소년을 떠올렸다. 틀림없이 그도 이번 사건 이야기
를 들었을 것이다. 그는 과연 무슨 생각을 했을까.

걱정해줬을까.

믿어줬을까.

혹시…… 나를 찾아다녔을까.

만약에 도엠을 제거하고, 국왕이 제정신을 차렸다면…… 그렇게 모든 일이 잘 해결되는 미래가 있었다면…… 그 사람과 백년 가약을 맺는 것도 가능했을까.

분명히 자신은 그런 것을 꿈꿨을 것이다.

"미안해요……."

로즈는 사과했다.

눈물 한 줄기가 주르르 흘러내렸다.

머릿속에 그렸던 꿈이 전부 산산이 부서졌다.

로즈는 『맘스참치』 포장지를 소중히 접어서 스커트 주머니 속에 넣었다. 그것이 마치 마지막 꿈의 조각인 것 같아서.

"아야……!"

로즈의 가슴에서 날카로운 통증이 느껴졌다. 가슴팍의 단추를 풀자 거무칙칙한 멍이 드러났다.

그것은 〈악마 빙의〉의 증거. 발병한 것은 최근이었다.

처음부터 모든 것은 이룰 수 없는 꿈이었던 것이다. 로즈는 고개 숙이고 자조했다.

그런데 그때 조그만 소리가 로즈의 귀에 닿았다.

추격자의 발소리인가.

그러나 발소리라기엔 너무 부드럽고 아름다운 음색이었다. 귀를 기울여보니 그것은 피아노의 음색이었다.

"월광……?"

음악에도 조예가 깊은 로즈는 그 곡을 알고 있었다. 예술의 나라 오리아나에서도 이례적으로 높이 평가받은 그 곡이 지하도 저쪽에서 들려오고 있었다.

"아름다워……."

오로지 『월광』을 연주하기 위해서.

마치 그 곡 하나에 인생을 통째로 바친 것처럼 심도 있게 완성된 연주였다.

로즈는 달빛에 이끌리듯이 그 음색을 향해 걸어가기 시작했다.

이 지하도는 왕도 지하미궁이라고 불리는데, 사실 미궁이라기보다는 유적에 가까운 느낌이 들었다. 돌로 튼튼하게 지어진 이 지하도의 벽에는 조각과 고대문자가 새겨져 있었다.

벽에는 문도 몇 개 있었지만 대부분 열리지 않았다. 무슨 열쇠가 필요한 걸까, 아니면 유적의 기능이 정지돼버린 걸까.

피아노 소리 쪽으로 점점 다가간다.

모퉁이를 돌았을 때 로즈는 발견했다. 파괴된 커다란 문을.

소리는 그 문 너머에서 들려왔다.

로즈는 문에 뚫린 큼직한 구멍으로 들어가 마침내 목적지에 도착했다.

그곳은 환상적인 빛이 들어오는 성당이었다. 벽의 스테인드글라스에는 세 명의 영웅과, 갈가리 찢어진 마인이 묘사되어 있었다.

스테인드글라스를 통해 다채로운 색깔의 빛이 쏟아져 들어오고, 그곳에 그랜드피아노가 놓여 있었다.

"섀도우……."

버려진 성당에서 그는 홀로 『월광』을 연주하고 있었다.

로즈는 눈을 감고 그 아름다운 선율에 귀를 기울였다.

섀도우가 연주하는 『월광』은 로즈가 지금까지 들어본 그 어떤 『월광』과도 달랐다. 곡이 같아도, 연주자가 다르면 곡의 이미지도 달라진다.

섀도우의 『월광』은 어둠이었다.

깊디깊은 밤의 암흑. 그리고 그곳에 비쳐드는 단 한 줄기의 빛.

그 빛은 달빛일까, 아니면…….

답을 알아낼 새도 없이 연주가 끝났다.

성당에 울리는 여운을 끝까지 즐기고 나서 로즈는 박수를 쳤다.

오직 한 사람의 박수가 메아리쳤다.

그 박수 소리는 당연히 섀도우에게도 들렸다. 그는 자리에서 일어나 우아하게 인사했다.

"섀도우, 당신은……."

거기까지 말했을 때 로즈는 뒤에 이어서 할 말이 없다는 사실을 깨달았다. 그러나 무슨 말이라도 하지 않으면 섀도우가 떠나버릴 것만 같았다.

"내가 그동안 들었던 『월광』 중에서도 단연 최고의 연주였어. 어, 저기……."

로즈는 내가 무슨 말을 하는 걸까? 하고 자문했다.

섀도우에게 물어봐야 할 것은 따로 있을 텐데.

"네놈은, 무엇을 하는 것이냐……."

심연에서 흘러나오는 듯한 목소리로 섀도우가 말했다.

"……?"

로즈는 잠깐 생각해보고 나서 이해했다. 그는 왜 사건을 일으켰느냐고 묻는 것이었다.

"나는……."

로즈는 고개 숙이고 말을 쥐어짜냈다.

"모든 사람들을 지키고 싶었어……. 최선의 미래를 손에 넣고 싶었어……. 하지만 나로선, 그런 것은 불가능했어……!"

"그래서. 거기서 끝이냐?"

"뭐……?"

"네놈의 싸움은 거기서 끝나는 것이냐……?"

"나, 나도…… 이런 데서 끝내고 싶진 않았어……!"

로즈는 주먹을 꽉 쥐었다.

어떻게든 해보고 싶었다. 지금도 그렇게 생각한다. 그러나 더 이상 자신이 할 수 있는 일은 없었다.

"만약 너에게 싸우고자 하는 의지가 있다면…… 내가 주마."

섀도우는 그렇게 말하더니 자기 손바닥에 청보라색 마력을 모았다.

"힘을……."

"힘……?"

청보라색 마력은 점점 더 밝게 빛나면서 성당을 아름답게 물들였다. 농밀한 마력이 공기를 진동시켰다.

"그 힘이 있으면, 미래를 바꿀 수 있어······?"

"너 하기 나름이지."

로즈는 저 청보라색 마력에 저절로 끌리는 자기 자신을 눈치챘다. 만약 나에게 섀도우 같은 힘이 있다면.

틀림없이 모든 것이 바뀌었을 것이다.

만약 힘이 있다면······ 내가 할 수 있는 일이 있을 것이다. 오리아나 왕국의 왕녀로서 해야 할 일이 있다.

로즈의 눈동자에 다시 생기가 돌았다.

"원해······. 힘을, 원해······!"

"좋아······."

청보라색 마력이 발사됐다.

그것은 일직선으로 로즈의 가슴에 빨려 들어와 몸속으로 퍼져나갔다.

그 따뜻한 힘은 흐트러졌던 로즈의 마력을 진정시키고 정돈해 줬다. 왠지 무거워서 마음껏 움직일 수 없었던 마력이 가볍고 자유롭게 움직이기 시작했다.

"굉장해······."

로즈는 진심으로 그렇게 생각했다.

이것이 섀도우의 마력······.

그리고 이것이, 섀도우가 보고 있는 세계······.

"저항해라······. 그리고 너에게 함께 싸울 자격이 있는지······

증명해봐라."

정신 차려 보니 섀도우의 모습은 어디에서도 보이지 않았다.

단지 그의 목소리만 성당에 울려 퍼졌다.

"잊지 마라……. 강한 것은 힘이 아니라, 그 존재방식이다……."

이윽고 섀도우의 기척이 사라졌다.

로즈는 성당에 홀로 남겨졌다.

추격자의 발소리가 들렸다. 공기의 진동이 느껴졌다.

그동안 한 번도 경험하지 못했던 엄청난 마력이 몸속에서 소용돌이치고 있었다.

이제는 그냥 붙잡혀도 상관없다고 생각했었다. 그러나 이 힘이 있으면…… 아직은 할 수 있는 일이 남아 있다.

로즈는 세검을 뽑아 들고 부서진 문을 응시했다.

그 직후, 문에서 검은 옷을 입은 집단이 등장했고…… 피보라가 몰아쳤다.

그들은 로즈의 세검을 지각할 틈도 없이 참살되었다.

성당을 피로 물들인 로즈는 세검을 칼집에 집어넣고 눈을 감았다.

섀도우도 이런 식으로 교단과 싸워왔을 것이다. 아무도 모르게 계속 싸웠던 것이다.

섀도우가 연주하는 『월광』이 로즈의 머릿속에 되살아났다.

깊은 어둠 속에 비쳐오는 한 줄기 빛의 의미를 어쩐지 알게 된 것 같았다.

그 빛은 섀도우 본인일지도 모른다.

그는 어둠이 아니라, 어둠에 대항하는 한 줄기 빛이다.

로즈는 그렇게 생각했다.

"이렇게 실뭉치를 풀면서 이동하면 돌아갈 때에도 문제없을 거야."

그러면서 알렉시아는 지하미궁 속을 전진했다.

"네, 그럼 좋겠네요."

베타는 뒤에서 하품을 하면서 대꾸했다.

"저기, 방금 하품하지 않았어?"

"아뇨, 제가 그럴 리 없잖아요. 아무튼 벌써 한나절 이상이나 지났으니 슬슬 돌아가시지 않을래요? 분명히 이 지하미궁에는 없는 걸 거예요."

"그런가? 믿을 만한 정보였는데……."

"돌아가서 다시 한 번 제대로 조사해봅시다."

마법 램프가 비추는 지하도에 두 사람의 발소리가 울려 퍼졌다.

단조로운 지하도가 쭉 이어졌다.

그런데 돌연 거대한 마력이 느껴졌다. 베타는 걸음을 멈췄다.

한발 늦게 알렉시아도 멈춰 서서 뒤돌아봤다.

"방금 그거…… 누군가가 마력을 사용한 거지? 그것도 방대한 마력을……."

"로즈 님일지도 몰라요."

"그런데 당신. 나보다 빨리 눈치채지 않았어?"

"아뇨, 우연이에요. 저는 호신술만 좀 익혔을 뿐이에요."

"흠, 그래. 됐으니까 어서 가보자."

두 사람은 마력을 추적하여 뛰었다.

그러다가 부서진 커다란 문을 통해 들어갔다. 그곳은 오래된 성당이었다.

"로즈 선배……."

그곳에 로즈가 눈을 감고 서 있었다.

그 발치에는 숨이 끊어진 검은 남자들이 쓰러져 있었다. 평소와는 다른 로즈의 분위기에 알렉시아는 일단 멈춰 섰다.

"알렉시아 씨인가요……."

로즈는 천천히 눈을 떴다.

"그 마력은, 도대체……."

"힘을 얻었어요……. 나는, 내가 믿는 길을 걸어갈 겁니다."

그러더니 로즈는 알렉시아 옆을 스쳐 지나갔다.

"자, 잠깐만! 도대체 어떻게 된 거야?! 왜 혼약자를 찌른 거야?!"

알렉시아의 외침에 로즈는 고개만 돌려 대꾸했다.

"알렉시아 씨……. 미안해요. 당신을 말려들게 하고 싶진 않아."

그리고 마치 눈부신 존재를 보는 것처럼 알렉시아를 쳐다봤다.

"그러니까 그 이유를 말해줘! 뭐가 뭔지 전혀 알 수가 없잖아!"

"그걸 말하면 당신도 말려들게 돼."

그러자 알렉시아는 로즈의 눈을 똑바로 노려봤다.

"성역에서…… 우리는 아무것도 하지 못했잖아. 누가 옳고 누가 그른지도 모르는 채 그저 그곳에 존재하기만 하는 방관자였어. 이대로 아무것도 모르는 채 언젠가는 틀림없이 소중한 것을 빼앗기게 될 것 같아서…… 그래서 그때 이야기했잖아. 우리 셋이서 소중한 것을 지키자고."

알렉시아의 이야기를 듣는 로즈는 어딘가 먼 곳을 보는 것 같았다.

"나는 그날의 그 말을 믿고 싶었어. 그런데 왜 그런 눈으로 나를 보는 거야? 당신도 나를 한낱 방관자라고 생각하는 거야?"

"미안해……."

"대답해줘!"

로즈는 무척 슬픈 얼굴로 웃었다.

"나는 더 이상 돌아갈 수 없어. 그래서…… 부러워."

"이해가 안 가네. 아무것도 모르는 방관자가 부러운 거야?"

"그런 뜻이 아니야. 나는 많은 것을 잃어버렸고, 앞으로도 분명히 많은 것을 잃어버릴 거야. 모두가 나를 부정하면서 악당이라고 비난할 테지."

"대체 무슨 짓을 하려고……."

"미안……. 난 이제 갈게."

걸음을 떼는 로즈. 그러나 알렉시아의 혀 차는 소리가 그녀를 붙잡았다.

"기다려."

알렉시아는 그렇게 말하더니 검을 뽑았다.

"됐어. 그럼 억지로라도 실토하게 해줄게. 나는 방관자가 아니야."

로즈도 세검을 뽑아 들었다.

알렉시아와 로즈는 서로 마주 봤다. 알렉시아의 붉은 눈동자에는 분노가. 로즈의 노란 눈동자에는 깊은 슬픔이 깃들어 있었다.

로즈의 세검이 흔들렸다.

그 직후, 두 사람이 동시에 움직였다.

반응은 동시. 검의 속도도 동등. 기량도 백중했다.

로즈는 한순간 경악했다. 로즈는 교내 최강의 마검사다. 그녀와 알렉시아 사이에는 명확한 기량 차이가 존재했을 터이다. 적어도 입학 당시에는.

그러나 알렉시아의 검술은 단기간에 몰라볼 정도로 성장했다. 그리고 알렉시아의 검술은 그 남자와 매우 비슷했다.

그렇다. 알렉시아의 검술은⋯⋯ 섀도우의 검술이었다.

두 개의 검이 부딪쳤다.

마력이 분출되어 성당을 뒤덮었다.

거의 호각인 두 사람. 그러나 결과는 명백했다.

알렉시아의 검이 허공을 날았다. 로즈는 세검의 칼자루로 알렉시아의 턱을 가격했다.

알렉시아의 무릎이 꺾였다. 그녀는 풀썩 쓰러졌다.

승패를 결정지은 것은 단순한 마력 차이.

만약 알렉시아가 동등한 마력을 가지고 있었더라면…… 결과
는 어찌 됐을지 모른다.

"미안해."

마지막으로 한 번 더 알렉시아에게 사과한 뒤. 로즈는 떠나려
고 했다.

그때 나쓰메의 존재를 눈치챘다.

신기하게도 나쓰메의 존재는 그동안 전혀 로즈에게 인식되지
않았었다.

"나쓰메 선생님…… 미안해요. 저는 가겠습니다."

"막지 않을게요. 저에게는 막을 자격이 없습니다."

나쓰메는 감정이 묻어나지 않는 표정으로 그렇게 말했다.

로즈가 기억하는 나쓰메는 언제나 온화한 표정을 짓고 있었
는데.

"다만…… 좀 의외네요. 바보도 바보 나름대로 고민하고 있나
봐요. 우리는 국적도, 소속된 조직도, 성격도, 또 신념조차도 다
달랐을지도 모르지만. 그래도 지향하는 바는 같았습니다. 어쩌
면 꽤 나쁘지 않은 조합이었을지도 몰라요……."

"나쓰메 선생님……?"

"무운을 빌겠습니다. 우리의 길은 언젠가는 교차될 테지요…….
그때까지 저는 한동안 계속 아이 돌보기나 하고 있겠습니다."

그러더니 나쓰메는 무릎 꿇고 알렉시아를 돌봤다.

"나쓰메 선생님. 당신은……?"

"자, 어서 가세요. 기절했을 뿐이니까 금방 눈을 뜰 것 같은데요?"

나쓰메는 조금 장난스럽게 웃었다.

물어보고 싶은 것은 잔뜩 있었다.

그러나 둘 다 더는 아무 말도 할 생각이 없다는 것은 알았다.

"그럼 이만……."

로즈는 몸을 돌려 사라졌다.

나쓰메는 알렉시아의 머리를 자기 무릎 위에 올려놓고 한숨을 쉬었다.

"이것이 섀도우 님의 선택이신가요……?"

스테인드글라스에 묘사된 세 명의 영웅과 참혹한 마인의 모습이 마치 뭔가를 암시하는 것처럼 보였다.

He's a hero, not an archenemy,
but I'd assuredve later veries in a story and knows off his power.

I had admired the one like that, what is most
and longed to be.

Like a hero, everyone wished to be in childhood,

The Eminence in Shadow was more like to me

That's all about it.

The Eminence
in Shadow

실력의 편린을 보여주고 싶어!

The Eminence in Shadow
Volume Two
Chapter Seven

7장

감정은 장기간 지속시키기 어렵다.

설령 소중한 것을 잃어버려도, 그 슬픔이 10년 후에도 변함없이 존재하지는 않는다. 감정은 풍화되어 점점 희미해진다.

긍정적인 감정도 마찬가지다. 즐거움이나 기쁨이 10년이나 지속되진 않는다. 혹시 그 감정이 분노였어도 그것은 시간이 지날수록 희미해진다.

다시 말해.

나는 '감정에 의한 인간의 충돌은 대체로 시간이 해결해주니까 그냥 방치해두면 된다'는 설을 제창하고 있는 것이다.

"기숙사 앞에서 너를 기다릴 때 내가 무슨 생각을 했는지 알아?"

"몰라."

나는 방으로 쳐들어온 클레어 누나의 질문에 솔직하게 대답했다.

하루로는 부족했던 걸까.

아마도 누나에게는 좀 더 냉각기간이 필요했나 보다.

"너를 내 머릿속에서 신나게 두들겨 팼어. 반복해서 패고 또 팼어. 그런데 1초 기다릴 때마다 내 분노는 배로 늘었어."

"그랬구나."

나는 새로운 사실을 배웠다. 시간이 지날수록 증가하는 분노가 존재한다는 것을. 그런데 인간은 언젠가는 죽는다. 누나가 아무리 분노해도, 그 감정을 무덤까지 가져갈 수는 없다. 그러니까 최종적으로는 시간이 해결해주는 것이다.

"야, 너 지금 아무래도 상관없다고 생각하고 있지?"

"아뇨, 절대 아닌데요."

나는 내 위에 올라탄 누나에게 목이 졸리면서 기숙사 천장을 쳐다보고 있었다.

누나의 빨간 눈동자와 검은 머리카락이 내 시야 끄트머리에서 아른거렸다.

"인간이 호흡을 멈춘 채 얼마나 버티는지 시험해볼까?"

"인간은 목이 졸리면 경동맥의 혈류가 차단돼서 기절하게 돼. 호흡하고는 관계없어."

"아, 그렇구나. 사실 뭐든 상관없어."

꽉꽉 내 목을 조른다.

아, 그래. 이대로 기절해서 느긋하게 잠이나 자야겠다.

"이대로 기절해서 잠이나 자야겠다고 생각하고 있지?"

"그, 그럴 리 없잖아."

"표정을 보면 알아."

"아냐, 기분 탓이야."

"다음에 또 약속을 어기면 진짜로 용서 안 할 거야. 알았어?"

"약속을 지키는 인간이 되기 위해 노력할게. 그러니까 이제 그만 비켜주지 않을래?"

누나는 내 목에서 손을 뗐지만, 여전히 내 위에 걸터앉아 있었다.

"개는 상하관계를 가르쳐줄 때 상대의 위에 올라탄대."

"그렇구나. 그런데 이제 그만해도 돼. 잘 알았으니까."

"안 돼. 태도가 마음에 안 들어."

누나는 그렇게 말하더니 웬 종이를 내 얼굴 위에 떨어뜨렸다.

"이게 뭐야⋯⋯?"

보니까 티켓인 것 같았다.

"『무신제』 특별석. 아무나 입수할 수 있는 게 아니야."

"아~ 그래?"

"너 줄게. 시합 보고 잘 공부해. 난 너한테 장래성이 있다고 생각하니까."

"그런가?"

"장래성이 있어서 네 훈련을 도와주는 거야. 성실하게 노력하면 높은 수준에 도달할 수 있을 거야. 아니, 도달해라."

"으~음. 무리인데."

"무리 아니야. 알았지? 꼭 보러 와."

"알았어."

"옳지."

누나는 불쾌한 티를 내면서 내 위에서 내려왔다.

"그리고 보니 누나는 올해 출전 안 하나?"

"뭐?"

누나가 살벌한 눈빛으로 나를 쏘아봤다.

"로즈 왕녀를 대신해서 학교 대표가 됐는데. 너 설마 내가 출전하는데 몰랐다고 하는 건 아니겠지?"

"그, 그야 당연히 알았지. 그냥 확인해보려고——윽!"

누나의 오른손이 내 목을 콱 붙잡고 졸랐다.

누나는 얼굴을 확 들이대더니 지근거리에서 나를 노려봤다. 마치 협박하는 불량배처럼.

"야. 너 내 생일은 기억하냐?"

"무, 물론이지."

"응, 그거야 당연한가. 그럼 내 대회 전적은 암기하고 있어?"

"무, 물론입니다."

"내가 처음 우승한 날은?"

"기, 기억합니다."

"좋아. 이 세상에는 결코 잊어버리면 안 되는 것이 있어. 오래 살고 싶으면…… 잊지 마."

끄덕끄덕. 나는 고개를 끄덕거렸다.

누나는 내 뺨을 툭툭 치더니 뒤로 물러났다.

"올해는 반드시 우승할 테니까 꼭 지켜봐."

"네."

누나는 끝까지 나를 노려보면서 방 밖으로 나갔다.

"휴. 지친다."

드디어 내일부터 본선이 시작된다.

"이미지 트레이닝이나 할까."

나는 눈을 감았다.

다음 주가 되어 『무신제』 본선이 시작됐다.

누나는 나보다 먼저 경기장에 가는 것 같았다. 나는 누나에게 받은 티켓을 한 손에 들고 자리를 찾아다녔다.

호화로운 금박 티켓은 어디로 보나 특별석 티켓이었다. 뒷면의 좌석 안내문을 읽으면서 그대로 이동했더니, 화려한 문짝이 달린 방이 나타났다. 보통 관객석과는 달리 이곳만 이상하게 격리되어 있었다.

설마 여기는 아니겠지? 하고 문 앞에 있는 직원에게 물어봤다. 그런데 바로 여기란다.

나는 아주 정중한 대접을 받으면서 방 안으로 안내되었는데, 들어가자마자 집에 가고 싶어졌다.

이곳은 특별석 같은 게 아니었다. VVIP석이었다.

어디선가 본 적 있는 대귀족 여러분과 가족들. 학교의 상위 계급 사람들은 대개 무리 지어 다닌다. 왕도 무신류 1부 수업을 함께 들었던 현역 마검 기사단장의 딸, 공작가의 잘생긴 차남. 다들 본 적 있는 사람들이었다.

안내받아서 자리에 앉았더니 그 옆에는 왕족이 있었다.

"어머, 당신은 누구지?"

불꽃처럼 빨간 눈동자와 머리카락을 지닌 미녀. 알렉시아의 언니인 아이리스 미드갈 왕녀가 그곳에 있었다.

"저는 시드 카게노라고 합니다. 자리를 잘못 찾은 것 같습니다. 이만 실례하겠습니다."

매끄럽게 우향우를 해서 퇴실하려고 했다.

"아, 클레어 씨의 동생. 그럼 클레어 씨가 당신에게 티켓을 양도했나 보군."

"……누나를 아십니까?"

퇴실은 실패로 끝났다. 왕족이 말을 걸었는데 무시할 수는 없었다. 단, 알렉시아는 제외.

"응. 내 동생이 납치됐던 사건을 계기로 친해졌어. 클레어 씨는 졸업한 후 『주홍 기사단』에 입단할 예정이야. 자, 어서 자리에 앉아."

"아니, 저……."

"이건 틀림없이 당신 자리니까. 앉아."

"……실례합니다."

아이리스 왕녀의 악의 없는 미소가 나를 괴롭혔다. 알렉시아처럼 악의 넘치는 미소를 보여줬더라면, 나도 시원하게 가운뎃손가락을 세워 보이고 돌아섰을 텐데.

"시드 씨. 클레어 씨가 당신 이야기를 많이 했어. 굉장히 사이 좋은 남매인 것 같아서 부러워."

"아뇨, 그렇지도 않을 겁니다."

"그러고 보니 당신은 알렉시아와도 친하게 지내는 것 같던데. 그렇지?"

"친하다기보다는, 어…… 금화를 던지고 줍는 관계였는데요."

"금화를 던져?"

"막대기를 던져서 개한테 물어오게 하는 거. 그거 말이에요."

"개를 데리고 놀았구나. 응, 그래. 우리 알렉시아가 당신에게 신세를 졌어."

"개를 데리고 논 게 아니라 내가 개…… 아니, 아닙니다. 그래요, 금화의 출처는 왕가니까요. 그런 의미에서는 저야말로 신세를 졌습니다."

내 이야기를 들은 아이리스 왕녀는 진심으로 기뻐하는 미소를 지었다.

"내 동생과 당신은 정말로 사이가 좋은가 봐."

"아뇨, 전혀 그렇지 않습니다."

"실은 오늘 알렉시아도 여기 올 예정이었는데. 갑자기 오기 싫다고 해서……."

"하하, 그랬군요."

"응. 미안해."

"아뇨, 아닙니다. 신경 쓰지 마세요. 정말로."

그런 식으로 우리는 서비스 음료를 마시면서 한동안 대화를 나눴다.

"아이리스 님이 올해 주목하시는 선수는 누구인가요?"

현역 마검 기사단장의 딸이 대화에 끼어들었다.

"그건 저도 궁금하네요."

공작가의 잘생긴 차남도 가세했다.

그들은 왕도 무신류를 통해 아이리스 왕녀의 지인이 된 듯했다.

"본선에 출전한 선수는 모두 다 주목하고 있지만, 굳이 누구를 꼽는다면……."

아이리스 왕녀는 뺨에 손을 대고 신중하게 이야기했다.

"과거에 『베가르타 칠무검』이었던 안네로제 씨겠지. 『무신제』 본선에는 낯익은 사람들이 많은데, 안네로제 씨는 올해 첫 출전이잖아. 예선 결승전도 봤는데 실력이 탄탄해 보였어. 쭉 이겨서 올라온다면 2회전에서는 나와 만날 테지. 그래서 기대돼……."

미소 짓는 왕녀의 얼굴에서는 자신감이 엿보였다.

"저도 봤는데, 안네로제 님은 강하더군요. 현재의 저로선 이기지 못할 거예요……."

"저도 봤습니다. 그래도 결국 아이리스 님이 이기실 겁니다. 그때 그 사건 이후로 왕도 무신류의 평판이 좋지 않아졌으니, 지금 아이리스 님께서 우승해주시면……."

"잠깐만. 아이리스 님께 그렇게 부담을 지우면 안 되지 않아?"

"아니, 난 그런 뜻으로 말한 것이……."

말다툼하는 두 사람. 중간에 아이리스의 목소리가 끼어들었다.

"괜찮아. 난 처음부터 우승할 생각이었으니까. 왕도 무신류도, 이 나라도. 전부 다 내가 짊어질 거야."

왠지 진지한 분위기라 끼어들기 미안하지만, 이 이야기에는 나도 꼭 참가하고 싶었다.

"저, 그 외에도 주목하시는 선수가 있나요……?"

나는 분위기 파악도 안 하고 불쑥 끼어들었다.

"어머. 그러고 보니 당신은 누구지?"

"어디선가 본 것 같은데……. 아, 맞다. 전에 1부에 들어왔던 후배잖아."

"아, 생각났다. 알렉시아 님의……."

"이 사람은 시드 카게노 씨. 클레어 씨의 남동생이야."

아이리스 왕녀의 설명에 두 사람은 납득한 표정으로 고개를 끄덕였다.

"너는 클레어 씨와는 달리 재능이 없지? 포기하지 말고 열심히 단련해."

"눈에 안 띄는 검술이던데. 너무 높은 곳을 목표로 해도 무의미할 테니까. 밑에서부터 차근차근 해봐."

"네. 저, 그래서 아이리스 님. 그 외에 주목하시는 선수가 있나요?"

"음, 글쎄……."

"예, 예를 들어, 안네로제 님의 1회전 상대인 지미나는 어떤가요? 그, 그, 그 사람도 이번에 처음 출전했는데요."

나는 아주 자연스럽게 지미나에 대한 여론을 조사했다.

"지미나…… 그의 시합은 아직 못 봐서 평가할 수 없어."

아이리스 왕녀는 말꼬리를 흐렸다.

오케이. 아이리스 왕녀는 아직 지미나를 모른단 말이지.

"아, 나는 봤어. 검의 속도는 빠르지만 그게 다야. 전투자세가 아마추어 같았어. 운 좋게 여기까지 이기고 올라온 거지. 안네로제 님이 틀림없이 이기실 거야."

"나도 봤는데…… 그 친구는 본선 무대에 오를 만한 자격이 없어. 기세만 좋고 실력은 없거든."

두 사람은 지미나를 잔챙이라고 판단했고.

대충 예정대로 됐구나. 지금까진 지미나에 대한 평가를 거의 완벽하게 컨트롤한 셈이다.

모든 준비는 끝났다.

이제부터 시작이다…….

"선수는 아니지만, 내가 주목하는 인물은 한 명 있어."

듣고 싶은 이야기는 다 들어서 만족하고 있었는데, 아이리스 왕녀가 그런 말을 꺼냈다.

"『무신제』의 초대 우승자이자 『무신(武神)』으로 이름난 엘프 검성(劍聖)이 이 왕도에 온 것 같거든."

"엘프 검성이라니…… 설마?!"

"그분은 벌써 10년 넘게 공식 석상에는 나타나지 않았잖아요?!"

네?

"『무신』 베아트릭스 님. 그분의 동향에는 본선 출전자 모두가 주목하고 있어."

누구세요?

나는 주목한 적 없는데.

시합 시간이 거의 다 됐다. 나는 화장실 간다는 핑계로 빠져나와서 다급히 선수 대기실로 향했다. 누나는 1회전에서 무사히 승리한 듯했다. 어쩌면 꽤 높은 데까지 이기고 올라올지도 모른다.

나는 그런 생각을 하면서 복도를 걷다가, 앞에서 걸어오는 회색 로브를 입은 사람과 스쳐 지나갔다.

그 순간 나는 멈춰 섰다.

한발 늦게 상대도 멈춰 섰다.

그리고 동시에 뒤를 돌아봤다.

회색 로브 틈새로 살짝 드러난 짙푸른 눈동자가 나를 응시하고 있었다.

"엘프 냄새가 난다."

허스키한 여자 목소리였다.

빛바랜 회색 로브는 군데군데 해져 있었다.

나는 잠자코 상대의 다음 말을 기다렸다.

"지인 중에 엘프가 있는가?"

푸른 눈동자는 탐색하는 것처럼 내 눈동자를 들여다봤다.

"엘프 친구는 몇 명 있어."

굳이 숨겨야 할 이유도 없어서 솔직하게 대답했다.

"나는 엘프를 찾고 있다."

"그렇구나."

"예쁜 아이였어."

"흠."

"짚이는 바가 있나?"

"그렇게 물어보셔도 곤란한데."

"나와 비슷하게 생겼을 것이다."

"그래?"

"죽은 내 여동생의 자식이다."

"흠."

"나와 비슷하게 생긴 엘프. 혹시 모르나?"

"저기요."

"혹시 아는가?"

"로브 때문에 얼굴이 안 보이는데요."

"아, 그렇군."

그 여자는 머리의 로브를 벗어 맨 얼굴을 드러냈다.

나는 전혀 반응하지 않았다.

일부러 전혀 반응하지 않으려고 했다.

상대의 얼굴은 알파와 매우 비슷했다.

"글쎄, 잘 모르겠는데."

"정말?"

"응."

다음에 알파를 만나면 한번 확인해보는 편이 좋을지도 모르겠다. 쌍둥이라고 할 정도는 아니지만, 친척이라고 하면 납득할수 있을 만큼은 비슷했다.

"그렇군."

그 여자는 아쉽다는 듯이 어깨를 으쓱하더니 자연스럽게 검을 뽑았다.

살기도, 또 예비동작도 없는 필살의 일격.

나는 언뜻 그것을 보고 순순히 받아들였다.

다 알아. 베기 직전에 멈추리라는 것을.

결과적으로 상대의 검은 내 목에 닿자마자 멈췄다.

단지 닿았을 뿐. 피부에 흠집조차 내지 않았다.

그리고 이 절묘한 타이밍에.

"으악?!"

나는 질겁한 척하면서 털썩 주저앉았다.

좋아, 이 정도면 합격점이지.

"흐음?"

상대는 고개를 갸웃거리더니 칼을 거뒀다.

"미안. 착각했어."

고개를 꾸벅 숙였다.

"좀 더 강할 줄 알았는데. 이름이 뭐지?"

손을 내밀면서 그녀가 말했다.

"시, 시드 카게노인데요……."

나는 떨리는 음성으로 그렇게 말하고, 상대의 손을 잡고 일어
났다.

"내 이름은 베아트릭스."

베아트릭스는 내 손을 붙잡고 놔주지 않았다.

"저, 저기요……?"

"멋진 손이야. 너는 강해질 거다."

그리고 아름다운 미소를 보여줬다. 그 미소는 알파와 매우 흡사했다.

"놀라게 해서 미안해."

끝으로 한 번 더 사과하고 나서 베아트릭스는 몸을 돌려 떠났다.

나는 멀어져 가는 그 뒷모습을 바라보면서.

"……꽤 강하네."

그렇게 중얼거리고 발길을 돌렸다.

아이리스는 특별석에서 시합이 시작되기를 기다리고 있었다.

특별석에서는 경기장 전체가 다 보였고, 전용 계단을 통해 직접 시합장으로 내려가는 것도 가능했다.

시합장에서는 이미 두 명의 마검사가 호명되었다.

한 명은 아이리스도 주목하고 있는 안네로제. 물빛 머리카락을 지닌 여검사.

나머지 한 명은 처음 보는 흑발 검사 지미나 세넨.

아이리스는 날카로운 눈빛으로 두 사람을 바라보고 있었다.

"마침 시작하려나 보군요."

아이리스의 옆에 한 남자가 앉았다.

시드의 자리였다.

"그 자리는……."

"네, 뭡니까?"

아이리스는 그 남자의 얼굴을 보고 말을 멈췄다. 미안해 하고 시드에게 속으로 사과했다.

"도엠 님……."

"아이리스 님. 잘 지내셨습니까."

우아하게 미소 짓는 도엠. 그러나 그 눈은 웃는 것처럼 보이지 않았다.

"아이리스 님과 함께 관전할 수 있다니. 마치 꿈만 같군요."

"농담도 잘하십니다. 도엠 님께는 혼약자가 있지 않습니까."

"안타깝게도 그 혼약자가 도망을 가서요. 아, 걱정할 필요는 없습니다. 가벼운 사랑싸움이니까."

경쾌하게 웃는 도엠.

서른 살쯤 된 비교적 잘생긴 남자였지만, 아이리스는 도엠의 웃는 얼굴에 호감을 느끼지 못했다.

"오리아나 국왕 폐하는 좀 어떠십니까?"

"유감이지만 오늘도 결석하실 것 같아요. 하지만 내일은 꼭 출석한다고 하셨습니다."

아이리스의 질문에 도엠은 태연하게 대답했다.

"내일부터는 마침 미드갈 국왕께서도 출석하실 겁니다."

"오, 거참 기이한 우연이군요."

아이리스는 도엠의 눈을 보고 뭔가 알아내려고 했지만, 그 웃음기 없는 눈에서는 아무것도 읽어낼 수 없었다.

"저 여자가 그 유명한 안네로제인가요?"

도엠이 경기장을 보고 말했다.

"네."

"현재 가장 물이 오른 검사지요. 베가르타를 떠나 방랑 수행을 하는 중이라던데, 꼭 우리나라로 초대하고 싶습니다."

"네. 저 정도 검사라면 미드갈 왕국에도 꼭 초대하고 싶네요."

"하하. 미드갈 왕국에는 이미 훌륭한 마검사가 많이 있지 않습니까. 그에 비해 우리나라는⋯⋯."

"그래서 동맹이 있는 거죠."

"하지만 미드갈 왕국에 전적으로 의지하는 것도 괴로운 일입니다."

"그런가요⋯⋯."

피곤하다. 아이리스는 속으로 한숨을 쉬었다.

마치 인형과 대화하는 듯한 기분이었다.

"왕녀님. 대결 상대인 지미나는 어떤 사람입니까?"

"저는 지미나의 시합을 오늘 처음 봅니다. 그러나 그는 평판이 좋지 않고, 강해 보이지도 않아요."

"그럼 안네로제가 우승하겠군요."

"아뇨⋯⋯ 지미나는 좀, 기괴해요."

아이리스는 애매한 말투로 대답했다.

"기괴하다고요?"

"네. 그는 결코 강해 보이진 않아요. 그러나 약자에게는 있을 수 없는 특징이 있습니다."

"오…… 그게 뭡니까?"

"절대적 자신감입니다. 제 눈에는…… 그는 승리를 확신하는 것처럼 보입니다."

"흠…… 근거 없는 자신감이 아닐까요?"

"그럴지도 모르죠. 하지만 그의 눈에는 망설임이 없습니다. 확고한 승리가…… 적어도 그의 눈에는 보이는 거겠지요."

"그렇군요. 적어도 그에게는 보인단 말이죠. 그럼 아이리스 님께도 보입니까?"

"아뇨. 도엠 님은 어떠세요?"

"저요? 저는 검을 잘 몰라서요."

"그런가요?"

시치미를 뚝 떼는 도엠. 아이리스는 그의 단련된 손을 힐끗 보았다.

도엠은 쓴웃음을 지었다.

"역시 아이리스 님은 속일 수가 없군요. 죄송합니다. 오리아나 왕국 사람들은 검을 좋게 보지 않거든요. 솔직히 말씀드리자면, 저는 그럭저럭 검을 다룰 줄 압니다."

"그럭저럭이요?"

"네. 그럭저럭."

도엠은 눈만 웃지 않는 웃음을 띠었다.

"자, 그럼 절대적 자신감이라는 게 어떤 건지…… 한번 구경해 볼까요."

이어서 경기장을 내려다봤다.

"안네로제 대 지미나 세넨!!"

두 사람의 이름이 불렸고.

"시합 개시!!"

시작됐다.

시합 개시와 동시에 안네로제는 지미나의 공격범위 안으로 뛰어들었다.

안네로제는 지미나의 실력을 이미 파악했다. 그래, 그의 강함의 비결은 압도적인 속도였다.

전에 『베가르타 칠무검』이었던 안네로제조차도 쫓아가지 못할 정도로 엄청난 속도로 상대를 제압하는 것. 그것이 지미나의 능력이자 전투방식이다.

그러나 그 속도에 비해 지미나의 검술 기량은 부족했다. 안네로제는 그것을 꿰뚫어 봤다.

그동안 지미나는 거의 검을 맞대지 않고 승리했다.

그 이유는 뭘까?

상대가 지미나의 속도를 따라잡지 못해서. 물론 그것도 이유일 테지만.

그러나 지미나의 기본자세는 거의 아마추어 같았다. 정식으로 검술을 배운 사람의 자세가 아니었다.

만약 지미나가 스스로 검을 맞대는 것을 기피했다면?

형편없는 칼솜씨가 노출되는 것을 두려워했다면?

즉, 지미나는 자신의 형편없는 기량을 숨기기 위해서 검을 맞대지 않고 승리해온 것이다.

그렇다면. 속도에 현혹되지만 않는다면 이길 수 있다. 그것이 안네로제의 결론이었다.

다만 한 가지 걱정되는 것은…… 지미나가 벗어딘진 무게추.

족쇄에서 벗어난 지미나가 안네로제의 반응속도보다 더 빠른 속도로 움직인다면…… 안네로제조차도 패배할 가능성이 있었다.

아주 약간의 걱정. 그러나 안네로제는 시합 개시와 동시에 그 걱정거리를 없애기로 했다.

나보다 속도가 더 빠른 상대라면, 그 발을 묶어놓으면 된다.

그러면 최소한 지지는 않는다.

"하아아아아아아아아아앗!!"

순식간에 상대의 공격범위 안에 파고든 안네로제는 기합 소리와 함께 지미나를 베었다.

그야말로 허를 찌르는 일격.

그러나 안네로제의 검은 지미나에게 막혔다.

역시 빠르구나.

보통은 방어조차 불가능한 타이밍의 공격. 그러나 지미나는 그걸 멋지게 방어했다.

하지만 그의 다리는 검을 막아내는 바람에 완전히 멈춰버렸다.

그것이 바로 안네로제의 목적이었다.

"이야아앗!!"

다리가 멈춘 지미나에게 안네로제의 검이 또다시 날아들었다.

지미나는 이번에도 막아냈지만, 안네로제의 노도의 연격 앞에서는 속도를 발휘할 기회가 없었다.

계속해서 3회, 4회, 5회, 안네로제의 검이 방어태세인 지미나를 공격했다. 그러자 마침내 지미나의 자세가 무너졌다.

이겼다!

안네로제는 그렇게 확신하고 지미나의 가슴을 찔렀다.

분명히 찔렀다……고 생각했다.

"어……?"

안네로제의 검에서는 아무것도 느껴지지 않았다.

그러기는커녕 지미나의 모습이 시야에서 홀연히 사라졌다.

"……잔상이다."

등 뒤에서 그의 목소리가 들렸다.

안네로제의 어깨가 부르르 떨렸다.

진정해.

일부러 천천히 뒤를 돌아봤다.

동요했다. 동요했다는 것을 들키지 말자. 속으로 그렇게 되뇌면서.

"생각보다 빠르네……."

평소와 같은 음성이었다. 적어도 안네로제 본인은 그렇게 생각했다.

지미나를 눈으로 확인한 상태로 생각해봤다.

어떻게 하면 좋을까?

그의 속도는 안네로제의 반응속도보다 훨씬 더 빨랐다.

이 속도 차이를 극복하려면 어떡해야 할까?

생각해라.

생각해라……!

생각해…………!!

"어……?!"

어느새 지미나의 모습이 눈앞에서 사라졌다.

안네로제는 생각하기도 전에 몸부터 움직였다.

그때 미세한 공기의 흔들림에 반응할 수 있었던 것은, 기술이나 경험 덕분이 아니라 순전히 운이 좋아서였다.

까아앙!!

강한 충격과 더불어 안네로제는 확 튕겨져 날아갔다.

아득해지는 의식과 떨어뜨릴 뻔한 칼. 그러나 그녀는 필사적으로 버티고 섰다.

"크윽……!"

고통스런 신음이 흘러나왔다.

그 시선이 닿는 곳에서는 지미나가 검을 아무렇게나 늘어뜨리고 서 있었다.

자세도 잡지 않았고, 연이어 공격하지도 않았다.

안네로제는 그것을 오만함이라고 해석하지 않았다.

그에게는 그럴 만한 실력이 있었다.

"인정할게. 당신은 강해."

안네로제는 거칠어진 호흡을 가다듬었다. 그리고 각오를 다졌다.

지미나는 그저 순수하게 압도적일 정도로 빨랐다.

안네로제는 그것을 부조리하다고 여기지 않았다. 그것도 하나의 능력이다.

그리고 그녀는 자기가 이기지 못할 거라고 생각하지도 않았다.

승산은 적었다. 그러나 아예 없지는 않았다.

상대가 단순히 빠르기만 하다면…… 자신은 거기에 맞춰 행동하면 된다.

카운터.

지미나가 공격하는 순간. 그것이 안네로제에게 마지막으로 남겨진 승기다.

문제는 지미나의 속도에 제대로 반응할 수 있을 것인가.

방금 그 일격을 막아낸 것은 순전히 요행이었다.

다시 한 번 똑같은 일을 해내지는 못할 것이다.

그렇다면 요행이 아닌 실력으로 어떻게든 해내야지.

제대로 반응할 수 없다면 경험으로.

경험으로 안 된다면 직감으로.

수단은 뭐든지 상관없다.

단지 타이밍만 잘 맞으면…… 그다음에는 오늘까지 갈고닦은 기술로 상대를 베어버리면 그만이다.

안네로제는 가만히, 그러면서도 극도로 집중한 채 때가 되기를 기다렸다.

그리고.

전조 따위는 전혀 없었다.

지미나의 모습이 홀연히 사라진 순간…… 아니, 그 직전에 안네로제는 검을 휘둘렀다.

그곳에는 아직 아무도 없었다.

그러나 그 직후.

이겼다!

지미나가 나타나자, 안네로제는 승리를 확신했다.

그녀의 검은 지미나의 동선에 걸리는 위치에 있었다.

현재 속도로 회피하는 것은 불가능하다. 그렇게 판단됐다.

"어……?"

안네로제는 멍하니 그의 움직임을 바라봤다.

그가 멈췄기 때문이다.

마치 처음부터 그러기로 결심했던 것처럼, 그는 안네로제의 공격범위에 들어오기 직전에 멈춰 섰다.

안네로제의 검은 그의 콧대를 스치면서 허공을 갈랐다.

우연이 아니었다.

그것은 극한의 범위 관리.

완벽한 상황 판단.

안네로제는 그의 공격에 맞춰 행동했다고 생각했다. 그러나 실제로는 그렇지 않았다. 오히려 안네로제의 행동이 그에게 맞춰진 것이었다.

"그렇구나……."

이 순간 안네로제는 깨달았다.

찰나의 공방에 의해 모든 것이 확신으로 바뀌었다.

그는, 지미나 세넨은…… 그 기량도 아득히 높은 경지에 오른 것이었다.

완전히 자세가 무너져버린 안네로제에게 지미나의 검이 날아들었다.

그것은 오늘 가장 느린 검이었다.

그러나 그 검은…… 기술을 갈고닦아 예술로까지 승화시킨 것이었다.

"아아……."

어쩜 저렇게 아름다울까.

마지막으로 그렇게 생각하면서 안네로제는 의식을 잃었다.

"강하다……."

아이리스의 입에서 혼잣말이 흘러나왔다. 도엠은 옆에서 그 말을 들었다.

시합장에서는 지미나가 안네로제를 이기고 떠나는 중이었다.

"절대적 자신감…… 아이리스 님의 예감이 적중했군요."

도엠은 내적 동요를 숨기면서 말했다.

"저도 설마 이 정도일 줄은……. 저런 마검사가 지금까지 세상에 알려지지 않았다는 것이 믿어지지 않아요."

"저도 그렇습니다. 지미나 세넨…… 들어본 적이 없어요."

"저런 검술도 본 적이 없습니다. 날카롭고, 또 무엇보다도 아름다운 검술이었어요."

"기존의 유파는 아니지요?"

도엠은 과거에 이토록 아름다운 검의 움직임을 본 적이 없었다. 아마 아이리스도 마찬가지일 것이다. 아직 세상에 알려지지 않은 유파의 검사가 처음으로 공식적인 무대에 등장한 걸까.

"네, 아마도. 그의 이야기를 직접 들어보기 전까지는 알 수 없지만요. 정말 깜짝 놀랐습니다."

아이리스는 좌석에 기대어 앉았다. 긴장을 풀려는 듯이 숨을 내쉬었다.

특별석 관중은 모두들 예상외의 결과에 놀라서 시끄럽게 떠들어대고 있었다. 그들의 관심은 안네로제에게서 지미나로 옮겨갔다. 그리고 그의 다음 대결 상대가 화제에 올랐다.

"2회전은 아이리스 님과 지미나의 시합이지요?"

"네."

아이리스는 미소 지었다.

"자신 있으신 것 같군요."

"이길 겁니다."

"오⋯⋯."

"지미나의 검은 빠르고 날카롭고 더없이 아름답습니다. 저는 검술의 아름다움으로는 도저히 그를 이기지 못할 겁니다. 그러나 아름다움이 승패를 결정짓는 것은 아닙니다. 저것이 그의 진짜 전력이라면, 그는 아직 저에게는 못 미칩니다."

"동감합니다."

도엠은 고개를 끄덕이더니 속으로 말을 덧붙였다. 저것이 지미나의 전력이라면 아직은 아이리스가 이길 가능성이 높을 테지. 아이리스의 마력은 웬만한 기술로는 제대로 대응할 수 없으니까.

그러나 저게 전력이 아니라면?

"아마 지미나는 뭔가 숨기고 있을 겁니다. 자세도, 태세도, 검 놀림도 다 거짓으로 꾸며내고서 여기까지 이기고 올라온 겁니다."

"그걸 알면서도 본인이 이긴다고 말씀하시는 건가요?"

"저 사람이 무엇을 숨기고 있는지는 몰라도, 그것까지 포함해서 전부 다 제가 베어버릴 겁니다. 저는 지기 싫어하는 성미라서."

아이리스는 아름답게 웃더니 몸을 일으켰다. 몹시 호전적인 미소였다.

"그렇군요."

"이제 시합을 하러 가야 해서요. 실례하겠습니다."

떠나는 아이리스. 도엠은 그 뒷모습을 지켜보다가 숨을 내쉬었다.

그는 계획의 걸림돌이 될 만한 인물들을 미리 조사하고 있었는데, 그 명단에는 당연히 지미나의 이름은 포함되어 있지 않았다.

지미나가 계획을 방해할 것 같으면 빨리 처리해야 할 테지만…… 초조해할 필요는 없다. 아이리스와의 싸움을 보고 판단해도 늦진 않을 것이다.

지미나 세넨. 아름답게 완성된 검술을 선보이는 검사.

저렇게 뛰어난 검사가 여태 무명이었다는 것이 이해가 안 갔다.

뭔가 이유가 있나?

실력을 숨겨야만 하는 이유가.

공식적인 무대에 오를 수 없었던 이유가.

역사 속으로 사라져버린 일인전승(一人傳承) 유파, 아니면 신분증을 위조한 무법도시 출신일지도 모른다.

어떤 국가에도 속하지 않은 무법도시──욕망과 악의 소굴. 무법도시에서 항쟁을 벌이고 있는 세 명의 지배자와 그 측근 집단에는 아직 교단도 침투하지 못했다.

무법도시에서 밖으로 나올 가능성이 있는 것은『피의 여왕』패밀리일 것이다. 지미나의 실력을 고려한다면 적어도 간부급. 배후를 파악할 필요가 있으려나…….

어쩌면『섀도우 가든』일 가능성도 있었다. 그러나 지미나는 남자다. 게다가 그 녀석들이 굳이『무신제』에서 주목 받을 필요는 없을 것이다. 그쪽 가능성은 낮았다.

아무튼 지미나에게서는 정체를 알 수 없는 뭔가가 느껴졌다.

아마도 나와 같은 『어둠의 세계』 주민일 터…….

"저놈은 도대체 뭐지……?"

도엠의 혼잣말은 사람들의 수군거림에 묻혀 사라졌다.

"지미나, 기다려!!"

정신을 차린 안네로제는 복도로 뛰쳐나와 지미나를 불러 세웠다.

뒤돌아보는 지미나. 안네로제는 그 앞에 멈춰 섰다.

"완패했다. 난 정말 아무것도 못했어."

안네로제는 지미나를 쳐다보고 미소 지었다.

"강해지기 위해 조국을 떠났고, 그때보다는 강해졌다고 생각했었어. 그런데 나도 모르게 자만에 빠져버렸나 봐."

그러더니 손을 내밀었다.

지미나는 안네로제의 손을 내려다보다가 천천히 자기 손을 내밀었다.

"덕분에 좋은 것을 배웠어. 고마워."

"족쇄를 벗어던진 것은 처음이었다. 그러니 너도 부끄러워할 필요 없어."

"……그렇게 말해줘서 기뻐."

안네로제가 미소 지었다. 그리고 두 사람은 악수했다.

"지미나, 당신은 도대체 정체가 뭐야? 무슨 수로 그렇게 강해진 거야?"

지미나는 쓸쓸한 미소를 띠고 고개를 돌렸다. 그 눈은 어딘가 먼 곳을 바라보는 듯했다.

"나는 모든 것을 버리고…… 오직 강한 힘만을 추구하던 어리석은 인간이다……."

"지미나……."

안네로제는 그의 고독한 옆얼굴을 보고 가슴이 먹먹해졌다. 틀림없이 그에게는 그럴 수밖에 없었던 슬픈 과거가 있는 것이리라.

"혹시…… 당신만 괜찮다면, 베가르타 제국의 사관이 되어볼 생각은 없어? 당신에게 어울리는 자리를 마련해줄게."

그러나 지미나는 고개를 옆으로 흔들었다.

"……나에게는, 그건 너무 눈부시게 느껴지는군."

이어서 등을 돌리고 걸음을 뗐다.

"잠깐만! 난 내일 떠날 거야! 그때까지 혹시 마음이 변하거든 나를 찾아와줘!"

지미나는 더 이상 멈추지 않았다.

안네로제는 지미나의 뒷모습이 사라질 때까지 지켜보고 발길을 돌렸다.

이 세계에서는 뛰는 놈 위에 나는 놈이 있다. 지미나와 싸운 것, 그리고 지미나의 검술을 볼 수 있었던 것은 안네로제에게는 둘도 없이 값진 경험이 되었다.

 그것은 마치 극한까지 연마된 검의 예술 같았다. 안네로제가 보기에는, 그 검술에는 모든 것이 응축되어 담겨 있는 듯했다.

 그는 틀림없이 우승할 것이다. 그리고 언젠가는 세상에 이름을 떨칠 것이다.

 아득히 높은 경지에 다다를 것이다.

 현재의 나는 그것을 그저 우러러볼 수밖에 없다. 하지만 나는 좀 더 강해질 수 있다. 앞으로 나아가야 할 길은 지미나가 검으로 가르쳐줬다.

 언젠가는 반드시 강해져서 지미나와 재회할 것이다.

 그녀는 그날까지 계속 싸우겠다고 맹세했다.

 아~ 좋았다.

 이거 상~당히 좋았다.

 검술도 일부러 남들의 시선을 사로잡는 아름다움 위주의 검술을 선보였다. 사실 나는 『어둠의 실력자』가 되기 위해 무조건 스타일리시한 검술을 추구하던 시기가 있었다. 지나치게 아름다운 그 검술은 현재 섀도우의 검술과는 다르지만, 아무튼 그 시기의 노력이 이렇게 결실을 맺어서 다행이다.

안네로제 덕분에 『무신제』의 목적의 70퍼센트 정도는 달성한 것 같았다. 자, 이제는 어떻게 마무리하느냐 하는 문제만 남았는데, 이건 다양한 패턴이 있어서 좀 난감했다.

단순한 방법은 이대로 우승하는 것인데, 대진표를 봤더니 바로 다음인 아이리스와의 시합이 가장 큰 고비였다. 아이리스를 쓰러뜨리고 모습을 감추는 것도 꽤 괜찮지 않을까? 왠지 수수께끼의 실력자 같은 느낌이 들잖아.

만인에게 인정받는 강자를 쓰러뜨리고 "목적은 달성했다……" 같은 말을 남기고서 홀연히 사라져버리는 그런 거.

좋잖아?

내가 아이리스를 쓰러뜨리고 사라져버리면 우리 누나가 우승할 수 있을지도 모르고.

그 외에 악당으로 변신! 하는 패턴도 매력적이다.

아이리스와 싸우는 도중에 "나는 암살단의 자객……. 너의 목숨을 받아가마!"라고 하면서 돌연 규칙 따위는 무시하고 진짜 혈투를 벌이는 패턴. 이러면 자연스럽게 퇴장할 수 있다는 것도 장점이다.

아~ 하지만 역시 마지막은 우승으로 장식하는 것이 가장 보람 있지 않을까?

그 외에도 이것저것 매력적인 루트가 많이 있으니까. 심사숙고해서 결정해야 한다.

그런 생각을 하면서 특별실로 돌아갔는데, 처음 보는 아저씨가 내 자리에 앉아 있었다. 그래서 못 본 척하고 나왔다.

누나의 시합은 이미 끝났으니까 괜찮겠지, 뭐.

그날은 일찍 기숙사로 돌아가 이미지 트레이닝을 했다.

8장

다음 날.

나는 특별석에 앉아 서비스 모닝커피를 마시고 있었다. 커피는 아직 미쓰고시 상회에서만 만들 수 있는 모양이다. 굉장하군.

"맛있다."

참고로 나는 우유와 설탕을 듬뿍 넣어 먹는 타입이다.

특별석. 처음에는 싫었는데 익숙해지니까 편리해서 마음에 들었다. 직원에게 부탁하면 웬만한 것은 공짜로 가져다주니까, 잠시나마 셀럽이 된 기분을 맛볼 수 있었다.

한동안 대회장 분위기를 즐기고 있는데 아이리스 왕녀가 등장했다.

"안녕, 잘 지냈어?"

"네~ 안녕하세요."

"커피 마셔? 최근에 그게 유행하던데. 향기는 좋지만, 쓴맛은 좋아하지 않아서……."

"그럼 우유와 설탕을 듬뿍 넣어서 커피우유로 만들면 되죠."

"커피우유……?"

아이리스 왕녀는 당장 직원을 불러 시도해봤다. 행동력 있으시네.

"아, 맛있다……."

"그렇죠? 모든 커피의 맛이 똑같아지는 마법의 기술입니다."

그런 식으로 토스트와 계란도 부탁해서 우아하게 아침식사를 즐겼다.

여기 SNS가 있었으면 좋았을 텐데. 왕족과 특별석에서 아침 식사 중! 하고 의기양양한 얼굴로 사진 찍어 올리면 완벽했을 거다.

아침식사를 마치자 셀럽들이 속속 안으로 들어왔다.

그리고 셀럽들의 잡담인지 사교인지 뭔지가 시작됐다. 남작 가문인 나는 당연히 대화에 끼어들지 못하고 홀로 남았다. 뭐, 괜찮아. 끼어들 생각도 없으니까. 그러니까 저한테 자꾸 신경 써서 말 걸지 말아주세요, 아이리스 님.

묘하게 마음이 불편한 상황에서 본선 둘째 날의 개막 시간이 다가왔다.

셀럽들도 자리에 앉았다. 다소 진정된 분위기. 그때 특별실 문이 열렸다.

뒤를 돌아보니 그곳에는 빛바랜 로브를 입은 여자가 있었다.

여전히 로브로 가리고 있어서 얼굴이 보이진 않았지만, 저건 분명히 베아트릭스일 거다.

그 여자는 나를 알아보고 살짝 손을 흔들었다. 나는 고개를 끄덕이며 미소 지었다. 또 만났네? 하고.

그러나 특별석에 있는 셀럽들의 시선은 곱지 않았다.

저 지저분한 로브를 입은 녀석은 대체 뭐야? 당장 쫓아내! 대충 그런 사념이 들려오는 것 같았다. 이것이 바로 무언의 압력인가.

"손님, 실례지만……."

직원이 그 여자에게 말을 걸었다. 그런데 그때.

"아니, 괜찮아. 그분은 내가 초대한 손님이야. 이쪽으로 오시지요."

아이리스가 베아트릭스에게 말했다.

베아트릭스는 아이리스 옆에 앉았다. 아이리스를 사이에 두고 내 반대편에 앉은 것이다. 원래 그곳은 알렉시아의 자리였다고 한다.

"아이리스 님, 저분은……."

"『무신』 베아트릭스 님이야."

셀럽의 질문에 아이리스가 대답하자 그들은 술렁거렸다.

"저분이 그 유명한……."

"『무신』이라고 불린……."

"전설의 검성……."

오, 왠지 멋있는데? 나도 "저자가 그 전설의 섀도우인가……!"라는 말을 들어보고 싶어!

"베아트릭스 님. 이런 공식 석상에서는 오랜만에 뵙네요."

"응. 난 누구를 찾고 있어."

셀럽의 질문에 베아트릭스는 고개를 끄덕이며 대답했다.

"나와 비슷하게 생긴 내 조카다."

같은 실수를 반복하진 않겠다는 듯이 그녀는 얼굴을 가린 로브를 벗었다.

"오, 아름다워……."

"이 얼굴. 본 적 없나? 이 나라에서 최근에 아주 비슷한 엘프를 본 사람이 있다던데."

"이 나라에서요……? 베아트릭스 님처럼 아름다운 엘프라면 한 번만 봐도 절대로 잊어버리지 않을 텐데요."

"본 적 없어?"

"네. 유감이지만……."

셀럽들은 하나같이 고개를 저었다.

"그렇군……."

베아트릭스는 아쉬워하는 기색으로 로브를 뒤집어썼다.

"미안해요. 여기 이 사람들은 다들 인맥이 대단해서, 여기서 물어보면 뭔가 알 수 있을 거라고 생각했는데요."

아이리스는 베아트릭스에게 사과했다.

"아니, 됐다. 엘프니까 시간은 많이 있어."

"그런데 베아트릭스 님. 『무신제』 시합은 보셨나요?"

"거의 안 봤어."

"그렇군요. 저, 그래도 아시는 범위 내에서 주목하는 선수가 있다면 말씀해주실 수 없을까요?"

"주목하는 선수……? 으음."

베아트릭스는 대회장을 둘러보고 잠시 생각해보더니.

"시드."

그러면서 나를 가리켰다.

"네? 저, 베아트릭스 님……?"

"난 시드를 주목하고 있어. 틀림없이 강해질 거야."

"에이, 아니에요."

나는 즉시 부정했다.

주위의 시선이 따갑게 느껴졌다.

"이 소년이 강해진다고……?"

"내 후배지만 소질은 별로……."

"그래도 클레어 씨의 동생이긴 하지만요. 센스가 없어 보이는데……."

"베아트릭스 님이 그렇게 말씀하신다면 그런 거겠죠."

아이리스 님의 한마디 덕분에 그 묘한 분위기는 일단 수습됐다.

그러나 베아트릭스를 바라보는 셀럽들의 시선은 어쩐지 회의적이었다.

이거 진짜 베아트릭스 맞아……?

그렇게 눈빛으로 대화하는 것 같았다.

그들에게는 아마도 이 여자가 지저분한 노숙자처럼 보일 테지.

내가 보기에는 이 여자는 좋은 의미에서 자연적인 상태였다.

모습도, 성격도, 지위도, 실력도, 그 무엇도 일부러 꾸며내지 않았기 때문에 다들 그녀의 실력을 알아보지 못하는 것이다.

"그럼 시합 도중에 신경 쓰이는 점이 있으면 가르쳐주시겠습니까?"

"응, 알았어."

아이리스 왕녀님 앞에서 셀럽들은 일단 베아트릭스의 체면을 세워주기로 한 것 같았다.

이런 묘한 분위기 속에서 『무신제』 본선 둘째 날이 시작됐다.

도엠이 특별실에 들어가자, 회색 로브를 입은 인물이 고개를 돌려 도엠을 쳐다봤다.

　얼굴은 로브로 가렸지만 체격을 보니 여자일 것 같았다. 그 여자는 도엠을 보고, 그다음에 도엠의 옆에 있는 오리아나 국왕을 봤다.

　이어지는 한마디.

　"냄새나."

　"이봐. 실례잖아."

　"어, 미안."

　도엠은 동요를 애써 가라앉히고 회색 로브의 여성을 노려봤다.

　도엠은 오리아나 국왕을 꼭두각시로 만들기 위해 의존성 강한 약초를 사용했다. 약초의 효과는 완벽하지만 결점도 있었다. 중독자에게서 독특한 냄새가 난다는 것.

　그러나 그 냄새는 향수로 숨겼다. 아무에게도 들킬 리 없을 텐데.

　"도엠 님, 이분은 『무신』 베아트릭스 님이십니다."

　"네? 세상에……."

　『무신』 베아트릭스. 왕도에 왔다는 소문은 들었는데, 진짜 본인인가?

아무리 봐도 『무신』이라고 불리는 검호처럼 보이진 않는데.

이 여자는 빛바랜 회색 로브를 입었고 예의조차 몰랐다. 미안하다는 말 한마디만 툭 던지고 어느새 시합을 관전하고 있었다.

강해 보이진 않는데…… 이 여자의 실력이 진짜 소문처럼 대단하다면, 도엠의 안목으로는 꿰뚫어 보지 못할 가능성이 있었다. 아이리스 왕녀도 인정하고 있으니 일단 진짜 본인이라고 생각해야 할 것이다.

『무신』 베아트릭스의 얼굴은 영웅 올리비에와 비슷하다는 이야기를 들었다. 얼굴만 보면 도엠도 알 수 있을 텐데…….

"아, 이런. 제가 미처 몰라서 그랬습니다만 실례를 범했군요."

"아니, 나야말로 실례했다."

도엠과 베아트릭스가 서로 사과함으로써 이 상황은 정리됐다. 베아트릭스의 실언은 도엠에 대한 것으로 처리되었다.

냄새 문제가 불거지는 것은 도엠도 원하는 바가 아니었다.

그런데 설마 베아트릭스가 『무신제』 대회장에 나타날 줄이야.

하필이면 오늘…….

도엠은 몰래 혀를 찼다.

"미드갈 국왕 폐하. 오늘도 만강하십니까."

"음, 그래."

도엠은 마음을 가다듬고 미드갈 왕에게 인사했다. 미드갈 왕은 특별실의 특등석에 있는 커다란 왕좌에 앉아 있었다.

틀에 박힌 인사말을 나눈 뒤, 미드갈 왕 옆에 오리아나 국왕이 앉았다. 그리고 그 옆에 도엠이 앉아서 오리아나 국왕을 거들었다.

오리아나 국왕은 틀에 박힌 문답은 가능하지만, 그보다 더 복잡한 이야기를 나누기는 어려웠다. 현재로선 도엠이 대화를 잘 유도하면서 그를 도와줘야 했다.

그래도 지금까지는 일이 예정대로 진행됐다.

도엠의 목표는 우선 로즈를 붙잡는 것이었다.

마지막으로 만났을 때 로즈는 이미 발병한 상태였다. 그녀의 피는 교단에게는 최고의 자료가 될 것이다.

그래서 도엠은 미끼를 던졌다.

네가 『무신제』 대회장에 나타나지 않으면 오리아나 국왕을 이용해 미드갈 국왕을 죽이겠다. 그런 식으로 로즈를 협박한 것이다.

물론 단순한 협박이지만. 사실 도엠은 죽여도 상관없다고 생각했다.

미드갈 국왕을 죽이면 전쟁이 터지고 오리아나 왕국은 멸망할 것이다. 그러나 미드갈 왕국의 차기 왕좌에 꼭두각시를 앉힐 준비는 착착 진행되고 있었다. 잘하면 최대 이익을 얻을 수 있을 것이다. 실패의 위험성은 있지만, 일단 해볼 만한 가치는 있었다.

다만 불안요소도 없지는 않았다. 여기 있는 아이리스. 이 여자는 빈껍데기가 된 오리아나 국왕을 수상하게 여기는 것 같았다. 어쩌면 우리를 방해할지도 모른다.

그러나 아이리스의 시합 도중에 국왕을 죽임으로써 이 불안요소는 쉽게 제거할 수 있다. 고로 아무 문제도 없을 터였다.

그런데 지금 이곳에는 베아트릭스가 있었다. 이 여자는 제거하기도 어렵고, 실력도 아이리스 이상일 것으로 추정되었다. 이 여자가 방해하려고 끼어들면 아이리스보다도 더 심한 장해물이 될 것이다.

그리고 정체불명의 남자 지미나의 목적도 알 수 없었다. 그놈은 어둠의 세계에 속한 인물이다. 반드시 어떤 목적을 가지고 움직이고 있을 텐데, 배후를 조사해도 아무것도 알아낼 수 없었다. 이건 프로다. 최대한 경계할 필요가 있다.

도엠은 숨을 크게 내쉬었다.

일이 계획대로 진행되고 있어도 불안요소가 너무 많았다. 전혀 안심할 수 없는 상황이다.

하지만 이것도 로즈가 이 대회장에 나타나기만 하면 해결될 일이다. 로즈가 와준다면 굳이 위험을 무릅쓸 필요도 없다.

로즈는 반드시 여기 올 것이다. 조국과 아버지를 버리지는 못할 테니까. 도엠은 그렇게 예상했다.

불안요소는 많지만 괜찮다. 모든 일이 잘 풀릴 것이다.

도엠은 스스로를 그렇게 설득하고 시합을 관전했다.

이윽고 시간이 흘러 시합장에서는 클레어 카게노가 무난하게 승리했다.

"호……."

특별히 주목하는 선수는 아니었는데도 예상외의 실력을 보여줬다. 마력이 풍부한데, 그 마력에 질질 끌려다니지는 않았다.

지금도 강하지만, 앞으로 더 강해질 만한 소질이 있었다.

"클레어 씨…… 실력이 더 좋아졌네."

클레어의 승리를 확인한 아이리스는 자리에서 일어났다.

"곧 시합이 시작될 테니 실례하겠습니다."

모두가 아이리스에게 격려의 말을 건넸다. 그때 아이리스 옆에 앉아 있던 검은 머리 소년도 일어났다.

"화장실 다녀올게요."

그러거나 말거나 다들 신경도 안 썼다. 아니, 오직 베아트릭스만은 그의 뒷모습을 눈으로 좇고 있었다.

시드라고 불리는 평범한 소년이었다. 아이리스 왕녀 옆에 앉아 있었던 이유가 궁금하긴 했지만, 그 외에는 특별히 주목할 만한 점도 없었다. 도엠은 금방 그의 존재를 잊어버리고 다음 시합을 생각했다.

아이리스와 지미나의 시합은 도엠에게도 중요한 의미를 지닌 것이었다.

어둠의 세계 사람인 지미나의 실력과 목적을 파악할 기회. 게다가 아이리스가 자리를 비우는 절호의 기회였다.

여기서 두 사람이 퇴장하고 나서 얼마 후…… 시합장에 아이리스와 지미나가 등장했다.

아이리스가 시합장에 등장하자 커다란 환성이 그녀를 맞이했다.

이 절대적인 인기는 아이리스가 바로 이 대회의 주인공임을 보여주는 증거였다.

아이리스는 맞은편에 서 있는 지미나를 똑바로 보면서 마음을 가라앉혔다.

지미나 세넨. 그는 틀림없이 강적이다. 이렇게 마주 보고 있어도 그의 실력은 알 수 없었지만, 그래도 그에게는 수수께끼 같은 무언가가 있었다. 외적인 인상과는 안 어울리는 실력. 왠지 불균형하고 진실을 호도하는 듯한 청년이었다.

하지만 아이리스는 자신이 못 이긴다고 생각하진 않았다. 실은 꼭 이겨야만 했다.

『무신제』에서 우승하는 것. 아이리스는 그것이 자신의 사명이라고 믿었다.

아이리스에겐 정치 감각은 없었다. 본인도 그걸 알았다. 자신이 할 수 있는 일은 미드갈 왕국의 강력함의 상징이 되는 것밖에 없었다.

아이리스 미드갈이 있으면 미드갈 왕국은 태평하다. 그런 인식을 사람들에게 심어주는 것이 아이리스의 사명이다.

그게 설령 남들에게 떠받들리는 것이어도 상관없었다. 전투력 말고는 무기가 없는 아이리스는 자신이 정치적으로 이용되는 입장이란 것도 이해하고 있었다.

그래. 최근까지는.

그동안 쭉 떠받들려온 대가가 무엇이었는가. 아이리스가 제 발로 일어나려고 했을 때 처음으로 그것이 표면에 드러났다. 그녀는 나라의 미래를 걱정하여 『주홍 기사단』을 설립했지만, 사람도 예산도 좀처럼 모이지 않아서 결국 아무것도 바꾸지 못했던 것이다.

그때부터 시간을 들여 조금씩 사람을 모으긴 했지만. 본인이 원하는 형태가 되려면 아직 멀었다.

그렇다고 이제 와서 정치에 참가해봤자 남들에게 실컷 이용당하기만 할 것이다. 그렇다면 정치 방면은 남에게 맡기고, 아이리스는 자신의 특기 분야에서 힘을 모으는 수밖에 없을 것이다.

민중의 인기는 커다란 힘이 된다. 아이리스는 그걸 알고 있었다. 기사단의 두뇌 역할을 해줄 인재들도 웬만큼 모았다. 이제는 아이리스가 『무신제』에서 우승하여 국민의 인기를 굳건하게 다진다면, 반드시 좋은 결과를 낳을 것이다.

아이리스는 그렇게 믿으면서 검을 똑바로 들고 시합 개시를 기다렸다.

지미나에게는 미안하지만 나는 처음부터 전력을 다할 것이다. 그가 뭔가 숨기고 있어도, 그것을 보여줄 새도 없이 순식간에 결판을 낼 것이다.

"아이리스 미드갈 대 지미나 세넨!! 시합 개시!!"

속공.

아이리스는 시합이 개시되자마자 발을 내디뎠다가 그대로 멈췄다.

"……어?"

아주 조그만 의문의 소리가 입술 사이로 흘러나왔다.

어째서일까. 지미나의 모습이 생각보다 더 멀게 느껴졌다.

간격을 잘못 파악했나?

그런 생각이 들었지만, 잘못 파악한 게 아니었다. 단지 감각적으로 지미나의 모습이 멀리 있는 것처럼 느껴졌다.

이유는 몰랐다. 긴장해서 그런 걸지도 모른다.

아무튼 그녀의 발은 멈춰버렸다.

다시 해야 한다.

아이리스는 마음을 가다듬고 검을 고쳐 쥐었다. 그리고 가벼운 페인트를 구사했다.

페인트에 의해 지미나의 시선이 딴 데로 간 것을 확인하자마자 그녀는 상대를 공격했다.

그러나.

"……?!"

이번에도 발이 멈췄다.

아이리스는 마치 뭔가를 피하는 것처럼 상체를 젖히면서 뒤로 점프했다.

검이 보였다.

아이리스의 눈에는, 지미나의 검이 자기 머리를 날려버리는 장면이 보였다.

　그러나 지미나의 검은 전혀 움직이지 않았다.

　당연히 아이리스의 머리도 잘 붙어 있었다.

　"아니, 왜……?"

　그렇게 중얼거리지 않을 수 없었다.

　아이리스에게는 분명히 지미나의 검이 보였었다.

　아이리스가 공격하려고 덤볐을 때, 압도적인 마력이 담긴 지미나의 검이 자기 머리를 날려버리는 것을 보았다.

　완전히 말려들었다고 생각했다.

　패배를…… 아니, 죽음을 각오했다.

　그러나 그게 마치 환상이었던 것처럼 지미나는 우두커니 서 있었다. 검을 제대로 들어 올리지도 않고.

　무슨 일이 일어난 건지 이해할 수 없었다.

　아이리스는 검을 들고 신중하게 적을 탐색하듯이 지미나 주위를 천천히 돌았다.

　한 바퀴, 두 바퀴, 세 바퀴…….

　평소와 다름없는 간격. 그러나 어째서인지 지미나의 모습이 멀게만 느껴졌다.

　"……안 덤빌 거냐?"

　지미나가 질문했다.

　그러나 덤벼들 수 없었다.

그 한 발짝은 절대로 내디디면 안 된다. 그렇게 본능이 경고
했다.

"하아아아아아아아아앗!!"

아이리스는 망설임을 떨쳐내려는 듯이 소리를 질렀다.

그리고 일부러 앞뒤로 몸을 흔들면서 한 발 앞으로 내디뎠다.
그것은 아이리스에게는 가장 빠른 한 발이었다.

그러나——관찰당하고 있다!!

지미나의 시선은 올곧게 그녀를 보고 있었다.

그리고 뭔가를 암시하는 것처럼 그의 시선이 움직였다.

"——이야아아아아!!"

그 순간 아이리스는 본능적으로 멈췄다.

육체에 엄청난 과부하가 걸렸다. 무릎 관절에서 기이한 소리가
났다.

그럼에도 불구하고 아이리스는 억지로 멈추더니 곧바로 구르
듯이 뒤로 점프했다.

틀림없이 봤다. 지미나의 검이 자신의 가슴을 꿰뚫는 장면을.

"……말도 안 돼."

그러나 아이리스의 가슴에는 상처 하나 없었다.

지미나가 검을 휘두른 흔적도 보이지 않았다.

"이건, 말도 안 돼…….."

아이리스 앞에는 검조차 제대로 들지 않은 지미나가 여전히 가
만히 서 있었다.

"……왜 그래?"

그가 물어봤다.

정체를 알 수 없는 무언가 때문에 아이리스의 몸이 저절로 떨렸다.

어떻게든 해야 하는데.

초조함과 두려움이 섞인 감정이 아이리스를 억지로 움직이게 만들었다.

그와 동시에 지미나의 시선이 움직였다.

마치 미래를 예측한 것처럼 앞을 똑바로 보더니, 그의 칼끝이 살짝 흔들렸다.

그 순간 아이리스는 자기 팔이 잘려 나가는 환상을 보았다.

"아, 아아……."

그녀는 모든 것을 이해했다.

지미나는 그저 페인트를 구사했을 뿐이란 것을.

그는 아이리스의 행동을 완벽하게 간파하고, 시선과 미세한 칼끝의 움직임으로 충고한 것이었다.

멈추지 않으면 베어버린다──라고.

단지 그뿐인데도 아이리스는 그의 검의 환상을 보았다.

자신이 베이는 장면을 실제 상황이라고 착각했다.

과거에 스승님께서 가르쳐주신 내용이 아이리스의 뇌리에서 되살아났다. "달인의 『거짓말』은 진실로 착각된다." 그 가르침처럼 그때 어렸던 아이리스는 스승님의 페인트에 실컷 농락당했다.

그런데 지미나의 이 속임수는 과거의 스승님보다 더한 『진실』이었다.

이게 과연 있을 수 있는 일인가——?

아이리스는 자신이 세계 최강이라고 자부하지는 않았다. 뛰는 놈 위에 나는 놈이 있다는 사실도 알았다. 그러나 객관적 사실로서 아이리스는 세계 전체에서도 최상위에 속하는 마검사였다. 그럴 터였다.

그런 아이리스를 단순한 페인트만 가지고 농락하다니.

그렇다면, 지미나의 실력은——의심할 여지 없는 세계 최강.

그것도 아무도 당해내지 못하는 절대적 최강이다.

정말로 이런 일이 있을 수 있나?

아니, 있을 수 없다.

아이리스는 속으로 그렇게 되뇌었다.

현혹되지 마.

저 사람은 아직 한 번도 검을 휘두르지 않았어. 억측만 가지고 결론 내리지 마.

"……멈추지 마라."

아이리스는 본능에게 명령하듯이 중얼거렸다.

절대로 멈추지 않겠다고 결심했다. 그리고 한 발 내디뎠다.

뭔가가 허공을 가르는 소리가 났다.

곧이어.

무시무시한 충격이 아이리스의 온몸을 덮쳤다.

딱 몇 초 동안 정신이 아득해졌고. 정신 차려 보니 그녀는 하늘을 쳐다보고 있었다.

시합장 한가운데에서 아이리스는 바닥에 누워 있었다.

무슨 일이 일어난 걸까.

아이리스에게는 지미나의 검이 보이지 않았다. 그저 지미나의 시선이 아이리스를 포착했고, 그와 동시에 엄청난 충격이 그녀를 덮쳤다.

검을 놓치지 않은 것이 기적이었다.

아이리스는 무거운 몸을 일으켰다.

"아이리스 미드갈…… 네 실력은 고작 이 정도냐?"

지미나가 아이리스의 눈앞에 칼을 들이댔다.

그는 무표정한 눈동자로 아이리스를 내려다보고 있었다.

손을 뻗으면 닿을 수 있을 만큼 가까이 있는데도, 그의 모습이 멀리 있는 것처럼 보였다.

아주 멀리…….

아, 그래…… 그런 거였구나.

아이리스는 그제야 이해했다.

그의 모습이 멀어 보였던 것은 착각도 뭣도 아니었다.

그는 처음부터 아주 멀고도 높은 저 꼭대기에서 자신을 내려다보고 있었다. 아이리스가 아무리 손을 뻗어도 닿지 않는 멀고도 높은 곳에서…….

아이리스의 손에서 검이 미끄러져 떨어졌다. 메마른 소리가 났다.

침묵에 휩싸인 대회장에 그 소리가 울려 퍼졌다.

아이리스 미드갈이 일격에 패배했다.

그 현실에 모두가 경악하여 굳어버렸다.

정적 속에서.

뚜벅, 뚜벅. 아이리스의 등 뒤에서 발소리가 났다.

군중이 조금씩 술렁거리기 시작했다.

뚜벅, 뚜벅, 뚜벅. 발소리는 계속 전진하다가 멈춰 섰다.

관중 전체가 그 발소리의 주인을 주목했다.

지미나조차도 약간 놀란 표정을 짓고 있었다.

"아바마마. 지금 돌아왔습니다."

그곳에 있는 사람은 아름다운 오리아나 왕국의 왕녀, 로즈 오리아나.

로즈는 아이리스와 지미나에게는 눈길조차 주지 않고, 그 노란 눈동자로 특별석을 똑바로 응시하고 있었다.

저 대단한 아이리스 미드갈이 고작 칼질 한 번에 패배했다.

도엠은 그 현실에 경악하여 꼼짝 못하고 멍하니 있었다.

어둠의 세계에서 살아가는 도엠은 아이리스 미드갈보다 더 강한 실력자를 알고 있었다. 그러나 도엠이 아는 최강의 마검사조차도, 아이리스를 일격에 쓰러뜨릴 수 있느냐 하면.

그건 아니었다.

불시에 기습하거나 우연의 힘을 빌리지 않는 한, 기본적으로 그건 불가능했다.

요컨대 이것은 있을 수 없는 일이다.

아이리스를 일격에 쓰러뜨린 지미나. 그렇다면 저 녀석은 도엠이 아는 범위 내에서 최고의 마검사인 셈이다.

이런 애송이가……?!

밑에서 올라온 누군가에게 추월당하는 순간. 그보다 더 심하게 그의 자존심을 건드리는 것은 없을 것이다.

도엠이 느꼈던 경악은 어느새 격렬한 질투로 바뀌었다.

뇌가 지미나를 거절하고 부정했다.

아이리스가 일격에 패배한 데에는 뭔가 우연의 요소가 있었을 것이다. 설령 저게 우연이 아니었어도, 싸움에는 상성이란 것이 존재한다. 어쩌다 보니 우연히 지미나의 입장에서는 아이리스가 싸우기 쉬운 상대였을지도 모른다.

사실 아이리스의 불가사의한 행동도 의문이었다. 돌연 뭔가를 경계하는 것처럼 멈춰 서기도 하고, 쓸데없이 지미나 주위를 빙글빙글 돌기도 하고. 아마도 아이리스의 컨디션이 안 좋았거나, 지미나가 어떤 술수를 썼을 것이다.

지미나의 실력을 부정할 근거는 얼마든지 있었다.

하지만. 그래도.

도엠의 본능은 저절로 지미나의 검술에 굴복하려고 했다.

지미나와 자신은 아예 차원이 다른 세계에 살고 있다. 그는 그것을 눈치채고 말았다.

싸움에 대한 이론이, 사고방식이 근본적으로 달랐다. 자신이 앞으로 몇 백 년을 수련해봤자 이 청년은 절대로 따라잡지 못할 것이다. 그 정도로 지미나의 검술은 세련됨의 극치였다. 모든 무예의 장점을 하나로 합쳐놓은 듯한 그의 검술은 유일무이한 예술작품처럼 철저하게 완성되어 있었다.

지미나의 실력을 부정함과 동시에, 지미나의 검술을 어린 소년처럼 순수하게 동경했다.

어릴 적 스승님을 동경했듯이 지미나의 검술을 동경했다. 그것은 무인의 마음을 사로잡는 마성의 검술이었다.

뿌드득. 도엠은 이를 갈았다.

인정할 수 없어.

아직 이 청년이 최강이란 것은 기정사실은 아니야.

도엠은 수많은 실력자들을 알고 있었다. 그러나 교단의 최고 간부가 온 힘을 다하는 모습은 아직 보지 못했다.

고로 최강은 지미나가 아닐 것이다.

"베아트릭스 님. 이번 시합은 어떻게 보셨습니까?"

도엠은 지미나를 부정하는 이야기를 듣고 싶어서 그렇게 물어봤다.

베아트릭스는 로브 사이로 보이는 푸른 눈동자로 지미나를 응시하고 있었다. 그 눈동자에 깃든 감정은…… 감탄이었다.

"……싸워보고 싶어."

"네?"

도엠이 무슨 뜻인지 물어보려고 했을 때 군중이 술렁거렸다.

도엠은 시합장을 돌아봤다. 그곳에 있는 사람은…….

"로즈 오리아나……."

도엠의 얼굴이 비웃는 것처럼 일그러졌다.

왔구나.

역시 어리석은 여자야. 오리아나 왕국도, 국왕도 이미 돌이킬 수 없게 되었는데. 꼭두각시 왕은 빈껍데기만 남았다. 그 덕분에 나라의 중추도 장악할 수 있었다. 그것조차 이해하지 못하고 태평하게 여기 나타나다니. 왕녀가 저토록 낙관적이어도 되는 건가.

도엠은 삐뚤어진 미소를 들키지 않으려고 입가를 가린 뒤, 오리아나 국왕을 데리고 앞으로 나섰다.

"사랑스러운 로즈 왕녀님. 이제야 돌아오셨군요."

특별실에서 시합장으로 가는 계단이 하나 있었다. 도엠은 오리아나 국왕을 데리고 그 계단을 내려갔다.

"로즈. 잘 돌아왔다. 자, 이리 오려무나."

도엠의 지시에 따라 오리아나 국왕은 그런 말을 했다. 영혼 없이 껍데기만 남은 말.

도엠은 계단을 내려가면서 부하들에게 눈짓으로 지시함으로써 언제든지 로즈를 붙잡을 수 있도록 준비했다.

로즈가 계단을 올라왔다.

"아바마마. 저는 사죄하러 왔습니다. 지금까지 했던 일, 그리고 지금부터 할 일을……. 저는 실수를 했고, 앞으로도 실수할 겁니다. 그러나 저는 오리아나 왕국의 왕녀로서, 또 당신의 딸로서…… 스스로 믿는 길을 가고 있습니다."

로즈의 음성은 떨리고 있었다. 눈에는 눈물이 고였다.

그러나 로즈의 눈동자에는 아직 결의의 빛이 깃들어 있었다.

도엠은 순식간에 그걸 눈치채고 한 발 뒤로 물러났다.

왕을 먼저 보내자.

왕을 방패로 삼으면 이 여자는 아무것도 못한다.

꼭두각시 왕만 있으면 도엠의 계획은 전부 무사히 진행될 것
이다.

"그대의 잘못을 용서하겠다."

오리아나 국왕은 그렇게 말했다. 그것은 도엠이 지시하지 않은
말이었다.

"감사합니다. 아바마마."

그 후. 눈 깜짝할 사이에 사건이 일어났다.

로즈가 허리의 검을 뽑았고, 도엠이 이에 반응하여 국왕의 등
뒤에 숨었다.

도엠의 부하들이 움직였다.

그러나 로즈의 움직임이 너무 빨랐다.

도엠은 경악하여 눈을 휘둥그렇게 떴다.

"앗?!"

모든 것을 뿌리친 로즈는 자신의 세검으로 오리아나 국왕의 심
장을 찔렀다.

"왕녀로서, 딸로서…… 이것이 마지막 의무입니다."

로즈를 끌어안으려는 것처럼 움직이던 왕의 손은 도중에 힘을

잃고 축 늘어졌다. 세검은 왕의 심장을 정확히 찌르고 그 뒤에 있는 도엠의 복부에 꽂혔다.

"지금까지 정말 감사했습니다. 아바마마."

로즈는 검을 뽑았다.

왕의 심장에서 피가 뿜어져 나왔다. 그는 바닥으로 무너져 내렸다.

로즈의 눈에서 눈물이 흘러나왔다.

"네, 네 이노오오오오오오오오오오오오오오옴!!"

도엠이 절규했다.

도엠의 배에서도 피가 나오고 있었다. 그러나 치명상은 아니었다.

그는 꼭두각시를 잃어버려서 분노한 것이었다. 도엠의 계획이——무너졌다.

"당장 체포해애애애애애애애애애애애애앳!!"

부하들이 로즈에게 우르르 달려들었다.

로즈는 도망치지 않았다.

세검의 칼끝을 자기 목에 대고, 도엠을 똑바로 보면서 웃었다.

설마——.

도엠의 얼굴이 창백해졌다.

"아, 안 돼, 그만둬어어어어어어어어어어!!"

로즈가 자기 목에 검을 찔러 넣으려는 순간.

"——그것이 너의 선택이냐."

예술같이 아름다운 일섬(一閃)이 로즈의 검과, 로즈를 둘러싼

검들을 한꺼번에 쳐냈다.

 그곳에 나타난 사람은 평범한 청년 지미나.

"다, 당신은⋯⋯."

 그러나 그가 들고 있는 칼은 밤의 어둠처럼 짙은 칠흑의 칼이
었다.

정체 불명의 실력자의 정체는?!

The Eminence in Shadow
Volume Two
Epilogue

종장

그 아름다운 일섬을 보기 전까지 로즈는 죽음을 각오하고 있었다. 자신이 적에게 붙잡혀 이용당한다면 아바마마의 죽음이 무의미해진다. 그것만은 절대로 용서할 수 없었다.

죽는 것은 무서웠다.

그러나 해결책은 그것밖에 없었다. 왕녀로 태어나서 자기 멋대로 굴기도 했다. 하지만 그래도 스스로 왕녀의 의무라고 여기는 것은 충분히 다했다고 생각한다.

그러니까 이것이 마지막 의무다.

그렇게 각오를 다졌었다.

"다, 당신은……."

그러나 모든 것을 후려치면서 나타난 청년의 아름다운 검술을 본 순간, 로즈의 마음속에서 어린 시절의 추억이 되살아났다.

"거짓의 시간은 끝났다……."

그러더니 지미나는 자기 얼굴을 손으로 잡아 뜯었다.

사람들이 술렁거렸다.

피부를 뜯어낸 지미나의 얼굴 밑에서는 낯익은 가면이 드러났다.

이어서 검은 액체가 회오리치면서 그를 감쌌다.

회오리가 사라진 뒤, 그곳에 나타난 사람은 칠흑의 롱코트를 걸친 남자.

"섀도우……."

누군가가 중얼거렸다.

그러나 로즈의 눈에 비친 그는 섀도우가 아니었다.

그는 로즈가 검사의 길을 걷게 된 계기이자, 아름다운 검을 휘두르는 동경의 대상이었다.

"섀도우, 당신은 설마…… 슬레이어 씨인가요?"

로즈의 뇌리에 어린 시절의 기억이 떠올랐다.

과거에 딱 한 번 로즈는 유괴된 적이 있었다.

아버지의 공무 때문에 미드갈 왕국을 방문했을 때 로즈는 숙소에서 몰래 빠져나와 놀고 있었다. 평민 아이들과 놀고 있는데 갑자기 눈앞이 캄캄해졌다.

그 직후 의식을 잃었다.

정신 차려 보니 로즈는 구속된 상태로 어두운 판잣집 안에 있었다.

손발은 밧줄로 묶였고 입에는 재갈이 물려 있었다.

다친 곳은 없었지만 그보다도 너무 무섭고 불안해서 자꾸만 몸이 덜덜 떨렸다.

"그냥 부터 나는 꼬맹이인 줄 알았는데. 설마 오리아나 왕국의 왕녀님일 줄이야!"

옆방에서 도적들이 이야기하고 있었다.

아마도 소지품을 검사했나 보다. 로즈의 신분이 들통나버렸다.

"역시 두목님은 운이 좋다니까요!"

"멍청아, 이게 바로 실력이란 거다!!"

천박한 웃음소리가 울려 퍼졌다.

로즈는 절망했다. 자신이 어찌 될지 불안했다. 도적의 선택은 두 가지다. 로즈를 인질로 삼아 오리아나 왕국과 협상하든가, 로즈의 가치를 아는 사람에게 로즈를 팔아넘기든가.

틀림없이 저놈들은 팔아넘길 것이다. 로즈의 이용가치는 높지만, 일개 도적이 제대로 이용하기는 어려웠다.

그러니까 팔아서 안전하게 돈을 벌 것이다. 그리고 로즈는 오리아나 왕국의 적에게 이용당할 것이다……

그 사실이 로즈를 두렵게 만들었다.

로즈는 몸을 뒤틀면서 밧줄을 풀려고 몸부림쳤다.

재갈을 문 채 소리를 질렀다.

하지만 그런 저항도 부질없었다.

"오, 공주님이 일어나셨나 봐?"

"야, 가서 한번 보고 와."

발소리가 이쪽으로 다가왔다.

로즈의 외침이 비명으로 변하고 눈물이 흘러내렸다.

판잣집의 문이 열리려는 순간.

"이야하핫—!! 이 짜식들아, 금품을 다 내놔라!!"

생뚱맞은 어린애 목소리가 울려 퍼졌다.

"뭐, 뭐야, 이 꼬맹이는?!"

"어디서 튀어나왔어?! 죽여!!"

"이야아아아압!!"

뭔가가 바람을 가르는 듯한 소리가 났다.

이어서 비명이 터져 나왔다.

"이, 이 꼬맹이, 대체 뭐야?! 너무 강한데?!"

"맙소사! 순식간에 세 명이나?!"

"너희들은 스타일리시 소드 연습용 허수아비야."

또다시 바람을 가르는 소리가 났다.

로즈의 코끝에 농후한 피 냄새가 와 닿았다. 로즈는 조심조심 문틈으로 들여다봤다.

그곳에는 큼직한 자루를 뒤집어쓴 꼬마와, 달아나려고 애쓰는 도적들이 있었다.

"달아나는 놈은 도적이다! 달아나지 않는 놈은 잘 훈련된 도적이고!!"

"흐, 흐이이익!"

"사, 살려줘!!"

자루를 뒤집어쓴 꼬마가 검을 휘둘렀다.

"──?!"

그 궤적의 아름다움에 로즈는 현재 상황조차 잊어버리고 시선을 빼앗겼다. 로즈는 검에 관해서는 잘 몰랐다.

그러나 이 검술은…… 로즈가 지금까지 보고 들었던 어떤 예술

보다도 아름다웠다.

검은 깔끔하게 도적의 목을 베었다. 비명이 뚝 그쳤다.

로즈는 그저 멍하니 그 자루를 뒤집어쓴 꼬마를 바라보고 있었다.

"일부러 원정을 나왔는데, 돈이 없는 패턴이군. 어? 아니, 누가 또 있네?"

자루를 뒤집어쓴 꼬마는 로즈의 시선을 눈치채고 판잣집 문을 열었다.

집 안으로 빛이 비쳐들었다. 자루를 뒤집어쓴 꼬마와 로즈의 눈이 마주쳤다.

"납치된 어린애인가? 힘들었겠네."

자루를 뒤집어쓴 꼬마가 검을 휘둘렀다. 그 검 놀림도 한없이 아름다워서 로즈는 홀린 듯이 쳐다봤다.

"그럼 조심해서 잘 가. 안녕."

자루를 뒤집어쓴 꼬마는 총총걸음으로 떠나갔다.

어느새 로즈의 밧줄은 끊어진 상태였다.

"자, 잠깐만!"

로즈는 필사적으로 그를 불러 세웠다.

"응?"

자루를 뒤집어쓴 꼬마는 멈춰 서서 돌아봤다.

"다, 당신은 대체 누구야?"

"나? 글쎄, 나는 아직 수행 중이라서…… 지나가던 스타일리시 도적 슬레이어야."

"스타일리시 도적 슬레이어……? 저기, 로즈는 당신에게 뭔가 사례를 하고 싶어."

"흐음~ 그래? 그럼 나에 관한 이야기는 아무에게도 하지 말아줄래?"

"으, 응. 알았어."

"어, 잘 부탁할게."

그러더니 스타일리시 도적 슬레이어는 모습을 감췄다.

"스타일리시 도적 슬레이어 씨……."

그는 절망에 빠진 로즈를 구해주고 그녀의 운명을 바꿨다. 로즈는 그 아름다운 검술과 존재방식을 동경하여 그날부터 검사의 길을 걷기 시작한 것이다.

그것은 소중한 어린 날의 추억. 아무에게도 이야기하지 않았던 로즈 혼자만의 비밀.

그러나 이 순간, 로즈는 처음으로 그 비밀을 이야기했다.

"섀도우…… 당신이 스타일리시 도적 슬레이어 씨였군요."

섀도우는 대답하지 않았다.

그러나 로즈에게는 침묵이 곧 대답이었다.

어렸을 때부터 그는 꾸준히 악에 맞서 싸워왔던 것이다. 로즈를 구해줬던 그날처럼, 아무도 모르게 사람들을 구해주고 있었던 것이다.

섀도우가 했던 말이 로즈의 뇌리에 떠올랐다. 강한 것은 힘이 아니라, 그 존재방식이다…… 그래, 섀도우의 존재방식이야말로 강한 것이었다.

로즈는 안이하게 죽음을 선택하려고 했던 자기 자신을 부끄러워했다.

나는 좀 더 싸울 수 있었을 것이다. 그러나 삶이 괴로워서, 실패가 무서워서, 모든 것을 끝내버리고 싶어 했다.

죽음은 도피였던 것이다.

로즈는 좀 더 싸울 수 있다.

그녀는 그의 아름다운 검술과──그 존재방식을 동경했으니까.

"너의 싸움은 아직 끝나지 않았다……."

섀도우가 칠흑의 칼로 찌르기를 했다.

그 칼은 대회장 벽을 찔러 커다란 구멍을 냈다.

"가라……."

"네!"

로즈는 세검을 주워 들고 주저 없이 그 구멍으로 뛰어들었다. 자신에게는 아직 해야 할 일이 남아 있었다.

"기, 기다려!!"

"너희는 못 간다……."

섀도우가 구멍 앞을 막아섰다.

어느새 태양은 두꺼운 구름에 가려지고 사방에 어둠이 깔렸다.

구름 속에서 천둥소리가 났다.

빗방울이 후드득 떨어지기 시작했다.

"뭐 해?! 당장 쫓아!!"

도엠의 노호가 울려 퍼지자, 눈치를 보던 그의 부하들이 행동에 나섰다.

구멍 앞을 막아선 섀도우를 포위하더니 일제히 섀도우에게 덤벼들었다.

그러나 그 직후.

칠흑의 일섬이 그들을 후려쳤다.

단 일격. 도엠이 엄선했던 자랑스러운 마검사들이 튕겨져 날아가 바닥을 굴렀다.

"이럴 수가……."

이것이 섀도우. 소문은 들었지만, 웬만한 어중이떠중이는 상대도 안 될 정도였다.

도엠은 피가 흐르는 복부를 손으로 누르고 뒷걸음질 쳤다.

"이, 이봐! 누구 없나?! 저놈을 쓰러뜨릴 사람, 누구 없어?!"

절규했다.

그러나 대답 대신 빗소리만 들려왔다.

미드갈 왕국의 기사들은 섀도우를 멀리서 둘러싼 채 꼼짝도 하지 않았다.

아이리스를 쓰러뜨린 섀도우의 실력을 얕보는 사람은 한 명도 없었다.

비가 점점 심해졌다. 굵은 물방울이 세상을 때리듯이 쏟아져 내렸다.

섀도우의 까만 롱코트는 비에 젖어 번갯불을 반사했다.

번개가 칠 때마다 섀도우의 모습이 어둠 속에서 떠올랐다.

"내가 상대하겠다."

그 음성과 더불어 회색 로브를 입은 여자가 허공을 날았다.

공중에서 로브를 벗어던지더니 장검을 뽑아 들고 전장에 우뚝 내려섰다.

"『무신』 베아트릭스……."

누군가가 중얼거렸다.

빗속에서 검을 쥐고 있는 그 여자는 아름다운 금발 엘프였다.

가슴받이를 대고 허리에 천만 두른 간편한 차림. 하얀 피부가 비에 젖어 번갯불을 반사하면서 빛났다.

섀도우와 베아트릭스. 두 명은 서로 간격을 살피는 것처럼 조용히 대치했다.

이윽고 요란한 천둥소리와 동시에 전투가 시작됐다.

섀도우는 베아트릭스의 장검에 대응하는 것처럼 칠흑의 칼을 길게 늘였다.

일섬.

섀도우는 칠흑의 칼을 휘둘렀다.

비가 베였다.

칼의 궤적을 따라서 딱 한순간 비가 없는 공백이 생겨났다.

그렇다. 섀도우가 헛손질을 한 것이다.

"호……."

베아트릭스는 순식간에 반 발짝 후퇴해서 섀도우의 가로베기를 피했다.

그리고 반격에 나섰다.

창처럼 날카로운 찌르기가 섀도우를 덮쳤다.

섀도우는 가면 뒤에서 웃었다.

그는 몸을 비스듬히 틀어 찌르기를 피하고, 복귀 타이밍에 맞춰 칼을 휘둘렀다.

그러나 베아트릭스의 복귀 동작도 신속했다.

그녀는 장검을 도로 거둠과 동시에 몸을 숙여 섀도우의 칼을 피했다.

곧바로 반격을 시도했다.

두 명은 계속해서 빗줄기만 베었다.

눈 깜짝할 사이에 수십 번의 공격이 이루어지면서 쏟아지는 비를 베어냈다.

잘려 나간 빗줄기가 작은 물방울이 되어 흩어지면서 번갯불을 반사해 아름다운 궤적을 그렸다.

모두가 숨죽인 채 넋을 잃고 그들의 전투를 지켜봤다.

마치 춤을 추는 것 같았다.

보통 사람은 도저히 육안으로 확인할 수 없는 검의 움직임이, 비와 번갯불에 의해 허공에 흔적을 남겼다.

아름다운 검무.

이 두 검사는 검의 최정상에 있는 것이다. 모두가 그 사실을 이해했다.

영원히 구경하고 싶은 그들의 검무에 먼저 마침표를 찍은 사람은 새도우였다.

"이 검술로는, 미치지 못하는가……."

새도우는 간격을 벌리고 서서 베아트릭스를 응시했다.

베아트릭스도 추격하지 않고 숨을 골랐다. 풍만한 가슴이 위아래로 움직였다.

"굉장해……."

베아트릭스는 한숨 쉬듯이 탄성을 발했다.

그 푸른 눈동자는 오직 새도우만을 똑바로 보고 있었다.

그들은 잠시 서로 마주 봤다.

"나의 진정한 검술을 보여주마."

새도우는 그렇게 말하더니, 칠흑의 칼을 원래 길이로 되돌렸다.

그것이 그의 진짜 간격.

"간다."

그 한마디를 뱉으면서 순식간에 전진했다.

너무나 쉽게. 서로의 간격이 사라졌다.

"?!"

충격이 느껴졌다.

베아트릭스는 서로의 간격이 사라진 순간 공격은 포기하고 방어에 집중했다. 그러나 그녀에게는 섀도우의 칼이 전혀 보이지 않았다.

베아트릭스뿐만이 아니었다. 대회장에 있는 모든 사람들이 보지 못했다.

그 일격은——비를 베지 않았던 것이다.

"——크윽!!"

충격에 의해 튕겨나간 베아트릭스는 빗속에서 바닥을 굴렀다.

칼은 보이지 않았지만 직감적으로 그걸 막아낸 것이다. 그러나 가까스로 막았을 뿐. 꼴사납게 튕겨져 날아갔다. 반격도 하지 못했다.

베아트릭스는 재빨리 일어나 추가 공격에 대비했다.

천둥이 쳤다. 빛이 번쩍이자 섀도우가 사라졌다.

그 한순간에 섀도우는 코앞까지 다가와 있었다.

보이지 않는 칼이 휘둘러졌다.

베아트릭스는 섀도우의 칼에 온 신경을 집중했다. 그리고 또다시 충격이 찾아왔다.

"——윽!!"

보이지 않았다.

베아트릭스는 진흙으로 얼굴이 더러워진 채 벌떡 일어나더니, 바로 뒤로 점프해서 상대와 멀리 떨어졌다.

간신히 방어에 성공한 것은 순전히 직감과 행운 덕분이었다.

다음에 또 막아낼 수 있으리란 보장은 없었다.

상대는 추격하지 않았다.

베아트릭스는 번갯불 아래에서 칼을 쥐고 있는 섀도우를 응시하면서 생각했다.

왜 보이지 않는 거지?

단순히 빠르기만 한 것이 아니었다. 섀도우의 검은 뭔가 달랐다.

베아트릭스는 기나긴 싸움의 인생 속에서 해답을 찾아냈다.

섀도우의 검은──자연스러웠다.

싸움에서 수많은 검에 응수할 때, 빠른 검은 확실히 위협적이다. 그러나 아무리 빨라도 반드시 예비동작은 존재한다. 설령 예비동작이 없어도 공격의 순간은 경험적으로 알 수 있다. 일단 의식하기만 하면 대응은 할 수 있다.

싸움에서 가장 위협적인 검은 언제나 의식의 범위 바깥에서 날아온다. 이때 속도는 필요가 없다. 의식의 범위 바깥으로 나가기만 하면 된다.

섀도우의 검은 자연스러웠다.

살기도, 정체(停滯)도, 기세도 없이 매우 자연스럽게 휘둘러진다.

인간은 자연스러운 것에는 신경 쓰지 않는다.

우리가 쏟아지는 비를 굳이 의식하지 않는 것처럼, 섀도우의 검은 의식하지 못한다.

"굉장해⋯⋯."

베아트릭스는 섀도우의 검술의 깊이에 진심으로 감탄했다. 그의 기량은 아무도 도달할 수 없는 심연에 존재하는 것이었다.

베아트릭스는 패배를 각오했다.

"『무신』이여, 저항해봐라……."

섀도우가 칠흑의 칼을 고쳐 쥐었다.

베아트릭스는 다음 공격을 막아낼 자신이 없었다.

그런데.

"잠깐."

늠름한 목소리가 그 둘의 싸움을 가로막았다.

"나도 끼워주세요."

칼을 뽑아 든 아이리스가 그곳에 있었다.

"아이리스 왕녀……."

베아트릭스가 무슨 말을 하고 싶은 듯한 표정으로 아이리스를 쳐다봤다.

"나도 압니다. 역부족이란 것은……."

아이리스는 분한 표정을 감추려는 듯이 미소 지었다.

"그러나 나는 물러설 수 없습니다. 『무신제』를 제멋대로 망쳐 놓은 자를, 속수무책으로 그냥 보내줄 수는 없습니다. 오기가 있으니까요. 나도, 또 미드갈 왕국도……."

그리고 섀도우를 쏘아봤다.

"이 목숨을 바쳐서라도 섀도우의 움직임을 막아낼 겁니다. 베아트릭스 님, 그 틈에 저자를 해치워주세요."

"……알았다. 협조하마."

굳게 결심한 아이리스에게 베아트릭스도 동조했다.

두 여자는 기백 넘치는 눈빛으로 섀도우와 대치했다.

"덤벼라……. 어디 한번 저항해봐."

섀도우는 칼끝을 밑으로 내리고 수동적인 자세를 취했다.

아이리스는 기회를 엿보면서 천천히 그에게 다가갔다.

한동안 빗소리와 천둥소리만 울려 퍼졌다.

"적어도 반격 한 번은 하겠습니다."

커다란 우렛소리와 동시에 아이리스가 공격을 개시했다.

적에게 돌격해 장검으로 섀도우의 목을 노렸다.

그러나 섀도우는 겨우 반 발짝 뒤로 물러남으로써 그녀의 공격 범위에서 벗어났다. 그는 상대의 헛손질을 예상하고 곧바로 다음 동작으로 넘어갔다.

그런데 아이리스의 검이 쑥 늘어났다.

검을 아예 놔버려서 억지로 사정거리를 늘린 것이다.

섀도우는 순식간에 동작을 바꿨다. 반격하려고 내밀던 칼을 도로 거두어 아이리스의 검을 튕겨냈다.

아이리스의 반격은 여기서 종료──된 것처럼 보였다.

그러나 아이리스는 돌격의 기세를 그대로 유지하면서 몸을 낮추고 손을 내밀었다. 섀도우의 몸통을 꽉 붙들었다.

목숨을 바쳐서라도 그의 움직임을 막아내겠다는 확고한 기백이 느껴졌다.

회피하는 것은 불가능했다.

"훌륭해."

그 직후, 섀도우의 무릎이 아이리스의 안면을 강타했다.

아이리스로선 알 수 없었을 것이다. 격투기는 섀도우의 진정한 주특기란 것을.

아이리스의 몸이 힘없이 무너졌다.

그러나 아이리스는 제 역할을 다했다.

무릎 공격을 했을 때 섀도우의 움직임이 한순간 멈췄다.

그리고 그녀에게는 그 한순간이면 충분했다.

"하앗!!"

베아트릭스의 일섬이 섀도우를 덮쳤다.

베아트릭스는 그 장검에 혼신의 힘을 쏟아 부어 칠흑의 칼을 때렸다.

엄청난 충격음이 발생했다. 섀도우의 칼이, 손이, 팔이 그 충격에 의해 휘청거렸다.

자세가 흐트러진 섀도우.

절호의 기회가 왔다.

베아트릭스의 추가 공격은 매우 신속했다.

하지만 그보다도 섀도우가 칼을 놔버리는 것이 더 빨랐다.

그는 순간적인 판단으로 칼을 버리고 모습을 감췄다.

베아트릭스의 시야 밖으로 빠져나갔다.

"밑이냐?!"

그는 몸을 낮추고 바닥을 기듯이 달려들어 베아트릭스의 허리를 붙잡았다. 아이리스의 붙잡기와는 비교가 안 될 만큼 능숙하고 유려한 동작이었다.

너무 가까워서 장검은 휘두를 수 없었다.

섀도우는 베아트릭스를 가뿐히 들어 올렸다가 바닥에 패대기쳤다.

　"크헉!!"

　돌바닥이 부서졌다.

　폐에 든 공기가 튀어나왔다.

　그래도 그 순간, 장검을 휘두를 만한 공간이 생겨났다.

　베아트릭스는 의식이 몽롱한 와중에도 장검을 휘둘렀다.

　그러나 섀도우는 아랑곳하지 않고 베아트릭스를 들어 올려 또다시 패대기──치려다가 도중에 손을 뗐다.

　베아트릭스의 장검은 허공을 갈랐다. 그녀는 그대로 날아가서 투기장 벽과 격돌했다.

　요란한 소리가 났다. 그녀의 몸은 투기장 벽에 푹 박혔다.

　이어서 공기 가르는 소리를 내면서 뭔가가 하늘에서 내려왔다.

　섀도우는 손을 내밀어 그것을 붙잡았다. 그것은──칠흑의 칼이었다.

　마치 모든 것이 처음부터 계산된 일이었던 것처럼…….

　번갯불이 투기장에 쓰러진 두 여자를 비췄다.

　베아트릭스와 아이리스가 한꺼번에 덤볐는데도 소용없었다. 그 충격적인 사실에 모두가 제 눈을 의심하고 공포에 질렸다.

　"……끝났군."

　섀도우는 쓰러진 두 명을 힐끗 보더니 발길을 돌렸다.

　"기, 기다려……."

　그 목소리에 그는 걸음을 멈췄다.

"나, 는, 아직 싸울 수 있어……."

아이리스가 비틀거리면서 몸을 일으켰다.

그리고 벽의 잔해를 밀어내면서 베아트릭스도 일어났다.

"나도, 그렇다……."

다시 일어난 두 명의 검사.

그러나 섀도우는 그들을 흘끗 보더니 그냥 떠나갔다.

"기다려! 도망치는 거야?!"

아이리스의 외침에 섀도우가 멈춰 섰다.

"……도망?"

그 직후. 투기장이 청보라색 빛으로 물들었다.

"앗……?!"

"윽!!"

압도적인 마력의 분류.

그것이 섀도우의 몸에서 흘러넘쳐 나선형으로 소용돌이쳤다.

비가 마력에 삼켜져 사라진다.

"설마…… 이럴 수가, 이게, 현실이라고……?!"

"이건…… 안 되겠군."

상상을 초월하는 그 힘에 아이리스와 베아트릭스는 못 박힌 듯 꼼짝도 못했다.

저 남자가 이 힘을 해방시킨다면 투기장 전체가 사라질 것이다.

아이리스도, 베아트릭스도, 관객들도 이 힘 앞에서는 모두 평등하게 무력했다.

"도망칠 필요가 어디 있지……?"

아무도──그를 막을 수 없다. 그 사실을 저절로 깨달을 수밖에 없었다.

"어째서……?"

아이리스가 떨리는 음성으로 물었다.

"그만한 힘이 있으면…… 언제든지 죽일 수 있었을 텐데."

"……목적은 달성했다. 너희들의 목숨에는 관심 없어……. 우리는 우리의 적을 해치울 뿐이다……."

섀도우는 아이리스를 힐끗 봤다. 그리고 칼에 마력을 집중시켰다.

"진정한 적이 누구인지…… 착각하지 마라."

이어서 섀도우는 청보라색 마력을 하늘로 쏟아냈다.

눈부신 빛이 투기장과 왕도와 하늘을 뒤덮으면서 비구름을 날려버렸다.

빛이 사라진 후 그곳에는 맑디맑은 파란 하늘이 펼쳐져 있었다.

섀도우의 모습은 보이지 않았다.

구름도, 비도, 번개도, 그리고 섀도우도…… 전부 거짓말처럼 싹 사라졌다.

"진정한 적이 누구인지, 착각하지 말라고……? 섀도우, 당신은 도대체……."

아이리스는 구름 한 점 없는 드넓은 하늘을 쳐다보면서 중얼거렸다. 섀도우가 남기고 간 말을.

그의 목적은…… 그리고 진정한 적은…….

하늘에는 커다란 무지개가 걸려 있었다.

로즈는 비를 뚫고 계속 달렸다.

목적지도 모르는 채로 정신없이 달리다 보니 어느덧 비가 그쳤다.

그곳은 숲속이었다.

비에 젖은 나무들 사이로 햇빛이 새어 들어왔다.

로즈는 나무에 등을 대고 주저앉아서 거친 숨을 가다듬었다.

온갖 생각이 머릿속에서 빙글빙글 돌았다. 아버지, 조국, 앞일…….

그런 것들이 머릿속에서 이리저리 얽혀서 로즈의 마음을 뒤흔들었다.

어떤 이유가 있든지 간에 로즈는 오리아나 국왕을 죽인 흉악범이다. 그 사실을 부정할 생각은 없었고, 그 책임에서 벗어나 죽음으로 도피할 마음도 이제는 사라졌다.

로즈는 아버지를 죽인 책임과 왕녀로서의 책임을 모두 짊어지기로 결심했다.

하지만 그 책임은 너무나 컸다.

생각하면 할수록 로즈는 불안해졌다. 몸이 떨렸다.

각오와 신념이, 책임과 중압에 짓눌려 부서져간다.

로즈는 좀 더 싸울 수 있다. 싸워야만 한다. 그러나 열일곱 살밖에 안 된 소녀가 무엇을 할 수 있단 말인가······.

로즈는 고개를 숙였다. 무릎 사이에 얼굴을 묻었다.

몸을 작게 웅크리고 덜덜 떨었다.

햇빛이 붉어질 때까지 계속 그러고 있었다.

"가자······."

로즈는 자기 자신에게 말하듯이 그렇게 중얼거리고 일어났다.

목적지는 알 수 없었다.

그러나 앞으로 나아가야 한다.

로즈는 앞을 보고 걸음을 내디뎠다. 그런데 그때.

"당신은 두 가지 길을 선택할 수 있어."

뒤에서 아름다운 목소리가 들려왔다.

"?!"

로즈가 뒤를 돌아보자, 그곳에는 칠흑의 드레스를 입은 엘프가 서 있었다.

금빛 머리카락과 푸른 눈동자. 조각같이 완벽한 아름다운 얼굴.

"당신은, 알파······."

알파는 팔짱을 끼고 야릇한 미소를 지었다.

"혼자 싸울지, 아니면 우리와 함께 싸울지······ 선택해."

"함께······?"

로즈의 적과 『섀도우 가든』의 적은 같다.

그러나 적이 같다고 해서 반드시 함께 싸울 수 있는 것은 아니다.

하지만 선택의 여지가 적은 것도 사실이었다.

추격자는 금방 쫓아올 것이다. 혼자 싸우려면 어딘가에 잠복해야 할 텐데, 당분간은 산속에 숨을 수밖에 없을 것이다…… 아니, 무법도시로 갈 수도 있겠구나.

현재 로즈는 오리아나 국왕을 살해한 흉악범이다. 무법도시에 가도 현상금 사냥꾼들의 표적이 될 것이다.

"오리아나 왕국을 구할 수 있을까요?"

"당신 하기 나름이지. 현재의 우리가 당신을 위해 움직이지는 않을 거야. 조국을 구하고 싶다면 스스로 가치를 증명해봐."

"가치……?"

"당신의 가치를…… 그리고 오리아나 왕국의 가치를…….."

"그걸 보여주면, 구할 수 있어요……?"

"우리에게는 그만한 능력은 있어."

알파의 대답은 간결했다. 알파는 단순히 선택지를 제시하고 있을 뿐이다.

로즈를 유도하지도 않고, 도와준다고 손을 내밀지도 않는다.

선택은 로즈가 하는 것이다.

"……슬레이어 씨…… 아니, 섀도우가 당신들 조직의 수장입니까?"

"……맞아."

어린 로즈를 구해주고, 꾸준히 악에 맞서 싸워온 그의 모습이 뇌리에 떠올랐다.

로즈는 그를 믿는 길을 선택했다.

"······함께 싸울 것을 맹세합니다."

"그래. 환영해. 따라와."

알파는 감정 없는 목소리로 그렇게 말하더니 숲속으로 들어갔다.

"질문 하나 해도 될까요?"

로즈는 알파의 뒤를 따라가면서 물어봤다.

"응."

"섀도우는 도대체 정체가 뭡니까······?"

어릴 때부터 악에 맞서 싸워온 강한 마음. 그리고 악을 멸하는 압도적인 능력. 그 힘의 비밀도, 신념도, 인생도 알 수 없었다. 그는 수수께끼 같은 존재였다.

"그걸 알고 싶다면 우선 신뢰부터 얻어."

"신뢰······."

"당신이 신뢰할 만한 존재라면, 언젠가는 알게 될 거야······."

두 여자는 묵묵히 숲속을 걸어갔다.

햇빛조차 닿지 않는 짙은 안개 속을 걷고 있었다.

"여긴, 설마······."

"심연의 숲이야."

어디에 있는지도 모르는 숲. 다만, 한번 들어가면 두 번 다시 빠져나오지 못한다는 전설의 숲이었다.

코앞에 있는 알파의 모습조차 자칫하면 놓칠 것 같았다.

청보라색 안개는 농밀한 마력으로 가득 차 있어서 로즈의 감각을 혼란스럽게 만들었다.

"이 안개는 용의 입김이야……."

"용……."

간간이 목격 증언은 나오지만, 지난 100년 동안에 토벌된 기록은 없는 전설의 존재.

"과거에 이 땅에 찾아온 그 사람이 『안개의 용』과 싸웠어."

"그 사람……?"

"아직 어렸던 그 사람은 안개의 용을 쓰러뜨리긴 했어도 없애지는 못했어. 용은 그를 인정하고, 용의 입김을 그에게 뿜어줬어."

이 환상적인 청보라색 안개가 용의 입김…….

"이 안개는 맹독이야."

로즈의 몸이 흠칫 떨렸다.

"그러니까 떨어지지 마. 나한테서 멀리 떨어지면 당신은 금방 죽을 거야."

"알았어요……."

그들은 짙은 안개를 뚫고 걸어갔다. 그러다 갑자기 탁 트인 공간에 도착했다.

"여긴……."

햇빛이 쏟아지는 하얀 고성(古城).

"안개의 용이 멸망시킨 고대도시 알렉산드리아. 여기가 우리의 거점이야."

고대도시 알렉산드리아. 과거에 책에서 이름만은 본 적이 있었다.

그런데 이곳은 글로는 도저히 형용하지 못할 만큼 아름다운 도시였다.

도시 주위에는 광대한 밭이 펼쳐져 있는데, 거기서는 본 적도 없는 작물이 열매를 맺고 있었다. 소녀들이 열심히 열매를 수확하는 중이었다.

"카카오를 수확하는 거야. 초콜릿의 원료지. 언젠가는 당신도 하게 될 거야."

"저게, 초콜릿이 된다고요……? 설마 미쓰고시 상회는 『섀도우 가든』의……?"

알파는 미소만 지었다.

초콜릿 상품화에 성공한 곳은 아직 미쓰고시 상회밖에 없었다. 그 원료도 제조법도 전혀 알려지지 않았다.

두 여자는 성문을 통과해 성 안으로 들어갔다.

"람다, 있어?"

"여기 있습니다."

알파가 부르자, 한 여성이 나타나 무릎을 꿇었다.

"신입이야. 훈련시켜."

"네! 명령 받들겠습니다."

"우선 능력을 보여줘. 당신이라면 금방 길을 개척할 수 있을 거야…….”

알파는 로즈에게 그렇게 말하고 어디론가 떠나가 버렸다.

로즈는 람다라고 불린 여성과 단둘이 남았다.

람다란 여자는 회색 머리카락과 금빛 눈동자를 지닌 구릿빛 피
부의 엘프였다. 까만색 보디슈트를 입고 있어도 그 늘씬하고 탄
력 있는 근육질 몸매는 충분히 드러났다.

눈매는 날카롭고 입술은 도톰했다.

“나는 람다 교관이다. 따라와.”

“네.”

람다를 따라갔더니 성 뒤뜰로 나오게 되었다.

그곳에서는 많은 소녀들이 열심히 훈련하고 있었다.

“굉장해…….”

한눈에 알 수 있었다. 이곳에는 실력자밖에 없었다.

“664번, 665번!”

“네엣!”

“네!”

람다가 부르자, 집단 속에서 두 명의 소녀가 이쪽으로 뛰어
왔다.

엘프 소녀와 수인 소녀였다.

“교관님, 부르셨습니까!”

엘프 소녀가 크게 소리 지르듯이 말했다. 수인 소녀는 그 옆에
차렷 자세로 서 있었다.

“신입이다. 너희들 분대에 들어갈 거야.”

"알겠습니다!"

"666번, 벗어."

"네?"

로즈는 방금 들은 말을 이해할 수 없었다.

"666번. 너 말이야. 여기서는 번호가 네 이름이다."

"내가, 666번……."

"알았으면 빨리 벗어."

"네?"

"두 번씩 말하게 하지 마!"

그 직후, 로즈의 의복이 갈가리 찢어졌다.

순식간에 벌어진 일이었다.

로즈의 나신이 드러났다.

"무, 무슨 짓이에요?!"

로즈는 몸을 가리면서 주저앉았다.

"오늘부터 너는 한낱 버러지다. 넌 이제 아무것도 아니야. 이름을 버려! 옷도 버려! 모든 것을 버리고 순수한 병사가 되어라!"

그리고 로즈의 발치에 검은색 덩어리가 툭 내던져졌다.

탄력 있게 튀어 오르는 검은색 슬라임이었다.

"664번! 버러지에게 이것의 사용법을 철저히 가르쳐줘라."

"네엣!"

"응? 이건 뭐지?"

로즈의 의복의 잔해에 섞여 있던 종잇조각 하나가 바람에 날렸다.

람다 교관은 그것을 주워서 로즈에게 보여줬다.

"그건······!"

그것은 로즈가 시드에게 받은 선물. 『맘스참치』의 포장지였다.

그 순간, 마음속 깊은 곳에 묻어뒀던 그에 대한 감정이 흘러넘쳤다.

그것은 로즈의 첫사랑이었다.

시합을 통해 싸우고, 습격 사건에서 그의 도움으로 목숨을 건지고, 단둘이 여행을 했다.

둘도 없이 소중한 추억.

겨우 1주일 전까지는 로즈는 그와 연인이 되는 꿈을 꿨다.

그러나 로즈는 이제 돌아가지 못한다.

두 사람의 길은 두 번 다시 교차하지 않을 것이다.

"그 표정은 뭐냐? 모든 것을 버리라고 했잖아!"

로즈의 눈앞에서 무참히 찢어지는 포장지.

종잇조각은 바람에 날려 하늘 높이 날아갔다.

그것은 영영 이룰 수 없는 꿈의 잔해······.

로즈의 눈에서 굵은 눈물이 흘러내렸다.

보충

Beta

= Beta

(이름) 베타
(성별) 여성
(연령) 15

잘 어울리는 세계군요.
그야말로 우리에게
달이 숨어버린 오늘 밤은

『일곱 그림자』 서열 2위.
세계 최고의 섀도우 신봉자.
『섀도우 님 전기 완전판』을 집필하는 것이
베타의 삶의 보람.
그 내용은 미화되어 자기 입맛에 맞게
각색된 경우가 종종 있다.
글재주를 살려서 나쓰메라는
필명으로 작가 활동도 하고 있다.
대표작은 『로미오와 줄리엣』
『신데렐라』『빨간 모자』 등.

Gamma

= Ganma

(이름) 감마

(성별) 여성

(연령) 17

주인님. 오래 기다렸습니다.

『일곱 그림자』 서열 3위. 섀도우 가든의 두뇌이자 내정 책임자.
미쓰고시 상회의 회장 루나로서 일반 사회에서도 잘 알려져 있다.
뛰어난 두뇌를 가진 반면, 운동은 심각하게 못한다.
전투력은 『일곱 그림자』 중에서 가장 약하다.
언젠가 섀도우 옆에서 싸우기를 꿈꾸면서 매일 열심히 훈련하고 있지만,
그 노력이 빛을 보기는 어려울 것 같다.

Rose
Oriana

(이름) 로즈 오리아나

(성별) 여성

(연령) 17

= Rose Oriana

노력합시다. 행복한 미래를 위해

예술의 나라 오리아나 왕국의 왕녀.
어릴 때 유괴당한 적이 있는데,
그때 자신을 구해준 검사를 동경해서
미드갈 마검사 학교로 유학을 왔다.
학교 학생회장. 교내 최강으로
소문났을 정도로 세검을 잘 다룬다.
몸을 던져 로즈를 지켜준 시드의
모습을 보고 감동하여 사랑에 빠졌다.
한번 이거다! 하고 생각하면
직진하는 타입. 언제나 시드만 생각한다.

Annerose

= Annerose

당신은 강해.

인정할게.

(이름) 안네로제

(성별) 여성

(연령) 21

베가르타 제국의 여기사.

베가르타 칠무검으로 꼽힐 정도로 훌륭한 마검사였는데,

그 지위를 버리고 강해지기 위해 방랑 수행을 시작했다.

자기 실력을 시험하려고 『무신제』에 참가해 승승장구.

그러나 지미나 세넨에게 일격에 패배하고,

그 끝을 알 수 없는 실력에 감탄했다.

언젠가는 그를 따라잡기 위해 안네로제는

또다시 방랑 수행을 시작했다.

섀도우 님 전기 완전판——2권

저자 : 베타

디아볼로스 교단이 성역에 숨겨놓은 비밀을 파헤치기 위해 섀도우 가든은 움직이기 시작했다. 한편 그 무렵, 섀도우 님도 미드갈 마검사 학교의 학생 시드로서 성지에 잠입하셨다. 그리고 소설가 나쓰메와의 운명적인 만남을 계기로, 섀도우 님은 독자적인 루트로 이 일에 개입하기로 결심하셨다.

1년에 딱 한 번 성역으로 가는 문이 열리는 『여신의 시련』이 시작됐다. 돌입할 기회를 엿보고 있는 우리들의 눈앞에 멋지게 나타난 것은 아름다운 칠흑의 전사——섀도우 님이셨다! 모든 관중이 동요하는 가운데, 섀도우 님에게 반응한 성역이 불러낸 고대 전사는 놀랍게도 『재액의 마녀』 아우로라였다. 섀도우 님에 필적하는 실력자는 역사상 존재하지도 않을 테지만, 만약에 누군가 존재한다면——아우로라는 그 몇 안 되는 실력자 중 하나일지도 모른다. 그러나——아우로라조차도 섀도우 님을 당해내진 못했다. 섀도우 님의 압도적인 실력 앞에서 그녀는 패배했다. 관중은 이 결말을 허무하다고 여겼을지도 모른다. 그러나 나는 알아봤다. 두 사람 사이에서 고차원적인 무형의 공방전이 벌어졌다는 것을. 섀도우 님과 무형의 공방전을 벌일 수 있는 실력자가 과연 이 세상에 몇 명이나 있을까. 나는 아마 안 될지도 모른다.

『재앙의 마녀』 아우로라는 성역의 수수께끼에 접근하는 열쇠이기도 했다. 섀도우 님은 이런 전개를 예측하고 아우로라를 소환해 쓰러뜨림으로써 성역의 문을 열어젖힌 것이다. 우리는 섀도우 님 덕분에 예상보다 훨씬 쉽게 성역에 들어갈 수 있었다. 그리고 그곳에서 밝혀진 경악스러운 진실——. 알파 님은 성역의 위험성과 방어능력을 꿰뚫어 보고, 언젠가는 성역의 힘의 원천을 파괴하기로 맹세하고 전략적 후퇴를 하셨다.

그런데 모든 것은 섀도우 님의 계획대로였다. 섀도우 님은 은밀하게 성역의 중심부까지 침입했고, 거기서 가장 단순하고도 가장 확실한 해결책을 선택하셨다. 그것은——최강의 일격으로 성역을 이 세상에서 소멸시키는 것이었다. 그것을 해낼 수 있는 사람은 이 세상에 단 한 명, 섀도우 님밖에 없었다. 우리는 섀도우 님의 파격적인 힘과 무시무시한 판단력에 그저 감복할 수밖에 없었다. 하룻밤 만에 성역이 소멸됐으니 교단은 아연실색했을 것이다. 아니, 어쩌면 붉으락푸르락하면서 성을 냈을지도 모른다. 결국 섀도우 님 앞에서 교단 따위는 갓난아이에 불과한 것이다!!

성역이 소멸되고 미드갈 왕국에서는 『무신제』가 개최되었다. 새도우 가든은 사실 『무신제』에는 개입할 예정이 없었다. 왕도의 상회나 오리아나 왕국에서 불온한 공기가 느껴졌기 때문이다. 그러나 새도우 님은 정체를 숨기고 『무신제』에 참가하기로 결심하셨다. 틀림없이 새도우 님만 느끼실 수 있는 뭔가가 있었던 것이리라. 그리고 새도우 님의 예감은 적중했다. 대회에 출전할 예정이었던 로즈 오리아나가 혼약자를 칼로 베고 실종된 것이다. 그녀의 실종과 디아볼로스 교단은 반드시 무슨 연관이 있을 터. 『무신제』에서 그놈들이 뭔가를 꾸미고 있는 게 분명했다.

　지하에 숨어 있던 로즈 오리아나는 아름다운 피아노 선율에 이끌려 오래된 성당으로 들어갔다. 그리고 환상적인 빛이 비쳐 들어오는 그 장소에서 『월광』을 연주하는 새도우 님을 만났다! 새도우 님이 멋진 이유는 그 실력뿐만 아니라 두뇌도, 예술도 초일류이기 때문이다! 놀랍도록 뛰어난 그분의 연주에 로즈는 온몸의 전율을 느끼며 감동의 눈물을 흘렸다! 새도우 님은 여기서 로즈의 병을 치료해주고, 앞으로 나아가야 할 길을 제시해주셨다. 우리가 새도우 님께 구원받았을 때처럼…….

　그리고 새도우 님은 『무신제』에서 실력을 숨기고 승승장구하셨다. 교단의 음모를 꿰뚫어 보고, 그들이 움직일 때를 기다리고 계셨을 것이다. 한때 베가르타 칠무검이었던 전사를 일격에 쓰러뜨리고, 미드갈 왕국 최강의 마검사 아이리스 미드갈조차 압도하셨다. 이때 로즈가 투기장에 모습을 드러냈다. 로즈는 관중이 지켜보는 가운데 자신의 아버지인 오리아나 국왕을 찔러 죽였다. 나중에 알게 된 사실인데, 교단은 꼭두각시로 변한 오리아나 국왕을 이용해 미드갈 국왕을 암살할 계획이었다고 한다. 오리아나 왕국과 미드갈 왕국을 대립하게 만들고, 후계자 싸움이 시작된 미드갈 왕국의 빈틈에 교묘하게 파고드는 것…… 정말 교단이 할 만한 짓이었다. 그러나 로즈가 오리아나 국왕을 살해함으로써 교단의 계획은 무너졌다. 동시에 교단은 오리아나 국왕이라는 꼭두각시와, 도엠의 혼약자인 로즈를 한꺼번에 잃어버렸다. 모든 것은 섀도우 님이 상정하신 대로였다. 다소 잔인한 걸지도 모르지만, 섀도우 님은 로즈에게 스스로 나아갈 길을 선택하게 한 것이다. 마치 그 가시밭길이야말로 오리아나 왕국이 살아남을 수 있는 유일한 길인 것처럼……

 섀도우 님은 로즈를 도망치게 해주려고 추격자들의 앞을 가로막으셨다. 도엠의 사병을 가볍게 쓰러뜨리고『무신 베아트릭스』와 싸우셨다. 모든 사람들이 베아트릭스의 승리를 믿어 의심치 않았을 것이다. 그러나 섀도우 님은——검의 정상에 오르신 분이다. 섀도우 님의 검술에『무신』베아트릭스는 감동했고, 속수무책으로 패배하고 말았다!! 섀도우 님이 떠나는 길에 보여주신 일격은 구름을 날려버리고 비를 그치게 했다. 그곳에 있던 사람들은 평생 그 광경을 잊지 못할 것이다. 자, 보았느냐! 이게 바로 섀도우 님의 실력이다!!

자, 그럼 다음 편. 섀도우 님 전기 완전판 3권!!!

진조(眞祖) 흡혈귀가 무법도시에서 부활한다?! 과거에 세상을 흔들어놨던 전설의 흡혈귀의 부활. 드디어 섀도우 님이 움직이신다!!

미쓰고시 상회와 대상회 연합이 충돌한다!! 약진하는 미쓰고시 상회와 대상회 연합이 자웅을 겨루는데, 그 싸움의 배후에서 섀도우 님이 모든 것을 지배하셨다!!

섀도우 님의 대활약, 기대하시라!!

The Heroic
Legend of Shadow

후기

『어둠의 실력자가 되고 싶어서!』 2권을 읽어주셔서 감사합니다.
무사히 2권을 발행할 수 있었던 것은 여러분의 응원 덕분입니다! 진심으로 감사 인사를 드립니다.

그리고 이미 아시는 분도 계실 테지만, 정식으로 보고하겠습니다.
『월간 콤프 에이스』에서 『어둠의 실력자가 되고 싶어서!』 만화가 연재되고 있습니다. 작화는 사카노 안리 선생님께서 맡으셨습니다.
글만 가지고는 표현할 수 없었던 부분이 이 만화에서는 멋지게 보완되어 있으니까요. 꼭 한 번 봐주시면 좋겠습니다.

자, 이제 뜬금없는 이야기를 해볼게요. 최근에 수염 제모에 관해 생각해보고 있습니다.
저는 수염이 특별히 많이 나는 편은 아닙니다. 평균보다 약간 적다고 생각해요.
수염 제모를 고려할 정도로 많지는 않지만, 매일 2분 동안 수염을 깎는 수고로움을 생각하면 과감하게 제모를 해도 괜찮지 않을까? 하는 생각이 들어요.
이 2분이란 시간은 하루치만 생각하면 별것 아니지만, 1년으로 치면 무려 열두 시간이나 수염을 깎는 데 소비하게 됩니다. 제가 만약 앞으로 50년 동안 수염을 계속 깎는다면 평생 600시간을 수염 깎는 데 사용하게 되겠지요. 여러분, 이 시간을 어떻게 생각하세요?

저는 '그 정도는 아무래도 상관없잖아?'라고 생각합니다. 죄송해요. 평생에 600시간이란 것은 사실 아무래도 상관없고요. 그냥 수염을 깎는 게 귀찮아서 그래요.

그래서 조만간 수염 제모를 하려고 합니다. 일단 진짜로 불필요한 부분만 제모해서 수염 모양새를 다듬어놓으면 수염 깎는 것도 편해질 테고, 귀찮아서 안 깎아도 보기 흉하지는 않을 테니까요. 우선 그렇게 해놓고 두고 보려고요.

이제 마지막으로 인사를 드리겠습니다.

책 만드는 작업을 전체적으로 도와주신 담당 편집자님. 최고의 일러스트를 그려주신 토자이 선생님. 멋진 디자인으로 이 책을 꾸며주신 BALCOLONY.의 아라키 선생님. 그리고 응원해주신 독자 여러분. 다시 한 번 진심으로, 진심으로 감사드립니다.

그럼 3권에서 또 만나요!

아이자와 다이스케

글

아이자와 다이스케

무사히 2권을 출간하게 되었습니다.
3권도 잘 부탁드리겠습니다!

일러스트

토자이

저는 풋내기라서 드릴 말씀이 없습니다.
오로지 정진할 뿐입니다.

번역

한수진

외국인이라서 드릴 말씀이 없습니다.
일본어 말장난의 수렁.

어둠의실력자가
되고 싶어서!

NEXT

어둠의 실력자가 되고 싶어서!
2

2019년 11월 10일 제1판 제1쇄 발행
2021년 4월 25일 제1판 제5쇄 발행

지음 | **아이자와 다이스케**
일러스트 | **토자이**
옮김 | **한수진**

발행인 | 오태엽
편집팀장 | 김충영
편집담당 | 안세연
한국어판 디자인 | Design Plus
라이츠사업팀 | 이은선, 조은지, 이선, 백승주
출판마케팅팀 | 안영배, 이풍현, 경주현, 김정훈
제작담당 | 박석주

발행처 | (주)서울미디어코믹스
등록일 | 2018년 3월 12일
등록번호 | 제 2018-000021
주소 | 서울특별시 용산구 새창로 221-19(한강로2가)
전화 | (02)799-9181(편집), (02)791-0752(마케팅)
팩스 | (02)799-9334(편집)
인쇄처 | 코리아 피앤피

ISBN 979-11-6501-614-2
ISBN 979-11-6459-970-7(세트)

KAGE NO JITSURYOKUSHA NI NARITAKUTE! Vol.2
©Daisuke Aizawa 2019
First published in Japan in 2019 by KADOKAWA CORPORATION, Tokyo.
Korean translation rights arranged with KADOKAWA CORPORATION, Tokyo.

TANAKA THE WIZARD

다나카
나이들 여친 없는 역사인 마법사

9

여, 여자 차림을 하고 있으면,
남자가 다정하게 대해준다고오오오오오!

초판 한정 특별 부록
책갈피 증정!!

드래곤 시티에서 열리게 된, 전국의 강자들을 모은 무술대회. 그러나 실은 다나카가 서쪽의 용사를 띄워주기 위해 미리 짜놓은 승부 조작 대회였다. 다나카도 직접 풀 플레이트 아머를 입고 뒤에서, 앞에서 분주하게 돌아다닌다. 그러나 무술대회 첫날부터 폭탄테러 미수가 벌어지거나, 이후에도 어째서인지 메이드 소피아가 참전하는 등 예상 밖의 사태가 속출. 과연 무술대회를 무사히 완수할 수 있을까?!

이세계 동정 망상 무쌍 제9권!

©Buncololi ©M-da S-taro ©MICRO MAGAZINE,INC.

지음/**분코로리** · 일러스트/**M다 S타로** · 옮김/**이경인**

NEXT

마왕학원의 부적합자 3

~사상 최강의 마왕인 시조, 전생해서 자손들의 학교에 다니다~

사상 최강의 마왕이
온갖 부조리를 분쇄한다!!

《용사학원》과 교류하기 위해 인간 도시를 방문한 마왕학원 학생들. 그러나 이 평화로운 시대에도 인간들의 가슴 속에는 마족에 대한 적의가 이글거리고 있었다.

서로의 힘을 가늠하기 위한 학원대항전이 열리고, 아노스 일행에 앞서 싸운 마왕학원 3회생은 용사 측의 비열한 함정 앞에 패배한다. 불필요하게 패자의 명예를 짓밟는 용사들 앞에서 포학의 마왕과 그 수하들은 어떤 결단을 내리는가—?!

그리고 2천 년이 지났는데도 아물지 않는 마족과 인간 사이의 골을 목격한 아노스 앞에 마침내 거짓된 마왕이 그 모습을 드러낸다.

포학의 마왕이 새 시대에 새기는 패도의 궤적—— 노도의 제3장 《용사학원 편》!!

슈우 지음 | **시즈마요시노리** 일러스트 | **원성민** 옮김

NEXT **절찬 판매 중!** © Shu 2018 Illustration : Shizumayoshinori
KADOKAWA CORPORATION

'서울문화사 만화부문'이
'서울미디어코믹스'로
새롭게
출발합니다!

SEOUL
MEDIA
COMICS

'대한민국 만화의 종가' ㈜서울문화사가 창립 30주년을 맞아 만화부문을 분사해
㈜서울미디어코믹스로 재탄생하였습니다. ㈜서울미디어코믹스는 출판에서 디지털
까지 새롭게 도약하여 국내 최고의 콘텐츠회사로 거듭 날 것입니다.

독자 여러분들의 뜨거운 관심과 애정 부탁드립니다.

Stories Make Culture!
서울미디어코믹스
SEOUL MEDIA COMICS